BORKUMER BRANDUNG

Ocke Aukes lebt seit ihrer Kindheit auf Borkum. Sie ist in der Touristikbranche tätig und hat bereits mehrere Kriminalromane veröffentlicht. Sie ist Mitglied im Syndikat.

OCKE AUKES

BORKUMER BRANDUNG

Insel Krimi

emons:

Lust auf mehr? Laden Sie sich die »LChoice«-App runter, scannen Sie den QR-Code und bestellen Sie weitere Bücher direkt in Ihrer Buchhandlung.

Bibliografische Information der Deutschen Nationalbibliothek
Die Deutsche Nationalbibliothek verzeichnet diese Publikation in der Deutschen Nationalbibliografie; detaillierte bibliografische Daten sind im Internet über http://dnb.d-nb.de abrufbar.

© Emons Verlag GmbH
Alle Rechte vorbehalten
Umschlagmotiv: mauritius images/Christian Bäck
Umschlaggestaltung: Nina Schäfer, nach einem Konzept von Leonardo Magrelli und Nina Schäfer
Umsetzung: Tobias Doetsch
Gestaltung Innenteil: César Satz & Grafik GmbH, Köln
Lektorat: Marit Obsen
Druck und Bindung: Prime Rate Kft., Budapest
Printed in Hungary 2022
ISBN 978-3-7408-0765-8
Insel Krimi
Originalausgabe

Unser Newsletter informiert Sie regelmäßig über Neues von emons:
Kostenlos bestellen unter
www.emons-verlag.de

EINS

»Verfluchter Damm«, sagte Sebastian und meinte damit den Weg zum Ende des Südstrandes, das sogenannte »Deckwerk«. Jene betonierte Mauer, die als Wellenbrecher die Insel vor Schaden bewahren sollte, indem sie seeseitig im sanften Bogen nach unten führte. Hier begann eine beschauliche Landschaft. Links des Weges lagen Dünen und dahinter die »Greune Stee«, ein Wald, der zumeist aus Birken bestand, rechts Strand und Meer. Über den Sandstrand zu laufen bedurfte der Vorsicht, denn überall an der Wasserkante lagen Muschelschalen, Krebse, Meeresalgen und ab und an eine vertrocknete Qualle, die eine Welle zu hoch an den Strand gespült hatte, als dass sie das rettende Wasser noch hätte erreichen können.

Seemöwen flogen tief an der Kante entlang und suchten nach Futter. Einige landeten auf dem Sand und starrten die Vorbeigehenden mit ihren harten gelben Augen an, ehe sie sich wieder in die Lüfte erhoben und unter lautem Kreischen davonflogen.

An den schwarzen Basaltsteinen klammerten sich die Muscheln und Seesterne fest und trotzten den Gezeiten. Eifrige kleine Austernstecher eilten auf ihren flinken kurzen Beinen am Meeressaum entlang, auf der Suche nach Essbarem, ehe sie in Schwärmen davonflogen.

Hier roch es stärker als anderswo auf der Insel nach Seetang, Meersalz, Teek und Fisch, jenem typischen Geruch aller Buhnen und naturbelassenen Häfen.

»Ich hasse das Meer«, moserte Sebastian Friedland und stapfte schlecht gelaunt durch den Sand in Richtung Wasser. Seine Laune wäre ganz im Keller, wüsste er, dass er in Kürze über die erste Leiche seines Lebens stolpern würde. Doch vorerst plagte ihn nur eine Sorge: Hoffentlich sah ihn niemand.

Im Augenblick standen die Chancen dafür recht gut. Am Strand war um diese Uhrzeit weit und breit kein Mensch zu sehen. Tante Erikas funkelnagelneues Elektrofahrrad hatte er oben auf dem Deckwerk stehen gelassen. Nicht weil Zuckersand und Salzwasser ihm schadeten, das war Sebastian herzlich egal, sondern weil Tante Erika andernfalls erkennen würde, wo er gewesen war. Auch wenn er ihr sonst jede Menge Sand in die Augen streuen konnte, den zwischen den Speichen entdeckte sie garantiert. Er hatte keine Lust, Erklärungen abgeben zu müssen.

Immer am Wasser entlang in Richtung Hafen sollte er laufen, bis zu der Stelle, an der er erwartet wurde. Sebastian fielen auf Anhieb mehrere Orte ein, an denen man ungesehen und weitaus einfacher zu einer Geldübergabe zusammenkommen konnte, doch Hubert Engel hatte auf diesen Treffpunkt bestanden.

»Morgen um sechs am Südstrand«, hatte er gesagt. Seiner Stimme war anzuhören gewesen, dass er ein Nein nicht akzeptierte. »Bis ans Ende des Deckwerks gehen und weiter am Wasser entlang, immer geradeaus. Sie sehen mich dann schon.«

So ein Idiot.

Jetzt hatte er die Wasserkante erreicht. Auf hartem Sand war es weniger anstrengend zu laufen. Einige Möwen protestierten kreischend, als er auf sie zusteuerte, und flogen davon. Er hatte sie von einem Seehundskadaver aufgescheucht. Die Vögel drehten eine kleine Runde, landeten ganz in der Nähe und beäugten Sebastian. Einige trauten sich näher an ihn heran. Er blieb stehen und schaute auf seine Armbanduhr. Wann wohl die Mitarbeiter von der Kurverwaltung auftauchen würden, um das tote Vieh wegzuräumen? Bestimmt erledigten sie das, bevor die ersten Badegäste an den Strand kamen. Sebastian hatte sich mal nach diesem Job erkundigt, aber die Uhrzeit, zu der die mit dem Zusammenharken der Drift und dem Abfahren des angetriebenen Mülls anfingen, war nichts für ihn. Sollten doch andere dafür sorgen, dass die Touristen einen sauberen Strand vorfanden.

Wie er sie im Augenblick beneidete, die Badegäste. Lagen alle noch hübsch in ihren Betten, die Glücklichen.

Übellaunig kickte er mit dem Fuß eine Muschelschale weg und betrachtete angeekelt die Fressschäden am Seehundskadaver. Die Möwen leisteten ganze Arbeit. Die Augen und Nasenlöcher waren verschwunden, an ihrer Stelle klafften große ausgefranste Löcher. Am Bauch hatten die Vögel das Fell aufgehackt und die Innereien herausgerissen. Sie lagen ringsherum verteilt im Sand. Er ging um den Kadaver herum, darauf bedacht, in keinen der Fleischfetzen zu treten.

»Mistviecher.« Er bückte sich, hob eine Miesmuschelschale auf und warf sie nach den Vögeln. »Nicht mal das Fell kann man mehr gebrauchen.«

Eine Bewegung am Kopf des Kadavers ließ ihn aufmerken. Ein Krebs kam aus einem der Augenlöcher gekrochen, krabbelte über das haarige Gesicht und ließ sich in den Sand fallen.

»Pfui Teufel.« Sebastian wandte sich ab, ging einige Schritte und trat eine angeschwemmte Flasche ins Meer zurück. Er meinte, einen Seehund zwischen den Wellen auftauchen zu sehen, konnte sich aber täuschen. Zum Schutz gegen die aufgehende Sonne hob er die Hand über die Augen, doch das brachte auch keine Erkenntnis. Was es war, er musste weiter.

Er war keine zehn Meter gegangen, da fielen die Aasgeier der Nordsee wieder über den Kadaver her. Sollten die Mitarbeiter der Kurverwaltung ihn nicht bergen, würden in wenigen Tagen nur noch die Knochen von ihm übrig sein, die sich das Meer mit der Flut dann nach und nach zurückholte.

»Blöder Mist.« Während er sich nach dem Möwenschwarm umsah, war er ein paar Schritte rückwärtsgelaufen und zu dicht an die Wasserkante gekommen. Eine Welle hatte seine Lederschuhe durchnässt. Das gab scheußliche Salzränder. Die Flut lief schneller auf, als er gedacht hatte.

Wo war bloß der verdammte Kerl? Richtung Hafen war niemand zu sehen. Alle zwanzig, dreißig Meter blieb Sebastian stehen und schaute sich um. Er war immer noch allein unterwegs.

Weil er im feuchten Sand zu lange an einer Stelle gestanden

hatte, saugten sich die Schuhsohlen fest. Doch um verräterische Fußabdrücke musste er sich keine Sorgen machen. Eine Welle, und nichts war mehr zu sehen. Ein paarmal versuchte er noch, dem auflaufenden Wasser auszuweichen, dann gab er auf. Die Schuhe waren eh versaut, egal, ob er jetzt auf trockenem Sand weiterlief oder nicht.

»Blöder Treffpunkt.« Er stand da wie auf dem Präsentierteller. Hier konnte man »Lawrence von Arabien« neu verfilmen oder samstags sehen, wer sonntags zu Besuch kam. Erneut schaute er auf die Uhr. Fünf nach sechs. Weit und breit war niemand zu sehen.

Der alte Engel ist eine Flachpfeife, dachte er. Ein wenig versöhnte ihn dieser Gedanke mit der frühen Tageszeit. Vermutlich litt Engel unter seniler Bettflucht und hatte darum diesen Zeitpunkt gewählt. Gut für ihn. So ein alter Knacker ließ sich leicht über den Tisch ziehen.

Dahinten lag noch ein Seehund. Doch der bewegte sich im auflaufenden Wasser. Mal sehen, wie dicht er mich herankommen lässt, dachte Sebastian und ging auf das Tier zu. Es blieb liegen. Ein Heuler? War das die richtige Jahreszeit für Jungtiere? Er wusste es nicht.

Welle um Welle umspülte das untere Ende des Körpers und einen Arm. Ein Seehund mit Arm? Es dauerte zwei Sekunden, bis Sebastian klar wurde, was das bedeutete: Seine Verabredung war rechtzeitig am Treffpunkt angekommen.

Mist. Vermutlich hatte den alten Knacker vor lauter Aufregung der Schlag getroffen, und nun war er tot. Um sich davon zu überzeugen, trat Sebastian näher und schaute sich verstohlen um. In der Ferne waren jetzt vereinzelt Menschen zu sehen. Doch niemand war nahe genug, um zu erkennen, was er machte.

Der Mann am Boden lag leicht zur Seite gedreht auf dem Bauch. Er trug eine schwarze Jogginghose und ein dunkles Oberteil. Sebastian wappnete sich gegen den Anblick angefressener Augen. Er schob vorsichtig einen Fuß unter den Körper und hob ihn etwas an, wodurch sich der Kopf bewegte. Brrr.

Tote Augen starrten ihn an, aber wenigstens hatte er noch welche. So sah er also aus, sein ehemals zukünftiger Geschäftspartner.

»Verfluchte Scheiße.« Er nahm den Fuß weg und verpasste dem Leichnam einen Tritt. Dann ging er in die Hocke und tastete die Hosen- und Jackentaschen des Mannes ab.

Nichts.

Als er aufschaute, wäre er beinahe vor Schreck auf dem Hintern gelandet. Zwei gelbe Augen bohrten sich in seine.

»Du kannst ihn haben«, sagte er großzügig und überließ der wartenden Möwe den Kadaver. Der Vogel krächzte, als wollte er ihn veräppeln, und hüpfte dem Toten entgegen, der jetzt fast bis zur Brust vom Meerwasser umspült wurde. Das Tier beäugte den Leichnam, kreischte laut und flog davon. Sebastian schloss daraus, dass der Mann wohl noch nicht lange genug tot war, um für die Möwe als Mahlzeit in Frage zu kommen. Ihm persönlich war Rindfleisch auch lieber, wenn es gut abgehangen war.

Er wandte sich ab und ging in direkter Linie quer über den Strand auf das Ende des Deckwerks zu. Oben angekommen, suchte er die Stelle, an der er gestanden hatte. Die Leiche war von hier aus nicht zu erkennen. Der Möwenschwarm, der um den Seehundskadaver herumschwirrte und sich verdreifacht hatte, verdeckte die Sicht.

Das hatte er nun davon. Was machte er auch Geschäfte mit Greisen? Da musste man jederzeit damit rechnen, dass dem anderen vor Aufregung das Herz stehen blieb. Aber warum zum Teufel hatte der Alte kein Geld dabeigehabt? Wollte er nicht bezahlen? Hatte er beabsichtigt, Sebastian umzustimmen, wenn er ihm von Angesicht zu Angesicht gegenüberstand? Aber wo war dann die Kohle? Vermutlich noch im Hotel, und wenn ja, lag sie im Zimmer oder im Hotelsafe? Das musste er herausfinden, wenn all der Aufwand, den er betrieben hatte, nicht umsonst gewesen sein sollte.

Wütend gab er Tante Erikas Fahrrad einen Tritt. Es fiel um. Nun konnte er auch noch das schwere Ding aufheben.

Ein paar Möwen flogen über ihn hinweg in Richtung Süden. Ihr Meckern nervte.

Niemals wäre Sebastian der Gedanke gekommen, dass die Viecher schlauer waren als er.

***

Von einem anständigen Erpresser konnte man eigentlich erwarten, dass er zur Geldübergabe pünktlich war.

Hubert Engel lag jetzt schon seit zwanzig Minuten auf dem Bauch, die Füße in Richtung Wasser gestreckt, und der Mann, der sein Geld wollte, war immer noch nicht da.

Die Möwen rund um ihn herum wussten, wann etwas tot war und sie es fressen konnten. Sie interessierten sich nur für den Seehundskadaver. Von Engel nahmen sie keine Notiz.

Hoffentlich musste er nicht mehr lange so herumliegen. Das war denkbar schlecht für seine vom Rheuma geplagten Knochen. Die ersten Wellen hatten seine Füße längst erreicht. Welch ein Glück, dass sie heute schwach an den Strand rollten. Eine typische Borkumer Brandung konnte er jetzt gar nicht gebrauchen.

Langsam wurden die Waden kalt, dann die Oberschenkel.

Als die Möwen laute Warnschreie ausstießen, wusste er, jemand hatte sie aufgescheucht. Endlich kam er, der Mann, der versuchte, ihn zu erpressen.

Mit solchen Kriminellen war nicht zu spaßen, das wusste er. Engel hatte gehört, vom Erpresser zum Mörder sei es nur ein kleiner Schritt. Ängstlich zwang er sich, still und reglos liegen zu bleiben. Kein guter Zeitpunkt, um in Panik zu geraten.

Hubert Engel konzentrierte sich darauf, die Muskeln zu entspannen. Sein Körper musste schlapp und leblos wirken, wenn er den Mann täuschen wollte. Nicht einmal blinzeln durfte er, dabei taten die milchig trüben Kontaktlinsen trotz stundenlanger Tragversuche verflucht weh.

Das Wasser lief schneller auf als erwartet. Eine Welle erreichte seine Hand. Er konnte sich nicht erinnern, wann er das letzte Mal Beklemmungen gehabt hatte. Jetzt stand oder besser gesagt lag er kurz davor, ihnen nachzugeben. Er befürchtete, mit der Nase im Sand liegend zu ertrinken, noch ehe der Erpresser ihn fand, oder aus Angst davor aufspringen zu müssen.

Die Flut kam mit Macht. Sie umspülte Engels Unterarme und erreichte seine Hüfte, dann den Bauchnabel. Einige Wellen später stand ihm das Wasser bis zur Brust. Wenn sein Erpresser weiter so trödelte, musste Engel aufgeben.

Er drehte sein Gesicht bei der nächsten Welle so hoch, wie er meinte, dass es aus der Entfernung nicht auffallen würde. Zum Glück lief ihm kein Wasser in die Nase. Obwohl Salzwasser, durch die Nase gespült, gut bei Nebenhöhlenerkrankungen sein sollte. Wie konnte er jetzt an so was denken?

Er hörte das leise Schmatzen von Schritten im nassen Sand. Gleich war er da. Engel hoffte inständig, dass der Mann nicht auf die Idee kam, ihn umzudrehen. Sein ganzer Bluff basierte darauf, dass er das auf keinen Fall tat. Niemals würde er längere Zeit mit weit aufgerissenen Augen in den blendend hellen Himmel starren können. Daher vertraute er auf die natürliche Abneigung, einen Toten anzufassen. Verflixt, der Fremde tat es doch. Engel spürte eine Schuhspitze, die ihn wohl anheben sollte.

Jetzt kam der schwierigste Teil. Er hatte ihn vor dem Spiegel geübt. Mit der durch den Fuß erzwungenen Bewegung seines Oberkörpers drehte er seinen Kopf leicht zu dem Mann hin und starrte mit halb geöffnetem Mund und aufgerissenen Augen in den Himmel. Gott sei Dank hatte er sich mit den Kontaktlinsen herumgequält, das machte sich jetzt bezahlt. Sie wirkten wie tote Augen, und er schaffte es tatsächlich, nicht zu blinzeln.

Der Fuß des Mannes drückte in seine Seite. Nur ein wenig länger, und sein Rheuma würde Engel zwingen, die Position seiner Beine zu verändern. Ein oder zwei Sekunden konnten unter Schmerzen unendlich lang werden. Noch schwieriger war es, die Augen geöffnet zu halten.

Eine kleine Wolke schob sich vor die Sonne. Glück musste

man haben. Der Schuhdruck ließ nach, und Engel rollte in die Ausgangsposition zurück. Jetzt konnte er wenigstens zwinkern.

»Verfluchte Scheiße«, sagte der Mann. Der nachfolgende Tritt kam unerwartet, war jedoch weniger schmerzhaft als Engels Rheuma und auszuhalten. Er spürte, wie er abgetastet wurde, aber damit hatte er gerechnet.

Aus dem Augenwinkel sah Engel eine Möwe, die neben ihm im Sand landete. Hoffentlich versaute die jetzt nicht alles. Er stellte sich vor, wie der Vogel ihm auf den Kopf hüpfte, um nach seinen Augäpfeln zu picken. Spätestens dann, das wusste er, würde sein Tote-Mann-Spiel ein Ende haben.

»Du kannst ihn haben«, sagte der Mann verärgert zu dem Vogel, als er von ihm abließ, und Engels Herz schlug schneller.

Er hörte die Möwe gackern. Flügel schlugen, und er bildete sich ein, das Tier reden zu hören. »Den blöden Kerl da kannst du täuschen«, krächzte sie, »mich aber nicht.«

Dann flog sie davon. Puh. Das war knapp gewesen.

Engel hoffte, nicht noch einmal getreten zu werden. Er spürte den Blick des Mannes auf sich. Dann ging der elende Mistkerl endlich.

Engels Blutdruck war mit Sicherheit höher, als für seine Gesundheit förderlich, der beschleunigte Puls hatte aber den Vorteil, dass ihm warm wurde. Er blieb noch einige Zeit liegen. Die Wellen zerrten an ihm, aber er konnte es wagen, den Kopf leicht anzuheben, wenn sie heranrollten. Als er meinte, dass sein Erpresser inzwischen weit genug entfernt sein müsste, stützte er sich auf die Ellenbogen. Er sah, wie der junge Mann oben auf dem Deckwerk einem Rad einen Tritt verpasste, es aufhob und davonfuhr.

Engel ging auf die Knie und kroch in den trockenen Sand, dorthin, wo das Wasser auch im Höchststand der Flut nicht hinkam. Er wartete, bis der Fahrradfahrer außer Sicht war, ehe er die nasse Jogginghose und das T-Shirt auszog. Die Sonne kam hinter der Wolke hervor. Genau richtig. Das nannte er Timing. Was für ein Glück.

Wenige Meter weiter links steckten drei weiße Federn im Sand. Von unaufmerksamen Beobachtern kaum zu bemerken, markierten sie die Stelle, an der er seine trockene Kleidung vergraben hatte.

Eine Minute später rubbelte sich Engel mit einem Handtuch den Sand von den Fingern und fummelte die Kontaktlinsen heraus. Verflucht, tat das weh! Er nahm ein wenig Abstand von dem Handspiegel, da dieser von seinem Atem beschlug. Endlich waren sie raus. Eine fiel in den Sand, die zweite warf er hinterher. Sie hatten ihre Schuldigkeit getan. Danach zog er einen knallroten Pullover und eine grüne Jogginghose an, stopfte die nassen Sachen in eine Plastiktüte und machte sich auf den Weg zurück ins Hotel. Der Spaziergang würde ihm guttun. Fürs Erste war er den Erpresser los, doch lange konnte die Täuschung kaum vorhalten. Spätestens in ein paar Tagen würde er sich wundern, warum niemand über den Toten vom Strand sprach. Das war hoffentlich genug Zeit, um einiges über den jungen Mann herauszufinden. Er wusste ja jetzt, wie er aussah. Groß, schlaksig, dunkelblonde kurze Haare, die kerzengerade in die Höhe standen, markantes Kinn, etwa dreißig Jahre alt. Und er hatte Feenaugen. Das war selten und machte die Suche einfacher.

Als Erstes musste Engel feststellen, wer er war. Danach gelang es ihm vielleicht, zu erfahren, woher der Mann sein Geheimnis kannte. Denn schließlich galt es zu entscheiden, wie er weiter mit dieser Erpressung umgehen sollte.

Was das betraf, gab es mehrere Möglichkeiten. Erstens: die Insel verlassen und nie wieder zurückkehren. Das wäre die einfachste Lösung, die ihm jedoch am wenigsten behagte. Er verbrachte seinen Urlaub gern hier. Besser wäre es umgekehrt – der Fremde sollte verschwinden.

Er könnte ihm drohen, ihn bei der Polizei anzuzeigen. Nein, das war keine gute Idee. Dann musste er den Beamten erklären, womit er erpresst wurde.

Eher könnte er zum Mörder werden, den jungen Mann beseitigen und fertig. Engel seufzte. Wenn er eines verab-

scheute, dann waren es Menschen, die ihre Mitmenschen um-
brachten.

Doch ein Schritt nach dem anderen. Zuerst die Identität
feststellen, danach sah man weiter.

**

Auf dem Heimweg überlegte Sebastian, wie er ungesehen in
das Hotel gelangen konnte, in dem Hubert Engel wohnte.
Vorher musste er Tante Erika allerdings klarmachen, dass er
noch ein paar Tage auf der Insel bleiben wollte. Sie würde sich
freuen, sein Onkel weniger.

Bei diesem Gedanken kam ihm eine interessante Idee zur
Lösung seines Problems. Dazu musste er keinen Fuß ins Hotel
setzen. Er könnte doch einfach die Witwe erpressen. So oder
so war eine Befragung von Tante Erika angesagt. Verdammt,
das artete langsam in Arbeit aus.

Er hatte schon viel im Leben ausprobiert, um seinen Le-
bensunterhalt zu verdienen. Er war ewiger Student und jobbte
gelegentlich als Taxifahrer in einer Stadt, in der er sich schlecht
auskannte. Auch hatte er sich als Hundeausführer versucht,
obwohl ihn die Viecher unausstehlich fanden, und er hatte in
einer Restaurantküche Geschirr gespült. Vom Tellerwäscher
zum Millionär. Von wegen. Die Millionen blieben aus. Vielleicht musste man dafür nach Amerika fahren, doch auch dazu
fehlte ihm das nötige Kleingeld.

Deshalb endete Sebastians Reise regelmäßig bei Tante Erika.
Die Schwester seiner Mutter konnte er problemlos um den
kleinen Finger wickeln. Sie war sehr leichtgläubig und unter-
stützte ihn, wenn ihm die Kohle ausging. Blöd nur, dass Tante
Erika auf Borkum lebte. Die Insel war wahrlich nicht mit
Amerika zu vergleichen, doch immerhin lagen hier die Mil-
lionen – oder wenigstens ein Bruchteil davon – in Sebastians
Reichweite.

Er musste es nur schlau genug anstellen.

Bevor er in die Straße einbog, in der er zurzeit wohnte,

hielt er an und schaute auf die Uhr. Kurz vor sieben. Wenn er Onkel Horst nicht begegnen wollte, musste er noch ein wenig warten.

✳✳✳

»Wann fährt dein nichtsnutziger Neffe wieder nach Hause?«, fragte Horst Becker seine Frau Erika beim Frühstück.

»Er ist auch dein Neffe.«

»Keineswegs. Nur verschwägert, wenn man das von den Söhnen der Schwester einer Ehefrau sagen kann. Also? Wann fährt er?« Horst Becker entnahm einem kleinen Körbchen vier Tablettenblister und drückte aus jedem eine Pille heraus. Er wiegte sie kurz in der Hand, steckte sie in den Mund und spülte alles mit einem großen Schluck Tee hinunter.

»Die längliche Braune«, Erika deutete auf einen der Blister, »ist die neu?«

Horst Becker durchschaute ihre Absicht. Sie versuchte ganz klar, vom Thema abzulenken. »Vitamin D3. Hilft gegen schlechte Stimmung. Also, was ist nun mit Sebastian? Hat er überhaupt Ferien?«

»Semesterferien? Vermutlich.«

»Und was studiert der feine Herr jetzt?«

»Irgendwas mit Medien.«

»Ich dachte, Archäologie und Chinesisch.«

»Das war letzten Sommer. Sebastian meint, Medien seien die Zukunft.«

»Ich sehe seine Zukunft eher düster. Wenn du mich fragst, studiert er überhaupt nichts mehr.«

»Doch, ich denke schon. Vor drei Wochen hat Astrid die Gebühren fürs kommende Halbjahr an die Uni überwiesen.«

»Deine Schwester ist genauso naiv wie du.«

Erika schnitt ein Brötchen auf. An den ruckartigen Bewegungen konnte er erkennen, dass sie gereizt war. Sie warf das Messer auf den Tisch und strich sich eine Haarsträhne hinters Ohr. Dann griff sie erneut nach dem Brotmesser und deutete mit der Spitze auf ihn. »Du witterst hinter allem und jedem irgendetwas Schlechtes. Der Junge braucht eben länger als andere, um herauszufinden, was er machen will. Vielleicht«, sie legte das Messer sanft zur Seite und strich die Tischdecke glatt, »wird er sein Studium ganz aufgeben.«

»Aha«, entgegnete Horst Becker knapp. Es klang wie: Wusste ich's doch. »Wie kommst du darauf?«

»Er interessiert sich sehr für meinen Beruf.«

»Das würde mich wundern.«

»Soso«, rief sie. »Du denkst also, meine Arbeit ist weniger interessant als die des Herrn Polizeikommissars?«

»Nein, ich denke, er ist für das Hotelgewerbe schlicht zu faul.« Becker nahm noch einmal den Blister mit den Vitamin-D3-Tabletten in die Hand, so als überlegte er, ob er zur Stimmungsaufhellung noch eine weitere benötigte. Dann warf er ihn zurück ins Körbchen. »Was möchte unser Neffe denn alles von dir wissen?«

Erika lächelte, sie konnte einem nie lange böse sein. »Ach, so dies und das.« Sie griff nach dem Marmeladenglas. Es gelang ihr nicht, den Deckel aufzudrehen, also reichte sie es ihm, damit er ihr half.

»Neue Sorte?«, fragte er. Nachdem er das Verfallsdatum überprüft hatte, drehte er den Deckel auf, schnupperte ausgiebig am Inhalt und reichte er ihr das Glas zurück.

Erika ließ die Frage nach der Marmelade unbeantwortet. »Er erkundigt sich ganz genau.«

»Wonach konkret?«

»Eben nach allem. Was ich so mache, wem ich begegne und so weiter. Er scheint ein Interesse am Hotelfach zu entwickeln.«

Becker verzog den Mund, als habe er auf etwas Saures gebissen.

»Mach kein so finsteres Gesicht. Ich glaube, der Junge weiß langsam, was er wirklich will. Er hat es zwar nicht ausgesprochen, aber ich denke, das Studieren ist auf Dauer nichts für ihn. Er braucht einen guten, soliden Beruf, in dem man niemals arbeitslos wird …«

»Da muss man aber hart arbeiten«, widersprach Becker. »Das wird er niemals schaffen.«

»Du hackst immer auf ihm herum. Er ändert sich gerade, wird endlich erwachsen.«

»Und das bei uns.« Becker sah auf die Uhr, stand auf und drückte Erika einen flüchtigen Kuss auf die Lippen. Er war schon fast zur Küchentür hinaus, da wandte er sich noch einmal um. »Zeigt er an etwas ganz besonderes Interesse? Hotelsafe? Bargeldkassen?«

»Du bist gemein. Nur weil er in seiner Jugend einmal einen Fehler gemacht hat.«

»Das ist noch keine zwei Jahre her.«

»Erinnere mich nicht daran. Aber du täuschst dich, Horst. Sebastian hat sich geändert.«

»Würde mich wundern«, murmelte Becker und wiederholte das auf dem Weg zur Polizeistation noch weitere zwei Mal. Als er sein Büro betrat, war der Neffe jedoch vergessen.

Der Polizistenalltag nahm seine ganze Aufmerksamkeit in Anspruch.

***

»So früh schon auf den Beinen? Mein Gott, Junge, wie sehen denn deine Schuhe aus?«

Sebastian Friedland betrat die Küche, ließ sich auf einen Stuhl fallen und strich, ohne sich zu bücken, die sandigen und nassen Schuhe von den Füßen.

Tante Erika beugte sich hinunter, um sie aufzuheben. »Wo bist du gewesen?«

»Am Strand.«

»Das sehe ich. Das schöne Leder bekommt Salzränder, wenn nichts dagegen getan wird. Aber keine Bange, die kriege ich wieder hin. Ich werde sie zum Trocknen mit Zeitungspapier ausstopfen und anschließend mit ordentlicher Schuhwichse einschmieren.«

Als ob es Sebastian interessierte, wie sie seine Schuhe wieder in Schuss brachte. Hauptsache, sie tat es, und zwar ohne ihm auf den Wecker zu gehen. »Gibt es Kaffee?«

Sie wollte ihm übers Haar streichen, doch er entzog sich ihrer Hand mit einer Kopfbewegung. Er hasste es, wenn sie das tat.

Tante Erika legte die Schuhe auf einen der Stühle. Dort stapelten sich die Tageszeitungen. Sie trat an die Küchenzeile, um ihm den gewünschten Kaffee einzuschenken. »Hast du gefrühstückt?«

Was für eine dumme Frage. Sie wusste doch, wie er es hasste, morgens zum Essen gedrängt zu werden. Gleich kam sie ihm wieder mit einem ihrer dämlichen Sprüche, »Morgenstund hat Gold im Mund« oder »Das Frühstück ist die wichtigste Mahlzeit des Tages«. Doch sie seufzte nur, als müsste sie die Last der ganzen Welt tragen.

Er beobachtete, wie sie ihm drei Stück Zucker und einen kräftigen Schluck Kuhmilch in den Kaffee tat, einen Löffel aus der Schublade nahm und neben der Tasse vor ihm auf dem Tisch ablegte. Während er umrührte, den Löffel ableckte und am Kaffee nippte, nahm sie erneut die nassen Schuhe in die Hand.

»Wenn du etwas früher gekommen wärst, hättest du noch mit uns frühstücken können. Jetzt ist dein Onkel schon zur Arbeit.«

Gut so. Der ging ihm mit seinen ewigen Krankengeschichten und dem lauernden Blick noch mehr auf die Nerven als Tante Erika.

»Ich glaube, die muss ich erst einmal wässern, damit das Salz herausgewaschen wird.« Sie verließ die Küche, um gleich darauf im Bad die Duschbrause anzustellen.

Wäre am Strand alles glatt gelaufen, hätte er jetzt reichlich Geld und die Schuhe in den Müll geworfen. Mist.

Wütend fegte er die oberste Zeitung vom Stuhl.

Tante Erika kam zurück, tat so, als habe sie seinen Wutanfall nicht bemerkt, und beugte sich übers Geschirrspülbecken, um die Gardine am Küchenfenster zurechtzuzupfen. Wenn sie gleich zum wiederholten Male betonte, wie angenehm es doch war, beim Abwasch aus dem Fenster schauen zu können, würde er schreien.

Doch sie schwieg. Während sie ihm weiter den Rücken zuwandte, nahm sie erneut die Kanne aus der Kaffeemaschine und schenkte sich selbst einen Becher ein. Aus dem Zuckerpott fischte sie einen Würfel, den sie in der Mitte auseinanderbrach. Warum sie keinen losen Zucker nahm, würde ihm auf ewig ein Rätsel bleiben. Mit einem Geschirrtuch wischte sie die Krümel von der Arbeitsfläche, gab einen Schuss Milch in den Kaffee, drehte sich zu ihm um und nahm schweigend auf der anderen Seite des Tisches Platz. Gleich nimmt sie meinen Löffel, rührt damit in ihrem Becher herum, lutscht ihn ab und legt ihn neben meinen Becher zurück, dachte er. Eklig.

Wortlos beugte sich Tante Erika zur Seite und nahm die »Ostfriesenzeitung« vom Stuhl. Warum seine Tante beide Zeitungen, die Ostfriesen- und die Borkumer abonnierte, wo doch in beiden das Gleiche stand, war auch so etwas, was er nie verstehen würde.

»Skorpion«, las sie vor und schaute ihn an, als müsste sie ihn an sein eigenes Sternzeichen erinnern. »Lassen Sie der Wut keinen freien Lauf. Am Ende des Tages wird sich alles zu Ihren Gunsten wenden.«

Seit der Hokuspokusladen in der Franz-Habich-Straße aufgemacht hatte, trieben Tante Erika und Onkel Horst auf der okkulten Welle. Sebastian schlürfte laut seinen Kaffee, ehe er den Becher so hart aufsetzte, dass Zeitung und Tischdecke braune Spritzer abbekamen. Er wischte mit dem Ärmel darüber. Nicht Tante Erika zuliebe, sondern weil er im Moment auf ihr Wohlwollen angewiesen war.

»Entschuldige bitte, Tantchen. Ich war am Strand, weil du mir geraten hast, vor dem Frühstück Sport zu treiben«, log er, und schon entspannte sich ihre Miene. »Und was steht beim Widder?« Tante Erikas Geburtstag war irgendwann im April.

Sie lächelte, erfreut darüber, dass er wusste, welches Sternzeichen sie war. Was sie ihm aus ihrem Horoskop vorlas, hörte er nicht.

»Wie schön«, murmelte er und erkannte an ihren geweiteten Augen, dass er einen Fehler gemacht hatte. »Ich meine natürlich weniger schön. Von diesen ganzen Auslegungen und Prophezeiungen hast du einfach mehr Ahnung als ich, liebste Tante.«

Das Kompliment versöhnte sie.

»Gehst du gleich zur Arbeit?« Er bückte sich, um die Zeitung vom Boden aufzuheben, und wäre dabei fast vom Stuhl gerutscht.

»Natürlich. Wohin sollte ich sonst gehen? Warum fragst du?«

»Ich interessiere mich halt für das, was du tust.«

Kurz wirkte sie nachdenklich, dann schien sie sich über sein Interesse zu freuen. Seinem Lächeln konnte sie noch nie widerstehen.

»Du denkst also ernsthaft darüber nach, eine Hotelfachausbildung zu machen?«, erkundigte sie sich hoffnungsvoll. Wenn nur die Litanei, dass man in diesem Beruf niemals arbeitslos werden würde und es viele Aufstiegschancen gab, ausblieb. Was fanden die Leute bloß an dem Job? Er war anstrengend und stressig. Außerdem verdiente man zu wenig, und die Arbeitszeiten waren total beschissen.

»Mhmmm«, nuschelte er vage und umging so die ehrliche Beantwortung der Frage. »Wohnt dieser Detektiv immer noch bei euch im Hotel?«

»Hubert Engel?« Erika lächelte, als würde sie sich an einen lieben Freund erinnern, der ihr am Herzen lag. »Ja. Soweit ich weiß, bleibt er noch ein wenig.«

Würde ihn wundern. »Grüß ihn unbekannterweise von mir. Und seine Frau natürlich auch.«

Überrascht sah sie ihn an, dann nickte sie. »Jetzt muss ich aber los, ich bin schon spät dran.«

Sebastian beschloss, abzuwarten, was Tante Erika ihm zur Mittagszeit über das Ableben des Hotelgastes erzählen würde.

***

»Guten Morgen, Herr Engel. Wow, vor dem Frühstück schon spazieren gehen, das nenne ich aber sportlich.«

»Guten Morgen, Mara.« Hubert Engel blieb an der Hotelrezeption stehen und lächelte. Seine Zähne waren ziemlich gelb und schief, aber immerhin noch vollzählig.

»Sie waren am Strand?« Es war eher eine Feststellung als eine Frage.

»Woran erkennen Sie das?«

Sie deutete mit dem Zeigefinger auf seine sandigen Schuhe.

»Oje. Ich habe vergessen, mir die Füße abzutreten.«

»Nicht so schlimm. Das meiste ist auf der Treppe liegen geblieben.« Mit dem Kopf wies sie in Richtung Hoteleingang, wo von der Tür bis zur Rezeption diverse Stufen emporführten. Dann blieb ihr Blick an seinem Gesicht hängen. »Oh Gott, Herr Engel. Was ist denn mit Ihren Augen passiert? Damit sollten Sie zum Arzt gehen.«

»Nein, nein. Alles in Ordnung. Es ist nur Sand. Den habe ich dummerweise mit Salzwasser herauswaschen wollen«, flunkerte er. Die Augen mussten knallrot sein, so wie sie brannten.

Ein hochgewachsener Mann trat dicht neben Engel, beinahe so, als würde er ihn beiseiteschieben wollen.

»Haben Sie eine Schere und Paketklebeband für mich?« Er klang ungehalten und hielt fordernd seine offene Hand über den Rezeptionstresen. Schweigend reichte Mara ihm das Gewünschte und schüttelte leicht den Kopf, als er sich ohne ein Wort des Dankes abwandte und ging.

»Leute gibt es, fürchterlich«, kommentierte Engel das Benehmen.

Mara lächelte wissend. »Ihre Frau haben Sie um ein paar Minuten verpasst, Herr Engel.« Sie spielte mit ihrem tropfenförmigen Ohrring.

Alles entspannt bei ihr, dachte Engel. Wenn Mara nervös war, schob sie mit dem Zeigefinger dauernd ihre Brille hoch, auch wenn die gar nicht herunterrutschte. Soweit Engel das beurteilen konnte, war sie eine gute Rezeptionistin. Sie empfing die Gäste, als wären sie gute alte Bekannte, und kümmerte sich um sämtliche Wünsche, sofern es in ihrer Macht lag. Sie war verantwortlich für die Zimmerbelegungen, schrieb Rechnungen, kassierte und telefonierte und wirkte niemals genervt. Meistens jedenfalls.

»Meine Frau? Wo ist sie denn so früh schon hingegangen?«

»In die Sauna.« Mara gab ihm den Zimmerschlüssel, den seine Frau an der Rezeption hinterlegt hatte.

»Was will sie denn da?« Blöde Frage, dachte Engel im selben Moment, da er sie stellte. Was sollte man in der Sauna schon anderes wollen, als ordentlich zu schwitzen? Seine Frau liebte das und behauptete immer, danach fühle sie sich wie neu geboren. Als ob das in ihrem Alter noch möglich wäre. Na, sein Geschmack war das schweißtreibende Sitzen jedenfalls nicht.

»Ich soll Ihnen ausrichten, dass sie um zehn eine Schlickpackung mit anschließender Massage hat.«

Mit anderen Worten, er hatte den kompletten Vormittag für sich.

Mara reagierte auf seine gerümpfte Nase. »Das ist etwas Gutes. Schlickpackungen sind gesund.« Sie klang überzeugend.

»Baden im stinkenden Watt?«

»Das sollten Sie sich auch mal gönnen, ist gut gegen Muskelverspannungen. Und so fürchterlich riecht es gar nicht.«

»Für mich schon. Danke.« Engel nahm den Zimmerschlüssel und ging zum Fahrstuhl. Von Meerespackungen hatte er für heute genug. Sein Rheuma schmerzte. Er wollte so schnell wie möglich die Beine hochlegen, um sich von dem Abenteuer am Strand zu erholen. Die Treppe in die oberste Etage hinaufzugehen, traute er sich in diesem Stadium nicht mehr zu. Ihm blieb keine andere Wahl, als sein Missfallen gegenüber Fahrstühlen zu überwinden und hochzufahren. Er plante, nach einer kurzen Erholungspause zu duschen, sich umzuziehen, anständig zu frühstücken und dann einige Erkundigungen über seinen Erpresser einzuholen. Ein Detail seines Aussehens würde ihm dabei sicher gute Dienste leisten: Der Mann hatte Feenaugen.

Darüber hatte er nachgedacht. Auch wenn Feenaugen recht selten vorkamen, waren sie ihm doch seltsam vertraut. Das eine blau, das andere grün, wo hatte er das schon gesehen?

Das sonstige Aussehen des Mannes entsprach dem vieler junger Männer. Doch das Gefühl, er sei gerade diesen Augen schon einmal begegnet, blieb.

Eine Stunde später quoll eine wohlriechende Dunstwolke aus dem Bad ins Hotelzimmer. Engel rubbelte sich mit einem Handtuch über den Kopf. Einen Fön zur Trocknung der wenigen Haare einzuschalten, wäre Stromverschwendung. Barfuß ging er zum Kleiderschrank, öffnete die Tür und fragte sich, was er anziehen sollte. Wenn seine Frau hier wäre, würde sie lachen. Er behauptete gern, nur die holde Weiblichkeit wisse nie, was sie anziehen sollte. Er entschied sich für eine helle Hose und ein kurzärmliges kariertes Hemd.

Nachdem er sich angezogen hatte, wollte er die Schranktüren schließen, überlegte es sich aber anders. Er ging in die Knie, obwohl er sich vorgenommen hatte, derartige Bewegungen für den Rest des Tages zu vermeiden, und zog seinen abgewetzten Detektivkoffer hervor. Ächzend richtete er sich wieder auf, wuchtete den Koffer auf das ungemachte Bett, ließ die Schlösser aufschnappen und öffnete den Deckel.

In Lederschlaufen im Kofferdeckel, fein säuberlich nach Größen sortiert, hingen Lupen, Pinsel und Pinzetten. Es gab Einmalhandschuhe, Wattestäbchen, Plastiktütchen, jede Menge Tinkturen und sonstige Dinge, die ein erfahrener Detektiv benötigte. Engel nahm den obersten Einlegeboden heraus und legte ihn beiseite. Darunter lagen diverse Dietriche, eine hochmoderne Abhöranlage und in einer Schachtel mit durchsichtigem Deckel die dazu passenden Wanzen und Kopfhörer. Er hob auch diesen Boden heraus, und da waren sie, die beiden Erpresserbriefe. Einer, um eine Erpressung anzukündigen. Und ein zweiter Brief, in dem er aufgefordert wurde, in der ersten Augustwoche zur Insel zu fahren. Beide Briefe hatte Engel fein säuberlich in Klarsichthüllen gesteckt. Spuren von dem Puder, mit dem man Fingerabdrücke sichtbar machen konnte, waren an den Rändern der Blätter zu erkennen. Doch was die Fingerabdrücke anging, so hatte er sich getäuscht. Keine vorhanden. Der Mann hatte Handschuhe getragen.

Die Briefumschläge hatte Engel ebenfalls aufbewahrt. Er vermutete, dass der Täter sie vor dem Zukleben angeleckt hatte – wer, bitte schön, meldete denn eine Erpressung an? Bestimmt kein Profi –, aber um eine DNA-Analyse zu machen, brauchte er eine Vergleichsprobe von demjenigen, den er verdächtigte. Doch auch wenn er nun bald wusste, wer das war, die Geldausgabe fürs Labor konnte er sich sparen – zumal er niemandem, schon gar nicht der Polizei, etwas beweisen musste.

Die Briefe enthielten teils ganze Worte, teils einzeln aneinandergesetzte Buchstaben, aus Zeitungen ausgeschnitten. Zudem stand im zweiten Brief, wo und wann sie sich treffen sollten und wie viel er zu zahlen hatte. Zu dem Termin war Engel einfach nicht erschienen. Wie erwartet erhielt er daraufhin einen Anruf, der die Situation für ihn verbesserte. Sein Erpresser schien die Weisheit nicht mit Löffeln gefressen zu haben. Engel konnte ihn herunterhandeln und den neuen Übergabeort bestimmen.

Draußen auf dem Flur hörte Engel Frauenstimmen. Sollte seine Ehefrau mit ihren Anwendungen schon fertig sein? Sie wusste nichts von den Briefen, er wollte sie nicht beunruhigen.

Engel horchte. Die Stimmen auf dem Flur entfernten sich. Er legte die Briefe zurück, hielt inne und zog den älteren wieder heraus. Vor einem der ausgeschnittenen Worte meinte er etwas gesehen zu haben, das ihm bisher entgangen war. Er holte seine Lesebrille. Es war immer noch schlecht zu sehen. Mit der großen Lupe würde er mehr erkennen.

Er ging zum Fenster und drehte das Blatt so, dass das Sonnenlicht direkt darauffiel. Dann hielt er die Lupe über die Stelle. Es sah aus wie ein Stier, konnte aber auch ein Widder sein. Eine Art Wasserzeichen unter dem Wort. Demnach war es aus einer Zeitschrift ausgeschnitten worden, die Horoskope erstellte. Solche Vorhersagen gab es in allen Fernsehzeitungen, jedem Revolverblatt, in Frauenzeitschriften und Tageszeitungen. Enttäuscht legte er den Brief zurück zu dem anderen in den Koffer und stapelte die Einlegeböden darüber. Die Lupe kam wieder zurück in die Schlaufe. Er klappte den Koffer zu, ließ die Schlösser einrasten und stellte ihn neben den Schreibtisch. In seinem Magen rumorte es. Zeit fürs Frühstück.

Er hatte die Tür halb geöffnet, als ein Wäschewagen auf dem Flur vorbeigeschoben wurde. Engel schaute dem Zimmermädchen hinterher. Sein Gehirn fügte ein paar lose Enden zusammen, und endlich wusste er, an wen ihn die zweifach gefärbten Augen erinnerten: an die Hausdame Erika. Und mehr noch, sie hatte ein Faible für Horoskope. Das konnte kein Zufall sein. Zwar lasen viele Menschen die Horoskope in irgendwelchen Zeitschriften, zwei ungleiche Augenfarben aber waren eine äußerst seltene Laune der Natur. Angeboren, aber nicht erblich. Trotzdem. Daraus ergab sich mehr als nur eine flaue Spur.

Auf dem Weg nach unten kamen ihm Bedenken. Er kannte Erika Becker als eine integre Person, zumal sie mit einem Polizisten verheiratet war. Ihr traute er keine Erpressung zu. Aber man schaute den Leuten immer nur vor den Kopf. Hatte sie Kinder? Er wusste es nicht. Doch er würde es herausfinden.

Mit dem glücklichen Gefühl, der Identität des Erpressers dicht auf den Fersen zu sein, ging er fröhlich vor sich hin pfeifend zum Frühstück.

***

Sebastian vertrödelte den Vormittag mit Nichtstun und schlenderte durch den Ort. Als er ins Haus seines Onkels zurückkam, konnte er schon vom Flur aus sehen, dass Tante Erika in der Küche den Mittagstisch nur für zwei Personen eingedeckt hatte.

»Horst muss heute durcharbeiten«, informierte sie ihn.

»Was ist passiert? Wird jemand vermisst?« Die Polizei suchte also bereits nach Hubert Engel. Das war zu erwarten gewesen, ihn wunderte nur, dass die Leiche nicht längst gefunden worden war. Tagsüber hielten sich am äußersten Ende des Südstrandes immer irgendwelche Menschen auf. »Weißt du Näheres?«

»Nein. Wie kommst du darauf, dass jemand vermisst wird?«

»Du sagtest doch, dass Onkel Horst durcharbeiten muss, da dachte ich …« Er schwieg einen Augenblick. »Er hat also nicht gesagt, was ihn aufhält?«

»Nein, Sebastian.« Tante Erika wuselte ihm durch die Haare.

»Aber wenn ein Toter gefunden wird, am Strand beispielsweise, bekommt die Polizei doch sicher sofort Bescheid, oder?«

»Davon kannst du ausgehen. Schön, dass du dich jetzt auch für den Beruf deines Onkels interessierst.«

Nach dem Essen blieb Sebastian länger mit Tante Erika in der Küche sitzen, als er es sonst tat. Auch wenn es sehr unwahrscheinlich war, konnte es ja sein, dass Onkel Horst anrief, um den Stand der Dinge durchzugeben. Gegen drei ging Tante Erika wieder zur Arbeit, und er trieb sich eine Stunde rastlos im Haus herum, in der Hoffnung, dass der Onkel bald Feierabend machen und heimkommen würde. Er musste unbedingt erfahren, ob die Leiche gefunden worden war.

Gegen vier hielt ihn nichts mehr an seinem Platz. Er borgte sich Onkel Horsts Fernglas und musste zu Fuß bis ans Ende des Deckwerks laufen, da Tante Erika mit dem Rad zur Arbeit gefahren war. Dort stand er nun und starrte durchs Glas Richtung Süden. Die Kurverwaltung schien den Seehund entsorgt zu haben. Weder Kadaver noch Möwen, die sich um die Beute zankten, waren zu entdecken. Zwei Strandspaziergänger kamen ihm entgegen. Sie spazierten an der Wasserkante entlang. Er wartete, bis er durchs Glas ihre Gesichter erkennen konnte. Die beiden unterhielten sich angeregt, wirkten aber nicht wie Leute, die etwas Ungewöhnliches entdeckt hatten.

Die Leiche von Hubert Engel war spurlos verschwunden. Das Meer, es musste sie hinausgezogen haben, noch ehe die Strandwärter hier aufgetaucht waren und den Seehundskadaver fanden. Die hätten das Ereignis schneller weitergegeben, als Donald Trump twittern konnte.

Er kehrte nach Hause zurück.

Als es Abend wurde, hatte Sebastian vom Warten die Nase voll. Er musste unter Leute, vor allem aber wollte er etwas trinken. In Tantchens Kühlschrank fand man äußerst selten eine Flasche Bier, selten gleich mehrere.

Schlecht gelaunt ging er in der Bismarckstraße von einem Lokal zum anderen, trank in jedem ein Glas Bier und erkundigte sich, ob es auf der Insel etwas Neues zu erzählen gab. Der Fund einer Leiche würde sich sofort herumsprechen. Nichts. Eine innere Unruhe trieb ihn weiter. Irgendjemand musste etwas wissen. Schließlich landete er am Tresen des »Matrix«, einer Kneipe auf der unteren Strandpromenade. Die Bedienung hatte noch nicht einmal davon gehört, dass auf der Insel jemand gesucht, geschweige denn tot aufgefunden wurde.

Sebastian starrte abwechselnd sein Glas an und zum Fenster hinaus, als eine Frau neben ihm Platz nahm und ihn ansprach. Sie stellte sich als Carola vor. Sie redeten über dies und jenes. Carola schien ein wenig verrückt zu sein, denn sie behauptete, ihr Beruf sei Schatzjägerin.

»Und welche Schätze gräbst du aus?«

»Woher weiß du, dass ich grabe?« Auf einmal klang sie argwöhnisch, so als wäre er derjenige, der das Thema Schatzsuche angeschnitten hatte. »Was weißt du darüber? Hat man dir etwas über meine Suche verraten?«

»Reg dich ab. Niemand hat mir irgendwas erzählt. Du selbst hast doch davon angefangen.«

»Und dennoch weißt du, dass der Schatz ausgegraben werden muss. Max«, fügte sie hinzu, und Sebastian glaubte eine Sekunde lang, der Barmann, der ganz in der Nähe einige Gläser polierte, sei gemeint. Als sie den Namen etwas lauter wiederholte, kapierte er jedoch, dass sie damit ihn meinte. Die blöde Kuh hatte seinen Namen vergessen. »Also, Max. Ich möchte auf keinen Fall«, sie senkte ihre Stimme ein wenig und schaute sich verstohlen um, »dass du jemandem davon erzählst.«

»Wovon, zum Teufel?« Sebastian leerte sein Glas und gab dem Wirt zu verstehen, dass er zahlen wollte. Mit so einer durchgeknallten Tussi mochte er sich heute nicht herumschlagen.

»Du willst schon gehen, Max?«

Sebastian gab keine Antwort, zahlte und rutschte vom Hocker. Doch sie hielt ihn auf, überredete ihn, sich wieder zu setzen. Sie spendierte sogar einige Schnäpse und erzählte ihm schließlich ihre Geschichte. Am Ende war er sturzbesoffen, sie längst verschwunden, und der Wirt warf ihn raus, da er Feierabend machen wollte.

Auf dem Heimweg verfiel er in eine Art Tagtraum. Er bildete sich ein, dass durchsichtige Piraten über den Strand und dicht an ihm vorbeistürmten.

»Vorsicht!«, rief er und hielt den Piratenkapitän am Ärmel fest. »Ein Angriff von hinten.«

Unter Säbelhieben starben die Ersten. In der Ferne wurden Männer an der Rahe eines Dreimasters aufgeknüpft. Ein zweites Segelschiff trieb brennend auf den Strand. Die Mannschaft sprang von Bord. Einige hatten Messer zwischen den Zähnen. Sie blitzten zwischen den Brandungswellen im Mondlicht auf. Schon hatten die Vordersten wieder festen Boden unter den Füßen und rannten mit gezückten Säbeln hinter dem Piratenkapitän her.

Sebastian hielt plötzlich eine Piratenbraut an der Hand. Sie sagte, sie heiße Ocke Tom Brooks und sah aus wie die Frau, die ihn Max genannt hatte. Ihn schauderte, als ihre fischige Hand der seinen entglitt.

Sie verstellte ihm den Weg. »Folge dem Kapitän nicht. Sie werden dich töten.« Ihre blutunterlaufenen Augen weiteten sich erschrocken, als er sie beiseiteschob. »Was für ein mutiger Mann!«, hörte er sie rufen. »Doch ich fürchte um sein Leben.«

Torkelnd lief Sebastian dem Piratenkapitän hinterher. Er stolperte ins Dünental. Männer mit Kisten kamen ihm entgegen.

»Achtung!«, rief einer der Kistenträger, ließ die Fracht fallen und zog einen Degen. Sebastian wehrte den Stich mit seinem Säbel ab. Sie fochten miteinander. »Welches Schiff befehligt Ihr?«, keuchte sein Gegner zwischen den Hieben und lief davon, als er keine Antwort erhielt.

Sebastian sah, wie ein fetter Kerl in gestreiften Hosen einem Dürren den Arm abhackte. Der bückte sich, hob ihn auf und schob ihn in den leeren Ärmel zurück. Das Blut, das herausspritzte, wirkte silbrig. Ein Pirat in zerschlissenem Gehrock stürmte durch einen anderen hindurch und schubste einen Dritten von einer der Kisten. Eben beugte er sich vor, um den Deckel zu öffnen, als ihm von hinten der Kopf abgeschlagen wurde. »Das war nicht nett«, rief der Kopf und rollte Sebastian vor die Füße. Der Rest des Körpers fiel in seine Arme. Vor Schreck ließ er den Säbel fallen und fing den Mann auf. Bläschen bildeten sich am kopflosen Hals, platzten und spritzten Sebastian ins Gesicht. Es roch nach Moder, altem Fisch und Rum. Angewidert ließ Sebastian den Mann fallen. Er kniete vor der Schatzkiste nieder und starrte auf Gold und Juwelen.

Aus dem Augenwinkel sah er, dass die anderen mit erhobenen Waffen auf ihn zukamen.

»Verschont ihn«, rief einer, der aussah wie Klaus Störtebeker. Hände griffen von allen Seiten in die Kiste, holten Münzen, Ketten und Ringe heraus und überhäuften Sebastian damit.

»Dein Anteil«, erklärte die Piratenbraut und warf sich ihm an den Hals. Auch wenn Sebastian wilde, schöne Frauen mochte, diese hier war ihm zu unterkühlt. Er schob sie von sich. Die Verschmähte brach in Tränen aus.

In Wirklichkeit hatte Sebastian einen Stock gefunden, und weil Meeresleuchten war, torkelte er zum Strand hinunter. Dort badete eine Gruppe junger Leute. Sie liefen zu ihren Kleidern und Handtüchern zurück und hinterließen funkelndes Wasser, das mit jeder Brandungswelle silbern an den Strand schwappte. Sebastian steuerte mit erhobenem Stock auf einen von ihnen zu und lallte Unverständliches, woraufhin sein Gegenüber ihm die Waffe entwendete.

Sebastian lief dem jungen Mann hinterher und stolperte

gegen einen Strandkioskbetreiber, der gerade dabei war, einige Kisten in seine Milchbude zu tragen. Durch Sebastians Anrempelei fielen die oberen Kisten herunter. Der Milchbudenbesitzer fluchte und wehrte Sebastian ab, der sich an seinem Arm festhielt, um nicht das Gleichgewicht zu verlieren. Dabei fegte er eine Flasche Ketchup zu Boden. Der Deckel sprang auf, und der Inhalt spritzte auf Sebastians Hosenbeine. Er wischte ihn ab, landete auf den Knien im Sand und schmierte sich etwas davon ins Gesicht.

In einer der am Boden liegenden Kisten entdeckte Sebastian einen runden Napfkuchen. Er griff danach, brach einige Kuchenstücke heraus, murmelte: »Mein Anteil«, und torkelte unter lauten Beschimpfungen davon.

Als Sebastian am nächsten Morgen mit einem mordsmäßigen Kater erwachte, verfluchte er die Begegnung mit der verrückten Carola, die ihm weismachen wollte, den Schatz von Störtebeker gefunden zu haben.

* * *

Engel hatte den ganzen Tag im Hotel verbracht, aus Angst, seinem Erpresser zufällig irgendwo auf der Straße zu begegnen. Die Insel war ja recht übersichtlich. Er hatte darüber nachgedacht, wie er weiter vorgehen sollte. Jetzt, da er einen konkreten Anhaltspunkt hatte, wo er den Erpresser finden könnte, sollte er mit Erika Becker sprechen. Von Mara wusste er, dass die Hausdame keine Kinder hatte, aber eine Verbindung zu dem jungen Mann konnte es dennoch geben.

Er hatte Mara danach fragen wollen, es dann aber lieber bleiben lassen. Jeder hier im Hotel wusste, dass er sich als Detektiv die Zeit vertrieb, und er durfte Erika Becker keinesfalls misstrauisch machen. Zum einen konnte Frau Becker in der Sache mit drinstecken, zum anderen käme seine Fragerei dadurch womöglich seinem Erpresser zu Ohren. Und drittens war sie die Ehefrau eines Polizisten. Die Polizei konnte er hierbei gar nicht gebrauchen.

Je länger er darüber nachdachte, umso überzeugter war er jedoch, dass Erika Becker keine Ahnung von dem Erpressungsversuch hatte. Es passte nicht zu ihr.

Wieder war sein erster Gedanke: abreisen, sofort. Doch wie sollte er das seiner Frau erklären? Sie sorgte sich schon jetzt um ihn, weil er den ganzen Tag im Hotel blieb.

War der Erpresser ein Einheimischer, wäre die Angelegenheit durch die Abreise zudem nur aufgeschoben, nicht erledigt. Denn im kommenden Sommer würde er mit seiner Frau liebend gern wieder den Urlaub auf der Insel verbringen.

Er könnte Erika Becker beschatten. Vielleicht führte sie ihn ja zu dem Mann. Aber das war riskant. Er begäbe sich in Gefahr, entdeckt zu werden.

Engel entschied, vorerst weiter toter Mann zu spielen, im Hotel zu bleiben und nichts zu unternehmen.

»Was machen Sie hier?«

Erschrocken fuhr Carola herum. »Ich habe auf Sie gewartet.«

»Soso. Und woher wussten Sie, dass ich hier sein würde? Bis eben war mir das schließlich selbst noch nicht klar.«

»Intuition.« Carola Dörners Lächeln konnte unschuldiger kaum sein, und dennoch sah man, dass sie es faustdick hinter den Ohren hatte. »Ich habe auf Sie gewartet.«

»In einem verschlossenen Museum?« Die Frage klang spöttisch.

»Sie sind ja auch hier. Egal. Ich habe etwas für Sie.« Carola stand mit dem Po an eine Glasvitrine gelehnt, eine Hand lag verborgen auf ihrem Rücken. Mit der anderen griff sie in ihre Hosentasche und holte etwas heraus.

Was da auf ihrer flachen Hand lag, sah auf den ersten Blick wie eine große Münze aus. Etwa sechs Zentimeter im Durchmesser und eineinhalb Zentimeter dick, mit einem Loch von gut drei Zentimeter Durchmesser in der Mitte. Gold. Das erkannte man sofort. Drei rote und drei blaue Edelsteine zierten den Ring. An einer Stelle befand sich ein Loch, in dem eine Art Pendel hing. Der Gegenstand schien uralt zu sein und erweckte den Eindruck, als klebte der Dünensand noch daran. Doch das war nur Einbildung.

»Wo haben Sie das gefunden?«

»Das bleibt mein Geheimnis. Aber Sie können es kaufen, zusätzlich zu den Dukaten, meine ich.«

»Sie sind ja nicht bei Trost, wenn Sie denken, ich würde Ihnen noch eine einzige von den gefälschten Münzen abkaufen.«

»Die sind falsch?«

»Als ob Sie das nicht wüssten. Ich werde zur Polizei gehen.«

Mit einem Satz war Carola da. Sich fest am Arm ihres Gegenübers festhaltend, verlegte sie sich aufs Jammern. »Bitte tun Sie das nicht. Sehen Sie.« Carola reichte das Schmuckstück herüber.

Es war echt, keine Frage. Und es weckte Begierde.

»Sie können es haben. Ich mache Ihnen einen Freundschaftspreis.«

»Wie viel?«

Ehe Carola eine Antwort geben konnte, entdeckte ihre Kontaktperson das Werkzeug auf der oberen Scheibe der Glasvitrine.

»Was ist das?«

Ganz eindeutig lag dort der Dietrich, den Carola hinter ihrem Rücken verborgen und mit dem sie versucht hatte, die Vitrine zu öffnen. Doch die Frage galt eher dem dicken Stift daneben, der aussah wie ein überdimensionaler Kugelschreiber.

Die Person war schnell und griff danach.

»Mein Insulinpen«, rief Carola. »Geben Sie ihn mir sofort zurück!« Sie wollte ihrem Gegenüber den Pen aus der Hand nehmen.

»Du kleine, miese Verbrecherin. Erst drehst du mir eine falsche Dukate an, und dann brichst du hier ein.« Der Zeigefinger deutete auf die Vitrine. Dort lag immer noch der Dietrich.

Carola versuchte, an das Werkzeug und den Pen zu gelangen, doch sie war nicht schnell genug. Im Gerangel fielen der Insulinstift und der Dietrich zu Boden, Carola hinterher. Wie ein nasser Sack landete sie auf den Knien, um sich anschließend hinzusetzen. Eindeutig ein Schwächeanfall.

»Geben Sie mir den Pen.« Sie streckte fordernd die Hand aus, doch ihre Finger zitterten. Sie war auf einmal blass im Gesicht und sah aus, als ginge es ihr schlecht, als bräuchte sie Hilfe.

Tatsächlich bekam sie den Insulinpen gereicht. Schnell schob Carola ihren Sommerpullover hoch und setzte den Pen an. Mit einem leisen Klick schien das Insulin gespritzt worden zu sein. Kurz darauf sah sie ein wenig besser aus.

»Und?«, fragte sie keck. »Wollen Sie immer noch die Polizei

rufen? Nein, ich sehe schon. Es wäre ja auch zu peinlich, wenn Sie zugeben müssten, auf eine gefälschte Münze hereingefallen zu sein.«

»Ich will mein Geld zurück.«

»Das habe ich bereits ausgegeben.«

»Unmöglich. So viel kann man nicht in so kurzer Zeit …«

»Ich gebe Ihnen die echten«, warf sie ein, ohne darüber nachzudenken, dass sie dadurch preisgab, von der Fälschung gewusst zu haben, »und Sie bekommen Prozente. Hey, was tun Sie da?«

Carola wurde der Insulinstift aus der Hand genommen und auf die nackte Bauchdecke gesetzt. Es machte mehrmals klick.

»Der Stift ist so gut wie leer. Das macht mir gar nichts«, rief Carola.

Wenige Sekunden später hörte sie die Klospülung, dann war sie allein.

DREI

»Er war ganz schön laut, als er gestern nach Hause kam«, beschwerte sich Horst Becker beim Frühstück. »Und getrunken hatte er auch.«

»Das ist die Jugend«, entgegnete seine Frau nachsichtig. »Wir waren auch mal so, erinnere dich.«

Becker erinnerte sich, als junger Mann keinem seiner Verwandten auf der Tasche gelegen zu haben. Und im Gegensatz zu Sebastian hatte er auch sehr selten einen über den Durst getrunken. Schon gar nicht mitten in der Woche. Noch viel weniger wäre er in der Lage gewesen, sein Gegenüber mit harmlosem Gesichtsausdruck schamlos anzulügen. Becker hatte gehört, wie Sebastian Erika weismachen wollte, höchstens drei Glas Bier getrunken zu haben.

Aus einer Tüte mit dem Aufdruck der Inselapotheke nahm Becker eine Aufbewahrungsbox für Pillen. »Hat er gesagt, wie lange er noch bleiben will?«

»Er ist doch erst ein paar Tage da.«

»Eben.«

»Ich habe eigentlich das Gefühl«, sagte Erika, »der Junge fängt sich.«

»So?« Becker legte seinen ganzen Unglauben in das eine Wort. Er würde auf der Stelle seinen gesamten Pillenvorrat darauf verwetten, dass dem nicht so war.

»Ja. Er fragt mich ständig, was bei der Arbeit so alles passiert.«

Becker sortierte seine Vitamintabletten in die Aufbewahrungsbox, die für jeden Tag der Woche ein eigenes Fach hatte.

»Er erkundigt sich sogar nach unseren Gästen.«

»Nach jemand Bestimmtem?«

»Hubert Engel.«

»Oh, ist der wieder da?«

»Ja.« Erika strahlte. Sie mochte Hubert Engel.

»Hat er gesagt, warum er letzten Sommer nicht gekommen ist?«

»Das hat Sebastian auch wissen wollen. Frau Engel ging es wohl sehr schlecht.«

»Was hatte sie denn?« Beckers Interesse war geweckt. Er wusste über Erkrankungen jeder Art Bescheid.

»Frau Engel? Keine Ahnung. Wenn man Herrn Engel fragt, winkt er ab. Vermutlich möchte er nicht darüber sprechen.«

Unverständlich – über Krankheiten gab es doch stundenlang etwas zu sagen! Becker legte zu den Vitamintabletten und dem blutdrucksenkenden Mittel je eine L-Thyroxin-Pille, um sein ihm fehlendes Schilddrüsenhormon zu ersetzen, und schob den durchsichtigen Plastikdeckel über die Fächer. »Und das interessiert Sebastian?« Er schaute skeptisch. Da war doch was faul.

»Ja, da staunst du, was? Der Junge fragt mir regelrecht Löcher in den Bauch.«

»Übers Hotel und deine Arbeit oder ganz speziell über Herrn Engel?«

»Warum fragst du?«

»Ich nehme eben Anteil an dem, was deinen Neffen derzeit so beschäftigt.« Sie wussten beide, dass das geflunkert war. »Nun?«

Erika legte den Zeigefinger an die Lippen und dachte nach, dann zuckte sie mit den Schultern. »Keine Ahnung. Er fragt nach allem, und ich bin einfach nur froh, dass er sich für meine Arbeit interessiert.«

Becker seufzte. Er würde schon noch dahinterkommen. Er nahm Erikas Hand, zog sie an seine Lippen und küsste ihre Fingerspitzen. »Schatz, ich muss los.«

***

»Volle Konzentration, Charlotte«, ermahnte sich Charlotte Baumann leise selbst. Den Schlüssel zur Eingangstür hielt sie fest in der Hand, und doch zitterten ihre Finger ein wenig, als sie ihn in den Zylinder schob. Jetzt kam es drauf an. Sie musste die richtige Schließfolge einhalten, um keinen Alarm auszulösen. Der Anlagentechniker hatte es bei der Installation mehrmals erwähnt. Dabei hatte der junge Schnösel so getan, als redete er mit einer geistig Behinderten. Idiot. Als ob Menschen ab einem gewissen Alter automatisch das Verständnis für Elektronik verlören.

Eines wusste Charlotte mit Sicherheit, der Techniker hatte die Weisheit auch nicht mit Löffeln gefressen. Sein Wortschatz und die Art, wie er gesprochen hatte, ließen auf eine niedrige Schulbildung schließen. Sie wusste, wovon sie sprach, denn sie war vor ihrer Pensionierung als Lehrerin tätig gewesen.

Sie blickte über ihre Schulter. Der Mann, der soeben das Grundstück auf der gegenüberliegenden Straßenseite verlassen hatte, lehnte am Zaun und steckte sich eine Zigarette an, schaute jedoch in eine andere Richtung. Wie konnte man seine Lunge nur freiwillig mit Rauch verpesten? Noch dazu bei der schönen Luft hier draußen. Sie atmete tief ein und bereitete sich darauf vor, gleich die Füße in die Hand zu nehmen, um an den Schaltkasten zu gelangen und die Anlage abzuschalten. Wenn es nur kurz plärrte, bestand die Möglichkeit, dass die Polizei nicht sofort anrückte, sondern erst einmal anrief. Das war schon einige Male vorgekommen. Ihr Arbeitskollege fand das äußerst unangenehm. Kein Wunder, es war immer seine Schuld.

Der Schlüssel fuhr geschmeidig ins Schloss, fand jedoch keinen Widerstand, um aufzuschließen. Sie zog ihn heraus, steckte ihn in das zweite, untere Türschloss und versuchte zu drehen. Wieder nichts. Der Schlüssel wanderte in die Jackentasche, und sie drückte die Klinke hinunter. Die Tür war offen.

»Klüwer?«, rief sie. Der Mann wurde immer unachtsamer. Jetzt vergaß er sogar schon, nach Feierabend das Museum abzuschließen. Wie alt war er inzwischen? So wie er aussah, wenigstens acht bis zehn Jahre älter als sie.

Charlotte Baumann trat ein und ärgerte sich ein weiteres

Mal. Gleich vor der ersten Glasvitrine lag ein kleiner Dreckhaufen auf dem Fußboden. Jetzt hatte Klüwer auch noch vergessen, den zusammengefegten Müll aufzukehren. Sie bemerkte rote Flecken auf den Fliesen. Gewischt hatte er also auch nicht. Das durften wieder mal die Frauen machen. Wie oft hatte sie schon gepredigt, keine Kinder mit Eistüten mehr hereinzulassen? Dieses künstliche Wassereis kleckerte überall hin und war schwer wieder abzuwischen. Aber den feinen Herrn Kollegen interessierte das wenig. Niemals nahm er einen Lappen in die Hand.

Apropos Hand.

Charlotte sah eine. Und Finger, die sich um den Fuß der vorderen Glasvitrine krallten, in der altes Porzellan ausgestellt war. Es sah aus, als wollte sich jemand daran hochziehen. Ein Fingernagel war abgebrochen und die Haut rissig, was mit einer guten Handcreme in wenigen Tagen zu beheben wäre, das sah Charlotte genau. Eine Lesebrille brauchte sie nur, wenn sie den Preis für den Museumseintritt in die Registrierkasse eintippen musste.

Am Mittelfinger der Hand steckte ein klotziger Ring. »Diamantensplitter, in der Mitte ein Granat«, murmelte sie. Sie war leidenschaftliche Zuschauerin der Sendung »Bares für Rares«, wobei sie sich besonders für Schmuck interessierte.

Dieser aufwendige Ring passte so gar nicht zu der Hand.

Charlotte ging um die Vitrine herum. Dort lag eine Frau auf dem Boden. Sie verharrte eine oder zwei Sekunden, dann holte sie tief Luft.

Was sollte sie tun? Schreiend hinauslaufen? Der Raucher stand vielleicht noch am Zaun und konnte helfen. Nein, auf keinen Fall, als Museumsleiterin war das unter ihrer Würde. Das taten bloß zimperliche Weiber in den Krimiserien, die Charlotte ebenfalls gern schaute. Besser wäre es, die Polizei zu alarmieren. Welche Telefonnummer war die richtige, 112 oder 110? Sie brachte die immer durcheinander.

»Ach was, ich rufe einfach die Frau Doktor an.«

Damit machte sie nichts falsch. Obwohl hier vermutlich

nichts beziehungsweise niemand mehr zu retten war. Die Frau war tot, daran gab es keinen Zweifel.

Charlotte Baumann ging in den Kassenraum und telefonierte. Mit knappen Worten gab sie durch, was sie vorgefunden hatte, und legte anschließend erleichtert den Hörer auf die Gabel.

Wunderbar, auf die Frau Doktor war Verlass. Sie hatte versprochen, sofort zu kommen und vorher der Polizei Bescheid zu geben.

Charlotte versicherte sich, dass die Museumstür offen war, und setzte sich wenige Meter von der Toten entfernt auf eine Holzbank, gleich neben der mit Delfter Fliesen ausgekachelten Pütte, einer Wasserzisterne aus dem 18. Jahrhundert. Von hier aus hatte sie sowohl die Tote als auch den Eingangsbereich direkt im Blick. Als sie zum zweiten Mal auf ihre Armbanduhr schaute, hörte sie draußen Schritte. Es waren gerade mal sechs Minuten vergangen.

Bernhard Kutschbauer trat durch die Eingangstür. Einer ihrer ehemaligen Schüler, der bei der Polizei gelandet war. Früher war er ein pfiffiges Kerlchen gewesen. Er hätte mehr aus sich machen können.

»Haben Sie die Leiche angefasst?«, war das Erste, was er fragte, als er sie erblickte.

»Dir, lieber Bernhard Kutschbauer, wünsche ich ebenfalls einen guten Morgen.«

Ertappt schaute er auf seine Schuhe. »Guten Morgen, Frau Baumann.«

»Du bist unrasiert, und etwas vergammelt wirkst du auch.«

»Tut mir leid, Frau Baumann.«

»So kenne ich dich gar nicht.«

Er ging vorsichtigen Schrittes um die Vitrine herum. »Wir haben uns lange nicht gesehen, Frau Baumann. Haben Sie …«

»Ja, ich habe sie angefasst. Am Arm. Musste ja schließlich ihren Puls fühlen. Sie hatte keinen.«

»Kennen Sie die Frau?«

»Nie gesehen.«

Kutschbauer nickte und setzte sich neben sie auf die Bank. Er stellte die üblichen Fragen. Wann und wie sie die Tote entdeckt habe und ob sie sich erklären könne, was die Frau hier zu suchen gehabt hatte. Blöde Frage. Was wollte man wohl in einem Museum? Es sich anschauen natürlich. Das sagte sie ihm auch.

Ehe er weitere Fragen stellen konnte, traf Kutschbauers jüngerer Kollege ein.

»Na, von den Toten auferstanden?«, fragte der Polizist süffisant.

»Junger Mann, finden Sie das witzig?«, empörte sich Charlotte.

Kutschbauer sprang auf. »Tut mir leid, Frau Baumann, der Kollege meinte mich damit.«

»Das will ich hoffen.«

»Es würde uns im Traum nicht einfallen, Witze über den Tod zu machen.«

»Nun, das ist auch besser so.« Sie stand ebenfalls auf.

Der junge Polizist machte genau wie Polizeihauptmeister Bernhard Kutschbauer ein reuiges Gesicht. Als Charlotte Baumann jedoch kurz wegschaute, zwinkerte Kutschbauer dem Kollegen zu. Es bereitete ihm eine diebische Freude, seine ehemalige Lehrerin verärgert zu haben, auch wenn es unabsichtlich geschehen war. Schon als Kind fand Kutschbauer die alte Ziege unausstehlich. Das hatte sich bis heute nicht geändert. Ebenso wie ihr Verhältnis zueinander. Sie hielt ihn damals wie heute für einen Menschen, der keinen Ehrgeiz besaß. Glücklicherweise hatten sie nur selten miteinander zu tun.

Als sie ihn wie früher mit leicht gesenktem Kopf anschaute, deutete er über ihre Schulter hinweg auf Kupke. »Das ist Polizeiobermeister Kupke. Andreas, das ist Frau Baumann. Sie hat die Tote gefunden.«

»Guten Morgen«, grüßte Kupke artig.

»Wüsste nicht, was an diesem Morgen gut sein soll, junger Mann.«

»Entschuldigung«, murmelte Kupke, und Frau Baumann verzieh ihm mit einem gnädigen Kopfnicken.

»Soll ich Ihnen ein Glas Wasser bringen, Frau Baumann? Sie sehen mitgenommen aus.« Kutschbauer hasste sich für den fügsamen Ton in seiner Stimme.

»Man findet nicht jeden Tag eine Leiche«, gab sie zu. »Aber es ist nicht die erste, die ich sehe.«

Kutschbauer verzichtete auf die Frage, wen sie denn noch gesehen hatte. Sie konnte stundenlange Erklärungen auf eine einfache Frage geben, das wollte er vermeiden. Sicherlich meinte sie ihren Ehemann Franz, der vor einigen Jahren tot neben ihr im Bett gelegen hatte, als sie am Morgen aufgewacht war. Herzstillstand.

»Dabei war er doch erst Mitte siebzig«, sagte Charlotte, als habe sie seine Gedanken erraten. Gruselig. Wie früher in der Schule.

»Ein Glas Wasser, Frau Baumann?«, wiederholte Kutschbauer.

»Du stöberst mir auf keinen Fall in meinem Kassenraum herum!«

»Ich vielleicht nicht, aber irgendjemand wird sich dort umsehen müssen. Eine Spurensicherung in allen frei zugänglichen Bereichen des Museums ist unumgänglich.« An Kupke gewandt flüsterte Kutschbauer: »Hast du den Sicherungskoffer mitgebracht?«

Der schüttelte den Kopf. »Hat mir niemand aufgetragen.«

Frau Baumann schaute demonstrativ auf ihre Armbanduhr. »Sie müsste schon längst hier sein.«

»Nein, Frau Baumann. So schnell geht das nicht. Zumal ich unseren Vorgesetzten ja erst noch anrufen muss, damit er …«

»Reden Sie keinen Unsinn. Ich meine natürlich die Frau Doktor.« Charlotte Baumann sah zum Eingang. »Ah«, sagte sie, »da ist sie ja.«

Die Inselärztin betrat forschen Schrittes das Museum. »Moin«, grüßte sie, reckte ein wenig den Hals, drückte Kupke ihre Arzttasche in die Hand, begrüßte Kutschbauer und ging ohne ein weiteres Wort neben der Toten in die Knie.

»Machen Sie jetzt die Leichenschau? Ich kann mich noch gut an die meines Mannes erinnern.«

»Hat man Sie dabei zuschauen lassen?« Dem Gesicht der Ärztin war anzusehen, dass ihr der Gedanke missfiel.

»Ich habe darauf bestanden.«

»Bei mir gibt es das nicht. – Die Frau ist seit wenigstens sechs Stunden tot«, sagte die Ärztin nach ein paar oberflächlichen Untersuchungen, hob den Kopf und schaute Kutschbauer an. »Die Leichenstarre hat bereits eingesetzt.«

»Und was ist mit dem Totenschein?«, fragte Frau Baumann.

»Herr Kutschbauer«, die Stimme der Ärztin hatte an Schärfe zugenommen, »würden Sie Frau Baumann bitte nach nebenan begleiten?« Zur Erfüllung einer pflichtgerechten Leichenschau müsste die Ärztin die Tote nun vollständig entkleiden, sie bei ausreichender Beleuchtung eingehend ansehen und alle Körperöffnungen in Augenschein nehmen.

Kutschbauer gab Kupke ein Zeichen. Charlotte Baumann fügte sich, jedoch nur unter Protest.

»Ist sie eines natürlichen Todes gestorben?« Kutschbauer senkte die Stimme, damit Frau Baumann vom Kassenraum her nicht noch weitere Kommentare zur vermutlichen Ursache herüberschickte.

»Keine Ahnung. Sieht auf den ersten Blick natürlich aus. Es gibt keine äußeren Verletzungen oder ungewöhnliche Merkmale. Ich werde ›ungeklärt‹ ankreuzen.«

Dazu war sie verpflichtet, wenn ein natürlicher Tod nicht zweifelsfrei festgestellt werden konnte. Dann musste ein Ermittlungsverfahren eingeleitet werden, um zu bestimmen, ob es sich um eine natürliche Todesursache, einen Unfall oder Selbstmord beziehungsweise vielleicht sogar Mord handelte. Die Ermittlungsbehörden musste sie allerdings nicht mehr verständigen. Die war in Form von Kutschbauer und Kupke ja bereits da.

Kutschbauer seufzte. Die Tote war zu jung, um von Altersschwäche dahingerafft worden zu sein. Aber auch Menschen um die vierzig konnten einen Herzinfarkt oder einen Schlaganfall erleiden.

»Ich hoffe, Ihr erster Eindruck bewahrheitet sich, Frau Doktor.« Ein Mord im Heimatmuseum schlüge sich bestimmt auf die Besucherzahlen nieder. Kutschbauer war selbst Mitglied des Vereines und wusste um dessen finanzielle Belastungen. Borkums Museum war eines der wenigen in Deutschland, die ohne Zuschüsse vom Staat auskamen.

»Ich glaube, ich habe sie schon mal gesehen.«

»Eine Einheimische?« Kutschbauer klang skeptisch.

»Nein. Aber sie war vor einiger Zeit schon mal auf Borkum und kam in meine Praxis. Ich glaube, sie wohnte auf dem Campingplatz. Ich erinnere mich daran, weil sie so fahrlässig mit ihrer Krankheit umging.«

»Kennen Sie ihren Namen?«

»Klar, ihr nicht?«

»Nein, noch nicht. In ihren Taschen war kein Ausweis oder Ähnliches zu finden, und eine Handtasche gibt es hier auch nirgends.« Kutschbauer hütete sich zu behaupten, keine Frau gehe ohne Tasche aus dem Haus. Er kannte genug, die selten bis nie eine trugen.

»Der Name fällt mir bestimmt gleich ein. Ach was. Rufen Sie in einer halben Stunde in der Praxis an, dann werde ich Ihnen die Daten durchgeben.«

»In Ordnung. Sie sagten, die Tote sei krank gewesen?«

»Sie litt an Diabetes. Oder war es Asthma? Auf jeden Fall war sie eine starke Raucherin.« Sie deutete auf die nikotinvergilbten Finger. Vermutlich hatte die Tote ihre Zigaretten selbst gedreht. Die Ärztin betrachtete die Tote noch ein, zwei Sekunden lang, dann erhob sie sich. »Meine Tasche?«

Kupke hatte sie mit in den Kassenraum genommen. Er kam auf Kutschbauers Wink hin zurück und gab sie ihr. »Wenn sie schon mehr als sechs Stunden tot ist«, sagte er und sprach damit aus, was Kutschbauer dachte, »dann ist sie vermutlich gestern Abend hier eingeschlossen worden.«

»Das wäre dem Klüwer zuzutrauen!«, rief Frau Baumann aus dem Kassenraum zu ihnen herüber.

Die Ärztin bedeutete ihnen mit einem Schulterzucken, dass das nun nicht mehr ihre Angelegenheit sei, hob die Hand und winkte zum Gruß.

»Tschüss«, sagten Kutschbauer und Kupke im Chor und schauten ihr nach, bis sie das Museum verlassen hatte.

»Volles Programm?«, fragte Kupke.

Kutschbauer nickte.

»Fotos machen, Spuren sichern und die Leiche abtransportieren«, sagte Frau Baumann, die jetzt mit wichtiger Miene hinter Kupke stand. »Viel Arbeit, meine Herren. Allein an der Tür werden Sie Hunderte von Fingerabdrücken finden.«

Der gleiche Ton wie in der Schule, fehlte nur noch, dass sie in die Hände klatschte und »Auf, auf!« rief.

»Frau Baumann, ich muss Sie bitten, das Museum jetzt zu verlassen«, sagte Kutschbauer betont freundlich.

»Aber wir öffnen in wenigen Minuten.«

»Nein, das Haus bleibt vorerst geschlossen.«

»Sie sperren das ganze Museum? Aber die Touristen kommen gleich!« Frau Baumann wurde blass und schwankte leicht.

»Die werden heute mal an den Strand gehen müssen.« Kutschbauer fasste sie am Arm und dirigierte sie zurück in den Kassenraum. Dort stand eine Flasche Orangensaft auf dem Tisch. Er goss etwas davon in ein Glas und reichte es ihr.

Sie hob abwehrend die Hände. »Das ist Klüwers Saft.«

»Sie trinken das jetzt.«

Charlotte Baumann verzog das Gesicht, als wäre es ein abartiges Zeug, nickte und trank das Glas in einem Zug leer.

»Geht es Ihnen besser?«

»Nein.«

»Andreas«, rief Kutschbauer, »bring bitte Frau Baumann nach Hause. Dann kannst du auch gleich ihre Aussage aufnehmen. Ich kümmere mich um alles hier und informiere den

Chef.« Er streckte fordernd die Hand aus. »Den Schlüssel, bitte.«

Widerwillig rückte Frau Baumann ihn heraus.

Andreas Kupke drängte sich zu ihnen in den Kassenraum, nahm ihr das Glas ab und führte sie nach draußen zu der Bank, die gleich neben dem Eingang stand. »Setzen Sie sich einen Moment. Ich hole das Auto und fahre Sie dann nach Hause.«

»Vergessen Sie es, junger Mann. Ich bin mit dem Rad da. Wenn ich jetzt mit Ihnen fahre, muss ich später zurücklaufen, um es zu holen.«

»Dann erzählen Sie mir eben hier alles.«

»Alles?«

»Ja bitte.«

»Wie Sie wollen.«

Oh, oh, dachte Kutschbauer. Er kannte Baumanns Gesichtsausdruck und ließ die beiden allein.

»In meinem Alter«, begann Charlotte Baumann, »wird es von Tag zu Tag mühsamer, den Weg zum Museum zurückzulegen. Die Beine wollen einfach nicht mehr so wie man selbst. Auch mit dem Fahrrad wird es immer schwieriger. Zum einen komme ich schwer rauf und wieder runter, aber solange es noch geht, fahre ich. Auch wenn es durch die vielen Menschen auf den Straßen kniffliger wird. Besonders im Sommer, wenn die Touristen einem vor die Füße rennen, so als ob sie in den Ferien all ihr Wissen über die Straßenverkehrsordnung zu Hause gelassen hätten. Aber ich will den Job im Museum nicht aufgeben, schon gar nicht deswegen. Er ist alles, was ich noch habe. Ich bin Witwe, wissen Sie. Meine Kinder und die Enkelkinder sind erwachsen und lassen sich kaum blicken. Sie haben ihr eigenes Leben, das akzeptiere ich.«

»Frau Baumann.« Andreas Kupke nutzte ihre Atempause, den Blick auf die Hautfalten an ihrem Hals gerichtet, die ihn an einen alten Truthahn erinnerten. »Das ist ja alles recht interessant, aber bitte erzählen Sie mir nur, was sich heute Morgen ereignete.«

»Ich bin aufgestanden. Um sechs, das rührt noch von meiner Schulzeit her, als ich in der Grundschule …« Sie holte tief Luft. »Nun ja, wie auch immer. Nach dem Frühstück …«

»Überspringen wir das. Erzählen Sie ab dem Zeitpunkt, als das Museum in Sicht kam.«

»Gut. Ich radelte durch die Abgrenzungspfähle. Sie wissen schon, die, die die Autos von dem kurzen Straßenstück gleich neben der Mauer um den alten Turm fernhalten. Ich erreichte die Straßenecke, an der früher die Bäckerei ›Aggen‹ ihr Geschäft hatte. Heute ist in dem Haus ein Restaurant.« Sie deutete mit dem Daumen nach links. »Ich stieg vom Rad und schob es in den Gang zwischen dem Restaurant und dem Marienhof, einem ehemaligen …« Sie winkte ab. »Das wollen Sie sicher auch nicht wissen. Jedenfalls beherbergt der Marienhof heute Feriengäste. Ich lehnte mein Fahrrad an den Zaun, schloss es ab und betrat durch das Gartentor das Grundstück des Heimatmuseums.«

»War das Tor verschlossen?«

»Stimmt, jetzt, da Sie es erwähnen … Die Pforte war zu, aber nicht abgeschlossen. Vermutlich hat mein Kollege Herbert Klüwer vergessen, sie abzuschließen.«

»Ist Ihnen sonst noch etwas aufgefallen?«

»Drüben auf der anderen Seite verließ gerade ein Mann das Grundstück. Er ging eben unter den beiden Walknochen hindurch, als ich ihn entdeckte.« Sie deutete auf zwei Walkinnladen, die eine Art Tor über dem Weg durch den Museumsgarten in Richtung Upholmstraße bildeten. »So früh am Morgen sind normalerweise noch keine Museumsbesucher da, deshalb wunderte ich mich. Er muss mich auch gesehen haben. Er hat eine Zigarette geraucht. Gegrüßt hat er jedenfalls nicht. Wie unhöflich manche Menschen doch sind, finden Sie nicht auch?«

***

Im Polizeirevier wurde Horst Becker von Dakota Wagner begrüßt.

»Guten Morgen, Herr Becker. Wie geht es Ihnen heute? Sie sehen aus, als hätten Sie Sorgen.«

Die junge Polizistin war Becker in den wenigen Wochen, seit sie auf Borkum war, sehr ans Herz gewachsen. Ihre übereinanderstehenden Vorderzähne verliehen ihrem immer zum Lachen bereiten Mund einen fröhlichen, unordentlichen Ausdruck. Darüber hinaus war sie höflich und so aufmerksam, dass Becker die Hoffnung hegte, die Jugend von heute sei vielleicht doch zu etwas zu gebrauchen. Auch wenn ihr männliches Gegenstück zu Hause die Füße unter seinen Tisch steckte.

»Danke der Nachfrage. Mir geht es gut, abgesehen von …« Er überlegte, ob es Sinn machte, der Kollegin seine Sorgen anzuvertrauen. Die junge Frau hatte eigene. Ihr Vater war ein Säufer und hatte seine Kinder so lange geschlagen, bis Dakota eines Tages zurückschlug. Danach war sie in einen Boxerclub eingetreten und hielt den Vater seither in Schach. Was aus der Ferne allerdings schwierig war. Im Laufe der Jahre waren ihre Geschwister nach und nach zu Hause ausgezogen, und Dakota war darauf angewiesen, dass ihre Mutter ihr berichtete, ob ihr Vater friedlich blieb.

Becker konnte mit Sicherheit sagen, dass Dakota Wagner sofort die Heimreise antreten würde, um den Alten wieder in die Spur zu bringen.

»Danke, mir geht es gut«, wiederholte er. Er nahm seine Brille ab, putzte sie mit einem Papiertaschentuch, hielt sie gegen das Licht, um zu prüfen, ob die Gläser sauber waren, und setzte sie wieder auf.

»Dennoch wirken Sie recht blass.«

Ja, er zerbrach sich den Kopf, was Sebastian wohl vorhatte. Dass sein Neffe sich für Erikas Beruf interessierte, war ausgeschlossen. Er kannte den Jungen, seit dieser krabbeln konnte, und wusste um Sebastians Einstellung zu ehrlicher Arbeit, dem Eigentum anderer Leute und der Wahrheit. Erikas Neffe hatte einen Hang zur Kriminalität. Blöd war er auch noch. Vor zwei Jahren war er beim Schmuggeln von Drogen erwischt worden.

Sie hatten ihn geschnappt, als er die niederländische Grenze nach Deutschland mit einem geliehenen Auto überqueren wollte, dessen TÜV abgelaufen war. Seither war er vorbestraft.

Die Kollegin schenkte ihm einen Augenaufschlag, der Beckers Gemütszustand noch mehr ins Wanken gebracht hätte, wäre er zwanzig Jahre jünger gewesen. Manchmal hatte er den Eindruck, dass sich Dakota Wagner ihrer Wirkung auf Männer gar nicht bewusst war. Sie war der Typ Frau, der jedes Männerherz zum Klopfen brachte und bei der ältere Herren mit Söhnen sich wünschten, so eine Schwiegertochter zu bekommen. Schön, intelligent und das Herz am rechten Fleck.

Beckers Entscheidung war gefallen. Er vertraute ihr seine Sorgen an.

»Soll ich für Sie ein Auge auf Sebastian haben?«

»Warum?«

»Ich bekomme mehr aus ihm heraus als Sie.«

Becker dachte über das Angebot nach, schüttelte jedoch den Kopf.

»Ach, kommen Sie«, drängte Dakota. »Dann wissen Sie wenigstens, woran Sie sind. Ihrer Gesundheit ist es gar nicht zuträglich, wenn Sie so viel Negatives in sich hineinfressen.«

Ja, die junge Frau wusste, wie er tickte, das war Becker schon klar. Er gab nach. Sie hatte ja recht. Ihr würde Sebastian ganz andere Antworten geben als ihm.

»Gut. Machen Sie das. Danke.«

»Das tu ich doch gern. Nur, wer kümmert sich dann um den Fahrraddiebstahl und die Anzeige wegen Belästigung, die gestern reinkamen?«

»Sie«, bestimmte Becker. Als kommissarischer Dienststellenleiter musste er Rückgrat zeigen.

»Einen Versuch war es wert.« Sie lachte fröhlich und strahlte ihn an.

»Stimmt. Aber jetzt liegt Sebastian ohnehin noch in Sauer. Erst gegen Abend hockt er wieder irgendwo auf der Strandpromenade herum.« Und trinkt auf Erikas beziehungsweise auf meine Kosten Bier, ergänzte er in Gedanken.

»Dann treffe ich ihn nach Feierabend. Wie erkenne ich ihn?«

»Kurze blonde Haare, knallrotes T-Shirt.« Mit dem Shirt schien er verwachsen zu sein. Erika behauptete, er habe mehrere davon, aber Becker hatte so seine Zweifel. »Und er hat Feenaugen, genau wie meine Frau.«

Als Fachmann auf medizinischem Gebiet kannte Becker natürlich die korrekte Bezeichnung. Iris-Heterochromie. Eine Störung der Pigmentierung der Regenbogenhaut, die zwei unterschiedliche Augenfarben zur Folge hatte. Sie kam bei Menschen relativ selten vor.

»Bei Hunden sieht man so was häufiger«, sagte Dakota und ignorierte das Wippen von Beckers Ziegenbärtchen. Das stellte sich stets dann ein, wenn ihm etwas nicht behagte. »Und bei Katzen«, fügte sie hinzu. »Haben Sie ein Bild von ihm?«

Becker kramte sein Handy hervor und fand nach einigem Suchen ein Foto von Sebastian.

»Ein hübscher Kerl.«

»Finden Sie? Wo sind eigentlich die Kollegen Kutschbauer und Kupke?«

»Kutschbauer wurde zum Dykhus gerufen. Er sagte, ich solle ihm Kupke hinterherschicken, sobald dieser zum Dienst erscheint, und das habe ich gemacht. Sicher werden die beiden sich bald melden.«

**

Nachdem Kutschbauer im Polizeirevier angerufen hatte, wartete er im Eingangsbereich auf den Kollegen Becker. Der war sauer, weil er nicht sofort informiert worden war, dabei hatte sein Dienst erst vor wenigen Minuten begonnen. Er traf innerhalb weniger Minuten mit dem Spurensicherungskoffer ein. Gemeinsam fotografierten sie, sicherten die Spuren am Fundort und in der näheren Umgebung der Toten und erfassten die Abdrücke ihrer Finger mit dem Fingerprintscanner.

»Sie kennen sich doch gut im Museum aus«, sagte Becker,

als sie fast fertig waren. »Gehen Sie bitte einmal durchs Haus und stellen Sie fest, ob etwas fehlt oder verändert wurde.«

»Das können Frau Baumann und Herr Klüwer besser beurteilen«, sagte Kutschbauer, der in den letzten Monaten nur wenig ehrenamtliche Arbeit im Museum geleistet hatte. Außerdem schloss er aus unerklärlichem Grund einen Diebstahl aus. Warum, konnte er selbst nicht sagen. Dennoch nickte er. Es war bestimmt nicht verkehrt, vorsichtshalber in jedem Raum ein paar Fotos zu machen.

»Und schauen Sie nach, ob es irgendwo Einbruchsspuren gibt.«

Becker holte einen Handfeger und eine Schaufel aus dem Kassenraum, kehrte den zusammengefegten Müll in eine Klarsichttüte, und als er meinte, alles erledigt zu haben, telefonierte er mit dem Beerdigungsunternehmer. Mit der nächsten Fähre würde die Leiche zum Festland und dann in die Rechtsmedizin gebracht werden.

Als Kutschbauer von seinem Rundgang zurückkehrte und es nichts Auffälliges zu vermelden gab, verfolgten sie stumm die Arbeit des soeben eingetroffenen Bestatters. Nachdem dieser den Sarg zusammen mit einem Mitarbeiter am Kollegen Kupke und Frau Baumann vorbeigetragen hatte, die immer noch draußen auf der Bank saßen, machte Becker sich auf den Rückweg zum Polizeigebäude, und Kutschbauer gesellte sich zu den beiden.

»Ihr habt hoffentlich nicht im ganzen Haus dieses schwarze Pulver verstreut«, moserte Frau Baumann mit einem Gesichtsausdruck, den er noch von früher kannte.

»Wegen der Fingerabdrücke?«

»Davon rede ich. Meine werden überall sein. Unsere Putzfrau ist eine faule Nuss, wenn du verstehst, was ich meine.«

»Ich hab es verstanden, Frau Baumann.«

»Und dennoch hast du nichts aufgeschrieben.«

Kutschbauer schaute verdrossen in den wolkenlosen Himmel. Wirklich, wie früher. Er verkniff sich ein Augenrollen und betrachtete die Walkinnladen, die im hellen Sonnenlicht recht grau wirkten. »Schon gut, Frau Baumann. Das kann ich mir auch so merken.«

Sie schaute, als bezweifelte sie es, und seufzte.

Kutschbauer gab ihr die Schlüssel zurück. »Sie können jetzt abschließen. Soll der Kollege Sie dann nach Hause fahren?«

Ohne eine Antwort zu geben, erhob sie sich und verschwand im Museum, ließ jedoch die Eingangstür offen stehen.

»Lass uns schnell verschwinden«, sagte Kupke. »Mich graust es schon vor dem Moment, wenn sie zu uns in die Dienststelle kommt, um die Aussage zu unterschreiben.«

»Bevor du die aufsetzt, bestell bitte Herbert Klüwer zur Befragung ein. Das ist der Mann, der gestern im Museum Dienst hatte.«

»Wenn der auch bei Adam und Eva anfängt zu erzählen, kannst du mit ihm sprechen.«

Kutschbauer klopfte seinem Kollegen auf die Schulter. Er wusste, dass der Achtundzwanzigjährige sich zwischen Hüfthaltern, orthopädischen Apparaten, Zahnprothesen und Wickelbeinen unwohl fühlte. Dennoch kam er mit alten Leuten meist gut zurecht. »Du bekommst das schon hin.«

***

Die Befragung von Herbert Klüwer hatte Becker übernommen. Als der alte Herr eine halbe Stunde später mit gebeugtem Rücken und hängenden Wangen das Polizeigebäude verließ, setzten sie sich kurz zu dritt zusammen.

»Was könnte die Frau in der Nacht im Heimatmuseum gewollt haben?« Becker strich sich mehrmals mit Daumen und Zeigefinger über seinen Kinnbart.

»Wenn sie versehentlich eingeschlossen wurde, wäre sie leicht wieder rausgekommen. Dazu hätte sie nur eines der Fenster öffnen müssen.«

»Aber dann wäre der Alarm losgegangen.«

»Theoretisch schon. Vielleicht hat sie es deswegen gar nicht erst probiert. Was hat Herr Klüwer dazu gesagt?«, fragte Kutschbauer.

Becker wiegte den Kopf hin und her, als müsste er überlegen, was er antworten sollte. »Er behauptete felsenfest, er sei wie jeden Abend einmal durchs Haus gelaufen und habe dabei gut hörbar gerufen, dass er in wenigen Minuten abschließen wird. Niemand hat sich gemeldet.«

»War er überall? Auch im Klo?«

»Herbert Klüwer sagt Ja. Er hat auch in der Toilette nachgesehen.« Becker ließ von seinem Bart ab.

»Wirkte er glaubwürdig?« Kutschbauer wusste, dass der Mann auf die achtzig zuging.

»Nun ja. Er war sehr nervös, ich hatte den Eindruck, als wäre es ihm unangenehm, mit mir zu sprechen. Aber ich glaube nicht, dass er gelogen hat. Als ich allerdings nachhakte, ob er sich auch wirklich erinnert, die Alarmanlage eingeschaltet zu haben, mochte er es auf einmal nicht mehr beschwören.«

»Ich habe mit dem Techniker gesprochen«, sagte Kupke.

»Woher wusstest du, wer dafür zuständig ist?«

»Die Adresse klebte innen an der Scheibe vom Kassenbüro. Der Mann behauptete, mit der Anlage sei alles in Ordnung. Sie springt an, wenn jemand an der Tür oder den Fenstern herumhebelt. Zudem gibt es in einigen Räumen Bewegungsmelder.«

Da Kutschbauer weder Ein- noch Ausbruchsspuren gefunden hatte, war davon auszugehen, dass die Anlage letzte Nacht ausgeschaltet gewesen war. Blieb die Frage, was die Frau im Museum gewollt hatte. Und warum beziehungsweise woran sie gestorben war.

»Vermutlich ein Schlaganfall«, sagte Becker. Er wusste, dass bei einem Gehirnschlag ein plötzliches Schwächegefühl sowie Lähmungen in einer Körperhälfte auftreten konnten. Das ging mit starkem Schwindel und Sprach- oder Sehstörungen einher. Oft gesellte sich auch noch eine Art Verwirrtheit hinzu. Darüber informierte er die Kollegen. »Alles in allem kann sie zusammengebrochen sein, noch ehe sie feststellte, dass sie eingeschlossen war.«

»Ein Telefon steht im Kassenraum. Damit hätte sie jederzeit Hilfe rufen können.«

Becker schüttelte den Kopf. »Das geht manchmal ganz schnell. Vielleicht hat sie es versucht. Sie lag ja in der Nähe.«

»Also gehen wir davon aus, dass sie entweder«, Kutschbauer hob den Daumen, »versehentlich in der Toilette eingesperrt wurde oder«, der Zeigefinger folgte, »die Außentür unverschlossen war. Was die Frau zufällig mitbekommen haben könnte, falls sie Klüwer beim Verlassen des Museums beobachtet hat.« Kutschbauer schloss die Hand und ließ sie sinken.

»Und neugierig und frech genug war«, fügte Kupke an, »um sich daraufhin unbefugt Zutritt zum Museum zu verschaffen.«

»Ein bisschen zu viel der Zufälle. Und dann haben wir noch den Mann, der laut Frau Baumanns Aussage frühmorgens das Grundstück verlassen hat. Der stehen blieb und sich eine Zigarette anzündete, als würde er nur darauf warten, dass sie endlich ins Haus ging. Keine Ahnung, wer das war, denn als ich dort ankam, war weit und breit niemand zu sehen.« Kutschbauer wandte sich an Becker. »Was meinen Sie, sagt Herbert Klüwer die Wahrheit?«

»Ich habe im Moment keinen Grund anzunehmen, dass er lügt.«

Das Telefon klingelte.

»Polizei Borkum, Becker am Apparat.« Er lauschte, griff nach einem Zettel und einem Stift und notierte. »Danke, Frau Doktor. Sie haben uns sehr geholfen.«

Er legte auf und schob Kupke das Stück Papier hin. »Jetzt wissen wir, wie sie heißt. Carola Dörner, wohnhaft in Herne. Kümmern Sie sich bitte darum, dass die Kollegen auf dem Festland alles Notwendige in die Wege leiten.«

Die Angehörigen mussten informiert und befragt werden. »Bringen Sie die Adresse von ihrem Hausarzt in Erfahrung. Mit dem möchte ich persönlich sprechen. Und es wäre gut, schon mal etwas über die Lebensumstände der Toten zu erfahren. War sie vermögend? Sollte sich Carola Dörners Tod als Mordfall erweisen, ist die allererste Frage immer: Wer profitierte von ihrem Tod? Und, Kupke, finden Sie heraus, was Frau Dörner auf Borkum wollte.«

»Facebook und Co?«

»Genau.«

»Soll ich auch dafür sorgen, dass man sie zweifelsfrei identifiziert?«

Gut mitgedacht.

»Darum sollen sich die Kollegen in Herne kümmern.«

»Soll ich denen schicken, was wir bereits haben?«

»Ja, die werden es brauchen können.«

Kupke strahlte, als habe er soeben einen Arm voller Geschenke erhalten. »Was ist mit den Telefonverbindungen und Kontobewegungen?«, wollte er wissen.

»Dafür ist es noch zu früh. Die Informationen benötigen wir erst, wenn sich herausstellt, dass es keine natürliche Todesursache war – und dann bleibt immer noch die Frage, ob wir das machen oder die in Herne.« Becker sah zu Kutschbauer, der schweigend zuhörte. »Wie lautet die Telefonnummer vom Campingplatz? Die Ärztin sagte doch, dass sie dort gewohnt hat, vielleicht auch diesmal.«

Kutschbauer schlug das Telefonbuch auf. »Welche wollen Sie?« Borkum hatte zwei Campingplätze.

»Die von dem an der Hindenburgstraße.«

Kutschbauer hatte sie bereits gefunden. »Zehn achtundachtzig.« Eine der alten vierstelligen Telefonnummern. Die neueren Festnetzanschlüsse hatten eine sechs- bis achtstellige Zahlenfolge.

Becker griff zum Telefon und wählte. »Polizeistation Borkum, Polizeikommissar Becker am Apparat. Wohnt bei Ihnen eine Frau Carola Dörner? Ja, ich warte. Nicht? Würden Sie bitte nachschauen, ob und wann sie schon mal bei Ihnen zu Gast war?«

Kutschbauer wartete das Ergebnis nicht ab. Er wählte mit seinem Handy die Nummer der Nordseeheilbad Borkum GmbH, die früher Wirtschaftsbetriebe der Stadt Borkum und noch früher Kurverwaltung geheißen hatte. Die Einheimischen sagten einfach nur KV. Er ließ sich mit der Kurtaxstelle verbinden, die heute Gästebeitragskasse genannt wurde, was es auch nicht einfacher machte.

»Bernhard Kutschbauer hier. Moin, Klara. Schau doch bitte mal nach, ob eine Carola Dörner bei euch angemeldet wurde.«

Kurz darauf beendeten Becker und Kutschbauer gleichzeitig ihre Gespräche.

»Auf dem Campingplatz war sie zuletzt im Mai.«

»Aktuell ist sie in der Nordseeklinik gemeldet.« Kutschbauer rieb sich wie vorhin Becker sinnend das bläulich schwarz schimmernde Kinn. Seit einiger Zeit schien er gelegentlich das Rasieren zu vergessen. Auch unterließ er es, sich Becker zu widersetzen, geschweige denn ihn zu ärgern, was diesem Sorgen bereitete. Irgendetwas in Kutschbauers Privatleben lief schief, doch Becker würde sich hüten, ihn danach zu fragen.

»Carola Dörner machte eine Kur? Wie schön«, sagte Becker. Alles, was jemand für die Gesundheit tat, gefiel ihm.

Die Nordseeklinik Borkum in der Bubertstraße gehörte zur Reha-Klinikkette der Deutschen Rentenversicherung. Hier wurden vor allem Patienten mit chronischen Atemwegserkrankungen und psychosomatischen Störungen umsorgt und behandelt. Die Reha-Ärzte stellten allgemeine Diagnosen, legten individuelle Rehabilitationsziele fest, entwickelten persönliche Therapiepläne, führten und kontrollierten die gesundheitsfördernden Aktivitäten und sorgten alles in allem dafür, dass die Kranken sich gut erholen.

Becker besuchte das Haus regelmäßig im Mai, wenn im Rahmen der Ärztetagung, die seit einigen Jahrzenten auf der Insel stattfand, kostenlose Ultraschalluntersuchungen von Schilddrüse, Herz, Blutgefäßen und Organen durchgeführt wurden. Er liebte es, auf der Pritsche zu liegen, umgeben von wenigstens fünf Ärztinnen und Ärzten, die sein Inneres gründlich durchleuchteten. Die meisten der Doktoren waren junge, auf dem Festland praktizierende Ärzte, die sich hier weiterbildeten.

»Sieht ganz so aus«, antwortete Kutschbauer.

Becker stand auf. »Wir«, und damit meinte er unmissverständlich sie beide, »sollten uns ihr Zimmer ansehen.«

***

Dakota Wagner legte den Hörer zurück auf die Station und bat die beiden neuen Saisonpolizisten, ihr zu helfen.

»Ein kleiner Junge ist verschwunden«, erklärte sie. Sie war sehr aufgeregt, obwohl es nicht das erste Kind war, das im Laufe dieser Sommersaison vermisst wurde, doch dieser Fall unterschied sich von den üblichen, und Becker und Kutschbauer waren auf dem Weg zur Nordseeklinik, sodass sie jetzt im Alleingang die Suchaktion organisieren musste. Kurz überlegte sie, Becker anzurufen, entschied aber, damit noch zu warten. Sie wusste auch so, was zu tun war, und bislang war noch jeder Vermisstenfall, den sie miterlebt hatte, nach kurzer Zeit glimpflich ausgegangen.

Meist verliefen sich die Kinder am Strand, nachdem sie an einer der Milchbuden gewesen waren, um sich ein Eis zu kaufen, und fanden nicht zum Strandzelt der Eltern zurück.

»Am Strand?«, fragte denn auch Manfred Müller, der erst seit zwei Monaten hier war.

»Nein. Diesmal nicht. Er ist aus der Ferienwohnung raus und seitdem nicht mehr gesehen worden. Das ist jetzt etwa eine Stunde her. Die Eltern haben die Umgebung abgesucht und ihn nirgends finden können.«

»Wir sollten Becker Bescheid geben«, meinte Klaus Fischer, ebenfalls erst seit wenigen Wochen und zum ersten Mal auf der Insel.

»Fürs Erste kommen wir auch allein klar. Ihr nehmt die Personenbeschreibung und geht auf Streife, ich spreche mit der freiwilligen Feuerwehr.«

Die Männer und Frauen der Wehr taten mehr, als nur Brände zu löschen. Sie halfen bei Sturmschäden und Überschwemmungen, und wenn jemand längere Zeit vermisst wurde, machten sie sich mit auf die Suche. Unterstützt wurden sie oftmals von den Mitgliedern des Deutschen Roten Kreuzes, die ebenfalls auf freiwilliger Basis ihren Dienst auf der Insel versahen.

Der Chef der freiwilligen Feuerwehr versprach zu helfen. Wenn sie das Kind nicht innerhalb von zwei Stunden gefunden hätten, würde er all seine Helfer von ihren Arbeitsplätzen herbeirufen.

Als Müller über Funk mitteilte, er würde jetzt am Bahnhof stehen, um nach dem Jungen Ausschau zu halten, war Dakota erneut versucht, Becker anzurufen.

Doch viel mehr als sie konnte er auch nicht tun.

***

»Moin, Herr Becker, hallo, Bernhard«, grüßte der Mann am Empfang der Nordseeklinik Borkum. Er wirkte besorgt, als er durch das Fenster, das sein Büro vom Eingangsbereich der Klinik trennte, von Kutschbauer zu Becker und wieder zurückschaute. »Es ist hoffentlich nichts Schlimmes passiert?«

»Moin, Rolf. Leider doch. Heute Morgen fanden wir eine eurer Patientinnen im Heimatmuseum am Boden neben einer der Vitrinen liegend.«

»Oje. Geht es ihr gut?« Er winkte ab. »Blöde Frage. Sonst wärt ihr ja nicht hier. Was ist passiert?«

»Frau Carola Dörner.« Becker trat näher an die Scheibe heran, die auf Bauchhöhe einen kleinen Durchlass wie zur Fahrkartenausgabe hatte. »In welchem Zimmer hat sie gewohnt?«

»Oha. Ist sie tot?«

Kutschbauer nickte leicht, und der Mann tippte erschrocken auf einer Computertastatur herum. »Dörner? Ja, hier habe ich sie. Ihr Zimmer liegt in der zweiten Etage. Meerblick.« Davon hat sie nun auch nichts mehr, verriet seine kummervolle Miene. Er stand vom Bürostuhl auf. »Margret«, informierte er seine Kollegin, die im selben Büro konzentriert an ihrem

Computer arbeitete. »Ich gehe mal eben kurz mit der Polizei in die zweite Etage.«

Margret blickte nur flüchtig von der Arbeit hoch und nickte.

»Was ist denn mit Frau Dörner passiert?«, fragte er und führte die beiden Polizisten an der Fahrstuhltür vorbei zum Treppenhaus.

»Näheres wissen wir noch nicht«, sagte Becker. »Haben Sie sie heute Morgen gar nicht vermisst?«

Der Portier hielt ihnen die Tür zum Treppenhaus auf. »Nein. Wenn jemand mal beim Frühstück fehlt, wird das nicht gleich gemeldet. Erst wenn ein Patient eine der Anwendungen versäumt, fragen wir nach, wo er sein könnte.«

In der zweiten Etage angekommen, führte er sie den Flur entlang und blieb schließlich vor einer der Türen stehen. »Hier ist es.«

»Bitte öffnen Sie«, sagte Becker, und der Mann tat, wie ihm geheißen. Die beiden Polizisten traten ein. »Sie bleiben bitte draußen«, befahl Becker. Der Mann nickte, blieb jedoch in der offenen Tür stehen.

Carola Dörners Zimmer sah aus wie ein gewöhnliches Hotelzimmer. Typisches Hotelmobiliar. Ein hellbraunes Bett, passend dazu eine Schrankwand, ein Nachttisch, Sessel und Schreibtisch. Ein kleiner Fernseher auf der Kommode, einfarbig gelbe Gardinen, die von der Decke bis zur Fensterbank reicht. Wischbarer Fußboden. An der Wand ein Bild von Borkum, vermutlich vom neuen Leuchtturm aus fotografiert. Neben dem Kopfteil des Bettes befanden sich mehrere Schalter. Licht und Notrufknöpfe. Auf dem Nachttisch stand ein Telefon, daneben lagen die Fernbedienung für den Fernseher und ein Handy. Alles in allem nichts Besonderes, wenn man von dem phantastischen Ausblick über Strand und Meer einmal absah.

Kutschbauer trat ans Fenster und schaute hinaus. Auf der dem Strand vorgelagerten Sandbank lagen keine Seehunde mehr. Durch Wind und Wellen hatte sich die Sandbank verändert und war für die Tiere seither kein sehr interessantes

Revier mehr. Sie hatten sich nach Osten, an das äußere Ende der Insel, verzogen.

Am Badestrand war viel Betrieb. Jedes Strandzelt und jeder Strandkorb war besetzt, die Rettungsschwimmer saßen auf ihren Aussichtsposten und wachten über die Badenden. Ein quirliges Strandleben, so wie es jetzt, mitten in der Sommersaison, sein sollte.

Kutschbauer drehte dem Fenster den Rücken zu und betrachtete den Raum. Kein persönlicher Gegenstand lag herum. Ein Koffer stand hinter der Zimmertür. Leer. Die Kleidung lag im Schrank. In der Innentasche einer leichten Jacke steckte Carola Dörners Personalausweis. Im Bad ein Kulturbeutel, teilweise ausgepackt. Nur die Zahnpasta, Haar- und Zahnbürste schien sie gebraucht zu haben. Kein Tablet, nur das Handy, keine Handtasche. Nichts zum Lesen. Und noch etwas fehlte.

»Keine Medikamente?«, fragte Kutschbauer skeptisch.

»Die bekam sie bestimmt täglich zugeteilt«, vermutete Becker. Schade, anhand der Medikamentennamen hätte er sicher sofort gewusst, wofür beziehungsweise wogegen die verabreicht wurden.

Im Minikühlschrank stand nichts, was auf irgendwelche Vorlieben schließen ließ. Die beiden Gläser auf dem Tisch neben dem Fernseher wirkten unbenutzt. Was nichts zu bedeuten hatte, sollte das Zimmermädchen schon hier gewesen sein. Das Bett war jedenfalls gemacht, und auch die Handtücher lagen gefaltet im Bad. Die Dusche war trocken, kein Haar im Ausfluss, auch nicht, wenn man den Stöpsel herausnahm. Entweder waren die Zimmermädchen besonders reinlich, oder Carola Dörner hatte die Dusche bislang nicht benutzt.

»Seit wann wohnte sie hier?«, fragte er den Mitarbeiter der Klinik.

»Erst ein paar Tage.«

»Und aus welchem Grund?«

»Das können nur die Ärzte beantworten.«

Die würden sich auf ihre Schweigepflicht berufen.

»War sie denn sehr krank?« Soweit Kutschbauer bekannt

war, hatten die Mitarbeiter am Empfang Zugang zu den Patientenakten. Zumindest wussten sie, aus welchem Grund die Personen in die Reha geschickt wurden und welche Anwendungen oder Therapiemaßnahmen vorgesehen waren. Schließlich erstellten sie die Therapiestundenpläne und kümmerten sich um die Zimmerbelegung, bei der sie oft herumtricksen mussten, um noch freie Betten zu generieren, wenn Patienten eine Kurverlängerung erhielten. Also wussten sie, was den Patienten fehlte.

»Sie kennen doch sicher Frau Dörners Therapieplan«, sagte Becker. »Bekam sie Krankengymnastik, Rückenschule, Sauerstoff-Langzeittherapie, Inhalation, psychologische Beratung, Stress-Balance-Training, Ergotherapie oder was sonst noch alles?« Er würde aus Dörners Stunden- beziehungsweise Wochenplan leicht herauslesen können, weswegen sie in Behandlung war.

Der Rezeptionist schmunzelte. »Sie kennen sich ja gut aus.«

»Ein wenig«, entgegnete Becker bescheiden.

»Sagen wir es mal so.« Rolf sah sich um, doch niemand, der dem Gespräch hätte lauschen können, stand in der Nähe. »Es gibt jede Menge Menschen da draußen, die eine Kur nötiger gehabt hätten.«

»Danke für Ihre Hilfe. Das Handy nehme ich mit, und der Raum wird vorerst abgeschlossen.«

✳✳✳

»Gibt es was Neues?«, wollte Becker wissen, als er und Kutschbauer zurückkamen und das Büro der Diensthabenden gleich am Eingangsbereich des Hauses betraten.

»Der Kleine wurde gefunden«, sagte Klaus Fischer und strahlte mit der Sonne um die Wette.

»Welcher Kleine?«

Da Dakota Wagner telefonierte und nicht selbst berichten konnte, gab Fischer seinem Dienststellenleiter Auskunft und berichtete über die Rettungsaktion, die im Grunde kaum eine gewesen war. Der Junge war, statt mit den beim Inselbäcker besorgten Brötchen direkt zu den Eltern in die Ferienwohnung zurückzukehren, über die Insel gestromert und hatte bei seinem Streifzug durch die Natur die Zeit vergessen.

Seine Kollegin warf Fischer einen finsteren Blick zu. »Einen Augenblick bitte«, sagte sie zu ihrem Telefongesprächspartner und hielt mit der Hand die Sprechmuschel zu. »Die Kollegen aus Herne haben sich gemeldet«, erklärte sie an Becker und Kutschbauer gewandt, ehe Fischer auch das noch erwähnen konnte, und deutete mit der freien Hand in Richtung von Kupkes Büro. »Andreas weiß Bescheid.«

Danach widmete sie sich wieder ihrem Telefonat.

Kutschbauer deutete mit angehobenem Daumen für Dakota ein »Gut gemacht« an und folgte Becker. Beide waren gespannt, was die Kollegen auf dem Festland herausgefunden hatten. Sie selbst hatten vor dem Verlassen der Klinik noch kurz mit dem behandelnden Arzt sprechen können, aber keine Informationen über Carola Dörners Gesundheitszustand erhalten. Das war zu erwarten gewesen.

»Carola Dörner, neununddreißig Jahre alt, ledig«, informierte Andreas Kupke sie, als sie noch nicht einmal ganz in seinem Büro waren. »Laut ihren Eltern war sie zuckerkrank, und sie litt unter Depressionen. Deswegen vermutlich die Kur in der Nordseeklinik. Sie war wohl in den vergangenen Monaten recht wortkarg gewesen.«, Kupke zuckte mit den Schultern. »Von der Kur jedenfalls wussten die Eltern nichts. Die Kollegen aus Herne meinten aber, die beiden wären sehr gefasst gewesen, so als hätten sie etwas in dieser Art erwartet. Einen Suizid, meine ich. Und sie wunderten sich darüber, dass ihre Tochter eventuell ermordet worden sein könnte.«

»Wie kommen sie auf den Gedanken, dass sie ermordet wurde?«

»Vermutlich, weil die Polizei da war. Die Rechtsmedizin hat sich noch nicht gemeldet«, sagte Kupke. »Sonst wüssten wir darüber vielleicht schon Genaueres.«

Dafür war es noch viel zu früh. Die Leiche mochte vielleicht gerade so eben bei denen auf dem Tisch liegen.

»Jedenfalls«, erzählte Kupke weiter, »gehen die Eltern wohl eher davon aus, dass sie sich aufgrund ihrer Schwermut das Leben genommen hat.«

Das klang, als wäre der Fall für ihn damit erledigt.

»Wenn sie Diabetes hatte, wäre es denkbar, dass sie sich das Leben mit Hilfe von Insulin genommen hat«, sagte Becker. »Genug von dem Zeug wird sie gehabt haben. Ein Diabetes-Pen oder eine Spritze lag aber nirgendwo im Museum herum.«

»Wir gehen da besser noch mal hin und durchsuchen alles gründlich«, schlug Kutschbauer vor. »Vielleicht ist er ihr ja heruntergefallen und liegt unter irgendeiner Vitrine.«

Becker stimmte zu.

»Komisch nur«, sagte Kutschbauer, »dass wir in ihrem Zimmer auch kein Insulinbesteck gefunden haben. Oder Insulin.«

Becker zupfte an seinem Ziegenbart. »Vielleicht«, überlegte er laut, »hat ihr das jemand weggenommen, und sie ist an einem Insulinschock gestorben. Aber das ist reine Spekulation.«

»Hatten die Kollegen aus Herne noch mehr Infos für uns?«

»Ihre Mitbewohnerinnen, Carola Dörner wohnte in einer Wohngemeinschaft mit zwei anderen Frauen zusammen, bezeichneten sie als nachtragend und sehr beherrscht, streckenweise aber auch recht aufbrausend. Himmelhochjauchzend und zu Tode betrübt, so als wäre sie nie aus der Pubertät herausgekommen. Sie drehte anscheinend immer dann am Rad«, Kupke hob eine Hand, um einem Einwand von Becker zuvorzukommen, »und das ist eine Aussage des Polizisten, mit dem ich eben telefoniert habe, wenn sie auf die Medikamente gegen Depressionen verzichtete.«

»Das machen viele.« Becker wusste Bescheid. »Wenn sie sich längere Zeit gut fühlen, glauben sie, sie bräuchten keine Tabletten mehr zu nehmen.«

»Jedenfalls«, fiel Kupke ihm schnell ins Wort, ehe Becker weiter ausholen konnte, »hatte sie ihre wohl abgesetzt.«

»Das könnte der Arzt in der Nordseeklinik wissen.«

»Wie es scheint, hatte Carola Dörner den Diabetes besser im Griff. Mit der Zuckerkrankheit konnte sie wohl gut umgehen. Das hat auch die Mutter bestätigt. Deren Angaben zufolge spritzte sie sich zweimal am Tag Insulin.«

»In ihrem Zimmer haben wir aber weder ein Blutzuckermessgerät noch einen Pen oder Spritzen gefunden«, wiederholte Becker mit gerunzelter Stirn. »Nichts. Nicht einmal ein Fitzelchen von dem Testpapier, auf dem man den Blutzuckerstand ablesen kann. Wenn sie ihn denn auf altmodische Weise …« Becker verstummte, weil Kupke sich wie ein Schüler meldete.

»Wie sieht denn so ein Pen aus?«

»Wie ein dicker Kugelschreiber.«

»So was kann man ja leicht übersehen.«

»Richtig. Wie gesagt, wir sollten danach suchen.«

VIER

Gegen Mittag schickte Becker alle bis auf den diensthabenden Beamten zu Tisch. Während draußen die Inselgäste in luftiger Kleidung und Schlappen, die Strandtaschen über den Schultern, in Richtung Badestrand liefen, blieb Becker im Büro, weil er sofort agieren wollte, sobald Neuigkeiten eintrafen.

Die Kunde, dass im Museum eine Tote gefunden worden war, verbreitete sich in Windeseile. Auch Kutschbauers Tanten wussten längst Bescheid, als er bei ihnen zum Mittagessen erschien.

Wenn sich auf Borkum ein Mord ereignete, musste die Kriminalpolizei auf dem Festland informiert werden. Die Beamten dort waren für Kapital- und Schwerstdelikte zuständig. Für gewöhnlich reiste dann Kriminalhauptkommissar Focko Busboom auf die Insel, um mit seiner Mitarbeiterin Ariana Peters zu ermitteln, die mit Kutschbauer liiert war.

Deshalb war die erste Frage, die Maria Kutschbauer an ihren Neffen richtete, die nach dem Verbleib der Kommissarin.

»Wann kommt Ariana?«

Maria ignorierte den strafenden Blick ihrer Mitbewohnerin Dini Woltjer, die ebenfalls Kutschbauers Tante war, jedoch mütterlicherseits.

»Vermutlich gar nicht.« Kutschbauer war das schlechte Gewissen anzusehen. Er wusste genau, dass Maria nicht nur wegen des Todesfalls im Museum fragte, und hätte den Tanten schon früher von seinen Problemen berichten sollen. Dini und Maria waren seine nächsten Verwandten, seit die Eltern verstorben waren. »Wir wissen ja noch nicht einmal, ob es sich um Mord, Selbstmord oder eine natürliche Todesursache handelt.«

Sein Tonfall veranlasste Dini erneut, mit Maria einen Blick zu wechseln. Diesmal wirkte sie besorgt. Maria berührte Dini kurz am Arm und schaute ihren Neffen an, als wäre soeben die Welt untergegangen. Sie wird nicht mehr kommen, sagte ihre Miene.

»Das ist …« Dini verstummte sofort, weil Maria die Stirn runzelte.

»Nun setz dich erst mal hin, mein Junge.« Maria, klein und ein wenig rundlich, sprang wie ein Hüpfball vor ihm her in die Küche. »Wir haben dein Lieblingsessen gekocht.«

»Grünkohl?«, fragte Kutschbauer ungläubig.

»Das andere«, flötete Maria und stellte den dampfenden Topf auf die Tischplatte. »Bohnensuppe.«

Auch kein Gericht, das man mitten im Sommer bei Temperaturen von zweiundzwanzig Grad servierte, aber lecker.

Misstrauisch beäugte Kutschbauer den Topf. Etwas musste Maria sehr aufwühlen, wenn sie vergaß, die Suppe in die Terrine umzufüllen. Er hatte noch nie erlebt, dass bei ihr ein Pott auf dem Tisch landete. Das war eher Tante Dinis Stil.

»Es verletzt uns schon, dass du uns nicht mehr alles erzählst«, sagte Dini. Sie nahm selten ein Blatt vor dem Mund.

Er seufzte. Dini und Maria hatten seine Leidensmiene lange schweigend ertragen. Es war ihr gutes Recht, Näheres über seinen derzeitigen Beziehungsstand zu Ariana zu erfahren. Wie hatte er nur so dumm sein können zu glauben, die beiden würden nicht mitbekommen, dass Arianas und seine Treffen immer seltener wurden. »Ich denke, wir haben uns auseinandergelebt.«

»Papperlapapp.« Maria griff nach Messer und Gabel und fischte eine Räucherwurst aus dem Topf, die sie auf einem Kunststoffbrettchen in kleine Stücke schnitt.

»Ihr seht euch einfach zu wenig«, behauptete Dini, nahm seinen Teller und schöpfte ihn voll Suppe.

»Immer nur am Wochenende, das ist nicht genug«, meinte Maria und gab die klein geschnittene Wurst in Kutschbauers Suppe.

Dini und Maria verwöhnten ihn gern, doch wenn sie so übertrieben, mussten sie sich ernsthaft um ihn sorgen. Er begann zu essen und ließ sich danach einen Nachschlag geben. Als auch der zweite Teller leer war, meinte Dini: »Na, wenigstens hat es dir nicht den Appetit verschlagen. Wenn du das nächste Mal mit Ariana telefonierst, grüße sie von uns.«

Damit war das Thema für heute beendet.

»Reden wir über die Tote im Museum«, sagte Maria.

»Charlotte Baumann«, Dini grinste Kutschbauer frech an, »ich weiß, ihr beide wart euch noch nie ganz grün …«

»… muss ganz schön der Schlag getroffen haben«, ergänzte Maria. »Die arme Frau.«

»Ach was.« Dini tupfte sich mit einer Papierserviette über den Mund. Roter Lippenstift färbte das Papier. »Es müssen schon härtere Geschütze aufgefahren werden, um eine Charlotte Baumann um den Schlaf zu bringen.«

Kutschbauer ahnte, dass seine Tanten im Grunde nicht über seine frühere Lehrerin reden wollten, sondern noch mehr dazu zu sagen hatten. »Was wisst ihr über die Tote?«

»Nur dass es sich um eine Schatzjägerin handeln soll.«

»Wer sagt denn so etwas?«

»Man munkelt das.«

»Soso.«

»Du brauchst gar nicht so zu grinsen. Unsere Quellen sind vertrauenswürdig.«

Kutschbauer fragte lieber nicht, wer dieses Gerücht in Umlauf gebracht hatte. Vermutlich kam es über viele Ecken. Von einer Verwandten der Nachbarin, deren Arbeitskollegin etwas gehört hatte, das eine Kundin beim Bäcker in der Warteschlange ihrem Mann erzählte. Oder so ähnlich. Sollte es relevant werden, konnte er das immer noch erfragen. »Und was erzählt man sich sonst noch?«

»Es heißt, sie wäre mit ihrem Liebsten ins Museum eingebrochen, wo die beiden in Streit gerieten und er sie erschlug.«

»Er hat sie erstochen, Maria. Mit dem Messer. Es soll ja noch in ihrer Brust gesteckt haben.«

Na, wunderbar. Es war gerade mal einen halben Tag her, dass sie die Frau tot aufgefunden hatten, und schon erzählte man sich die aberwitzigsten Geschichten.

Dini und Maria schauten ihn an. Sie erwarteten eine Richtigstellung.

»Die Frau ist weder erstochen worden, noch ist sie ins Museum eingebrochen. Es wurde auch nichts gestohlen.« Mehr war er nicht bereit, bekannt zu geben.

»Aber was wollte sie dann dort?«

»Das, Tante Maria«, sagte er geistesabwesend, denn ihm war etwas Wichtiges eingefallen, »ist eine gute Frage.«

Zurück in seinem Büro, setzte er sich sofort an den Computer. Niemand hatte daran gedacht zu fragen, ob die Tote eventuell ein Vorstrafenregister haben könnte.

✳✳✳

Sebastian hatte bis kurz vor Mittag im Bett gelegen und seinen Kater gepflegt. Dann war er aufgestanden und ins Bad geschlurft, um zu duschen.

Nachdem er seine Jeans und ein rotes T-Shirt angezogen hatte, stand er unschlüssig im Zimmer, im Unklaren darüber, wie es weitergehen sollte. Gleich gab es Mittagessen. Er hoffte, von Onkel Horst irgendetwas über Hubert Engel zu erfahren. Irgendwo musste die verdammte Leiche doch abgeblieben sein.

Erika hatte wieder nur für zwei Personen gedeckt.

»Hallo«, begrüßte er sie und ließ sich auf einen Stuhl fallen. »Kommt Onkel Horst wieder nicht zum Essen?«, fragte er mit Blick auf dessen leeren Platz. »Ich hörte, sie suchen nach jemandem.« Das war ein Schuss ins Blaue.

»Das stimmt. Die Nachbarin«, Tante Erika deutete mit dem Finger auf die gegenüberliegende Straßenseite, »erzählte mir, es habe eine Suchaktion gegeben. Die Feuerwehr und das Deutsche Rote Kreuz wollten bereits ausrücken.«

Ein wenig übertrieben, fand Sebastian, um einen alten Knacker zu finden. Aber die Insulaner protzten ja oft damit, dass auf Borkum alles anders war.

»Und? Haben sie ihn gefunden?«

»Oja. Gott sei Dank. Es wäre ja fürchterlich gewesen, wenn nicht. Nicht auszudenken, was dem armen Würstchen die ganze Zeit so alles hätte passieren können.«

Armes Würstchen? Sebastian fand die Bezeichnung für Hubert Engel mehr als unpassend. Und was konnte ihm Schlimmeres geschehen als der Tod? »Sie haben den alten Herrn also gefunden?«

»Was für einen alten Herrn denn?«

»Na den, der vermisst wurde.«

»Aber Sebastian, das galt doch keinem Erwachsenen. Ein Kind war weggelaufen. Drei oder vier Jahre alt. Der Lütte kannte sich hier nicht aus. Eines aus der Mutter-Kind-Kur. Aber keine Angst. Es hat kaum zwei Stunden gedauert, da hatten sie ihn gefunden.«

»Und warum kommt Onkel Horst dann wieder nicht zum Essen?«

»Vermutlich wegen der Leiche.«

Na endlich. Sebastian konnte ihr ansehen, dass sie ihm gleich jedes ihr bekannte Detail brühwarm erzählen würde.

»Als er vorhin anrief, wussten sie noch nicht, wer es ist«, sagte sie, goss heißes Wasser aus einem Topf in den Ausguss und schüttete die Kartoffeln in eine Schüssel. »Das festzustellen, kann dauern. Unterdessen wird die Leiche aufs Festland gebracht.«

»Warum das denn?«

»Vermutlich, um herauszufinden, ob es Mord war.«

Mord? Scheiße. Wieso Mord? Damit wollte er nichts zu tun haben.

»Du bist ja ganz blass, Junge. Bestimmt hast du Hunger. Iss erst mal ein wenig, dann geht es dir gleich besser.«

»Gehst du nach dem Essen zurück ins Hotel?«

»Natürlich, warum fragst du?«

»Vielleicht könntest du mir das Haus ja mal zeigen.« Noch war Zeit, herauszufinden, wie er unbemerkt in Engels Zimmer gelangen konnte. Wenn sie erst einmal seine Identität festgestellt hatten, würde es im Hotel vor Polizei nur so wimmeln.

Tante Erika wirkte angetan, doch dann schüttelte sie den Kopf. »Heute ist es schlecht. Aber morgen kann ich dich gern mitnehmen. Ich freue mich, dass du dich so fürs Hotelgewerbe interessierst.«

In strapaziöser Ausführlichkeit erzählte sie, was sie in ihrer Funktion als zweite Hausdame so alles erlebte. Gähn, wie öde und langweilig. Doch dann kam sie unverhofft von ganz allein auf die Person zu sprechen, über die er etwas erfahren wollte.

»Ich glaube, da gibt es eine Geschichte, die habe ich dir noch nie erzählt.«

Doch, hatte sie – garantiert. Dennoch tat Sebastian so, als hörte er sie zum ersten Mal.

»Wie du weißt, verbringt Herr Engel jeden Sommer bei uns und das schon seit Ewigkeiten. Er ist ein Unikum, aber das habe ich ja schon öfter erwähnt. Manchmal verkleidet er sich wie Sherlock Holmes. Du weißt schon. Kariertes Jackett mit Knickerbockerhose und Hut. Dann schleicht er durchs Hotel, auf der Suche nach Kriminellen. Mit einer Pfeife, die meistens kalt zwischen seinen Zähnen hängt, und seinem Detektivkoffer in der Hand hält er die Angestellten ganz schön auf Trab.«

Die Geschichte war schnell berichtet. Einmal hatte Engel angenommen, die Russen kämen und würden mit einem U-Boot die Insel angreifen. Das U-Boot gab es wirklich. Es war gerade aus der Werft gekommen und hatte auf dem Schifffahrtsweg weit vor dem Hauptbadestrand das Auftauchen geprobt.

Zum Nachtisch wiederholte Erika Becker die Geschichte mit dem verschwundenen Geld, die Sebastian im vergangenen Jahr auf den Gedanken gebracht hatte, dass da noch mehr dahintersteckte – und vor allem herauszuholen war.

Warum die Polizei damals nicht ermittelt hatte, war sonnenklar. Niemand hatte Anzeige erstattet, und keiner der Geprellten hätte freiwillig zugegeben, finanziell geschädigt worden zu sein, weil jeder Einzelne von ihnen selbst Dreck am Stecken hatte. Dass Onkel Horst den Zusammenhang bis heute nicht kapierte, konnte nur bedeuten, dass er entweder Tante Erikas Geschwätz gern überhörte oder ein schlechterer Polizist war, als er gern behauptete.

Sebastians Vermutung war, dass Engel das Geld eingesackt hatte. Wirkliche Beweise besaß er allerdings nicht. Also hatte er sich für den berühmten Schuss ins Blaue entschieden: Er wartete bis zum Beginn der diesjährigen Sommersaison und schrieb Hubert Engel einen Brief, den er zur postalischen Weiterleitung an der Hotelrezeption abgegeben hatte, da ihm Engels Privatanschrift unbekannt war.

»Mich können Sie nicht verarschen«, stand darin zu lesen. Wie es sich gehörte, in fein säuberlich aus der Zeitung ausgeschnittenen Worten und Buchstaben. »Sie haben die Kohle eingesteckt. Ich schweige, doch das kostet. Zehntausend in kleinen Scheinen. Wann und wo, teile ich noch mit. Keine Polente, sonst …« Da hatte er eine Lücke gelassen. Der Alte würde schon wissen, was dann mit ihm geschehen würde. »Fahren Sie in der ersten Augustwoche nach Borkum. Ich melde mich.«

Nach seiner Ankunft auf der Insel hatte Sebastian dem Hobbydetektiv einen zweiten Brief geschrieben und darin einen Geldübergabeort genannt. Doch der alte Sack war einfach nicht erschienen, also hatte Sebastian ihn im Hotel angerufen.

»Was soll der Scheiß? Ich weiß alles.« Mit verstellter Stimme hatte er seine Forderung wiederholt. »Zehntausend für mein Schweigen und keine Polizei.«

»Okay«, hatte Engel gesagt. »Aber so schnell geht das nicht.«

Das behaupteten alle, die erpresst wurden. »Sie hatten genug Zeit, das Geld zu besorgen.«

»Mit so viel Bargeld verreise ich doch nicht, was denken Sie? Man weiß ja nie, ob man nicht von einem Kriminellen …«

»Dann heben Sie es eben vom Konto ab!«, hatte Sebastian ihm ins Wort gebrüllt.

»Das würde ich ja tun, doch ich kann höchstens fünfhundert Euro täglich abheben.«

Vollidiot, das wusste man doch vorher. »Dann sprechen Sie mit der Bank.«

»Meine Hausbank ist auf dem Festland. Wenn ich jetzt nach Hause fahre, um das zu regeln, wird meine Frau fragen, warum ich den Urlaub abbreche.«

Der Typ wollte ihn hinhalten. »Ich gebe Ihnen drei Tage«, hatte Sebastian gesagt. Es war ihm versehentlich rausgeflutscht.

»Das sind dann tausendfünfhundert Euro.«

»Falsch. Es sind dreitausend. Ihre Frau hat sicher auch ein Konto.« Er gratulierte sich selbst zu seiner schnellen Auffassungsgabe. Dreitausend sollten vorerst reichen. Er konnte jederzeit einen Nachschlag fordern und Engel regelmäßig zur Kasse bitten.

»Dreitausend, einverstanden. Aber den Übergabeort bestimme ich.«

»Äh, Alter. Willst du mich verarschen?«

»Ich möchte nur nicht gesehen werden, das ist sicherlich auch in Ihrem Interesse.«

»Okay. Wann und wo?«

Engel hatte den Treffpunkt am Strand genannt und aufgelegt. Der Alte schien noch verrückter zu sein, als Tante Erika immer erzählte.

Und nun war er tot.

Tante Erika riss Sebastian aus seinen Überlegungen. »Du scheinst von den Geschichten um Engel fasziniert zu sein. Ich sehe mal, ob ich ein Treffen zwischen euch arrangieren kann.«

Fast hätte er gesagt: »Lass mal, der alte Sack ist mausetot.« Stattdessen entgegnete er: »Danke, Tantchen.«

»Wusstest du, dass er jeden Krimi von Agatha Christie und Edgar Wallace besitzt und gelesen hat?«

Auch das hatte sie ihm schon tausendmal erzählt. »Es hat ihm wenig geholfen«, knurrte er.

»Was hast du gesagt?« Sie war aufgestanden, um den Tisch abzuräumen.

»Soll ich dir helfen?«

»Bleib sitzen, ich mach das schon.«

Er hatte nichts anderes erwartet. Schweigend beobachtete er, wie Tante Erika das schmutzige Geschirr in die Maschine räumte und die noch halb vollen Schüsseln abdeckte, damit die Essensreste nicht antrockneten.

Er beschloss, sich zu verdrücken, ehe Onkel Horst nach Hause kam. »Kannst du mir etwas Geld leihen?«

Sie schien einen kurzen Augenblick lang Nein sagen zu wollen, doch sein Tantchen-Weichmacherblick zeigte Wirkung.

Wortlos ging sie in den Flur. Er folgte ihr. Tante Erika griff nach der Handtasche, nahm ihre Geldbörse heraus und drückte ihm einen Schein in die Hand. Er hauchte ihr einen Kuss auf die Wange. Daraufhin öffnete sie erneut das Portemonnaie und gab ihm noch einen Zehner obendrauf.

»Ich muss zur Arbeit«, sagte sie und verließ das Haus.

＊＊＊

»Diamantsplitter und Granat«, erklärte Kupke mit Bestimmtheit. »Das hat sie gesagt.« Er blätterte in seinem Notizheftchen. Die Seiten, auf denen er die Aussage von Charlotte Baumann festgehalten hatte, sahen aus, als wäre ein Vogel darübergelaufen. Keine Buchstaben oder Worte, sondern krakelige Schriftzeichen. Es kam gelegentlich vor, dass er seine eigene Stenografie nicht mehr entziffern konnte.

»Wie bitte?« Kutschbauer sah von seinem Computer auf.

»Frau Baumann sagte, sie habe an der Hand der Toten einen altertümlichen Ring mit Diamantsplitter und einem Granat gesehen.«

»Was hat das mit dem Fall zu tun?«

»Keine Ahnung, aber deine Tanten haben von Diebstahl geredet, dazu würde so ein Diamantring doch passen.«

»Meine Tanten reden viel, wenn der Tag lang ist.« Kutschbauer bereute bereits, seinem Kollegen davon erzählt zu haben.

»Trotzdem«, beharrte Kupke. »Bei Schmuck denke ich an Diebe, und bei Diebstahl überlege ich, ob der Ring aus dem Museum stammen könnte.«

»Vergiss es. Wäre er aus dem Museum, hätte Frau Baumann das sofort gemerkt. Der Frau entgeht nichts.« Kutschbauer sprach aus Erfahrung.

»Gibt es überhaupt wertvolle Dinge im Heimatmuseum?«

Kutschbauer dachte kurz nach. »Unersetzliches im historischen Sinne findest du in jedem Raum. Aber Gold und Diamanten – nein, nichts von Bedeutung. Es liegt ein wenig Schmuck in den Vitrinen und ein paar Münzen. Einfaches Zeug. Keine Schätze, bei denen es sich lohnt, sie zu stehlen.«

»Dennoch gibt es eine Alarmanlage.«

»Weil die ausgestellten Sachen einfach unbezahlbar sind. Im ideellen Sinn. Da möchte man weder Diebe noch Randalierer im Haus haben.«

Kupke schaute zum Fenster hinaus und erstarrte für den Bruchteil einer Sekunde, als im selben Moment Charlotte Baumann daran vorbeilief. Sie kam, um das Protokoll ihrer Zeugenaussage zu unterschreiben.

»Sieh zu, dass du fertig wirst«, mahnte Kutschbauer und stand auf, um Charlotte Baumann die Tür zu öffnen.

Als er mit der pensionierten Lehrerin in das Büro zurückkehrte, spuckte der Drucker eben das Protokoll aus. Während Frau Baumann es durchlas, konnte man Andreas Kupke ansehen, dass ihm etwas unter den Fingernägeln brannte. Er reichte ihr einen Kugelschreiber, damit sie unterschreiben konnte.

»Frau Baumann, eines bereitet mir Kopfzerbrechen.«

»So?«

»Die Alarmanlage. Wieso war sie nicht in Betrieb?«

»Das müssen Sie Herrn Klüwer selbst fragen, junger Mann.« Schwungvoll setzte sie ihre Unterschrift auf das

Papier und schob Blatt und Kugelschreiber von sich. »Wie ich ihn kenne, hat er nach Feierabend einfach vergessen, sie anzustellen.«

Kupke bemerkte Kutschbauers leichtes Kopfschütteln und deutete es richtig. Der Kollege wollte, dass Frau Baumann verschwand. Dennoch hakte Kupke nach. »Haben Sie noch einmal nachgesehen, ob etwas Wertvolles gestohlen wurde?«

»Natürlich habe ich das. Ich bin mehrere Male durchs Haus gelaufen. Aber nein, es fehlt nichts.«

War es überhaupt möglich, bei den vielen Ausstellungsstücken jedes einzelne im Auge zu behalten? Wie leicht konnte man eine Kleinigkeit übersehen.

»Keine allein liegende schriftliche Bezeichnung oder Erläuterung zu einem ausgestellten Gegenstand?«

»Die würde ein Dieb, wenn er nicht vollkommen dämlich ist, vermutlich auch mitgenommen haben.«

Kupkes Wangen färbten sich rot. Er sah nicht hin, doch Kutschbauers schiefes Grinsen sprach Bände. Ich habe dich gewarnt, sagte es. Dennoch bohrte Kupke weiter. »Gibt es ein Verzeichnis aller ausgestellten Gegenstände? Listen?«

»Wir sind dabei.« Charlotte Baumann drehte sich zu Kutschbauer herum und bedachte ihn mit einem ungnädigen Blick. So als wäre es seine Schuld, dass die Datenbank noch nicht fertig gefüllt war. Der Heimatverein hatte sich ein kostspieliges Computerprogramm zugelegt. Freiwillige unter den Vereinsmitgliedern, zu ihnen gehörte auch Bernhard Kutschbauer, waren seit Monaten dabei, nach und nach jedes einzelne Teil zu fotografieren und ins Programm einzugeben. Aber das dauerte. Es gab Tausende Ausstellungsstücke. In der Vogelhalle standen jede Menge Präparate. Die Vitrinen waren voll von Muscheln, Bernstein und anderem getrockneten Getier. Die Sammlung mit Sand aus der ganzen Welt umfasste mehrere hundert Minigläser, und in der Halle mit dem Rettungsboot fand man vom Kompass bis zum Steuerrad alles, was mit der Seefahrt zu tun hatte. Die einzelnen Räume waren nach Themen unterteilt. Küche, Kapitänszimmer, Wohnzimmer und mehr. Es gab eingebaute Kojen und Vitrinen voll mit Knochen, Münzen und anderen Artefakten. Und dann war da noch die Walhalle mit dem gut fünfzehn Meter langen Gerippe eines Pottwals, dem ausgestopften Seehund und einem in Spiritus eingelegten Walpenis. Von den Waffen, die zum Walfang benutzt wurden, ganz zu schweigen.

»Die Exponate fotografieren, eine Beschreibung dazu eintippen und mit Schlagwörtern versehen, damit man den Eintrag auch wiederfinden kann, das ist viel Arbeit.« Charlotte Baumann mochte es sich mit Kutschbauer wohl auch nicht verscherzen. »Allein für eine Münze müssen zig Daten in den PC eingeben werden. Das Prägungsjahr, die Bezeichnung – Dukate, Gulden und so weiter. Der Text, der auf der Münze draufsteht, und die Angabe, wer zu dieser Zeit herrschte. Wo sie geprägt wurde, wer sie gefunden oder gestiftet hat, und, und, und.«

»Dann weiß ich das jetzt auch.« Kupke hob die Schultern. »Es fehlt also nichts.« Enttäuscht zog er das Protokoll zu sich heran, warf einen kurzen Blick auf Charlotte Baumanns Unterschrift und nickte. Er stand auf und reichte ihr die Hand. »Vielen Dank, dass Sie vorbeigekommen sind.«

An der Tür blieb Charlotte Baumann abrupt stehen und wandte sich zu Kupke um. »Da fallen mir die Zähne ein. Sie sind aus Elfenbein …«

»Das ist Jahre her«, warf Kutschbauer ein. »Und es war das Einzige, was jemals gestohlen wurde.«

Sie nickte, wirkte aber unzufrieden. Kupke geleitete Frau Baumann zum Ausgang. Er kam schnell zurück.

»Wie war das mit dem Elfenbein?«, fragte er Kutschbauer. »Habt ihr im Museum auch Elefantenstoßzähne?«

»Nein. Nur Zähne vom Wal.«

»Die stecken in dem riesigen Gerippe, das in der Walhalle hängt?«

»Ja und nein. Du solltest dir das Dykhus mal in Ruhe ansehen.«

Kupke winkte ab. »Mach ich später. Es gibt im Museum

also echtes Elfenbein. Wie kommt ihr dazu? Aber bitte in Kurzform.«

»Walkadaver zur Insel transportiert, in Käfigen im Hafen versenkt und gewartet, bis Krebse und Fische ihn ordentlich abgenagt hatten. Anschließend mit Persil Megaperls …«

»Was ist das denn?«

»Waschpulver von der Firma Henkel. Egal, jedenfalls wurde das Skelett des Wals unter Zugabe dieser Megaperls in einem mit Wasser gefüllten Container so lange über offenem Feuer gekocht, bis die Knochen blank waren und alles rausgekocht war, was verwesen kann. Dann hat ein Restaurator das Skelett zusammengebaut und unter die Decke gehängt. Damals war das Museum jeden Tag rappelvoll, weil der Mann das während der Öffnungszeiten gemacht hat. Und in dem Kiefer stecken eben …«

Das Telefon klingelte. Die Rechtsmedizin.

Die Todesursache sei immer noch ungeklärt, hieß es. Man werde weitere Untersuchungen vornehmen. Es bestehe jedoch Verdacht auf Fremdeinwirkung, zumindest vorläufig, bis die Blutuntersuchungen etwas Genaueres sagten.

»Na«, kommentierte Polizeikommissar Becker die Mitteilung wenig später, »dann werde ich mal Verstärkung anfordern.«

Während er mit Kriminalhauptkommissar Focko Busboom in Aurich telefonierte, kehrten Kutschbauer und Kupke in ihr Büro zurück.

»Und der Elfenbeindiebstahl?«

»Der hat nicht wirklich stattgefunden. Es ist eine schöne Geschichte für die Touristen. Die Originalelfenbeinzähne liegen sicher verwahrt in einer Glasvitrine. Der Restaurator hatte sie aus dem Skelett herausgelöst und durch Attrappen ersetzt. Das war auch gut so, denn kaum dass er mit seiner Arbeit fertig war und die Besucher wieder allein, mussten wir feststellen, dass jemand zwei Zähne aus dem Kiefer herausgebrochen und mitgenommen hatte. Nur gut, dass sie aus Gips waren.«

»Die Baumann hat sicherlich ordentlich Theater gemacht?«

»Worauf du dich verlassen kannst.«

Kutschbauer wollte sich eben der Recherche über Carola Dörners Vergangenheit widmen, da betraten zwei sich streitende Männer das Gebäude, und er wurde ein weiteres Mal abgelenkt. In den darauffolgenden Stunden hatte er alle Hände voll mit dem zu tun, was unter den Begriff »allgemeine Polizeiarbeit« fiel.

FÜNF

Kriminalhauptkommissar Focko Busboom klopfte an die halb offen stehende Bürotür und trat ein. »Moin, Herr Becker.«

»Moin, Herr Busboom. Ich hoffe, Sie hatten eine gute Überfahrt?« Becker klang besorgt, er kannte Busbooms Hang zur Seekrankheit.

»Ja. Danke, alles gut. Die See war glatt wie ein Kinderpopo. Ich habe eben noch den Katamaran erwischen können.« Dadurch war die Fahrzeit von Emden nach Borkum nur halb so lang gewesen wie die einer normalen Fährverbindung. »Hat sich im Fall Dörner seit unserem Telefonat was Neues ergeben?«

Auf den Fähren war das Telefonieren mit Handys verboten, nur wenige hielten sich daran. Busboom gehörte dazu. Er mochte die Dinger nicht leiden, auch wenn sie recht nützlich und in seinem Beruf mittlerweile unentbehrlich waren.

Becker hatte Busboom die spärlichen bereits vorhandenen Unterlagen zum Fall per Mail zugesandt, und so hatte er während der Überfahrt etwas zu lesen gehabt.

»Nichts Neues.«

Die beiden schüttelten sich zur Begrüßung die Hand. Beckers Händedruck war fest, so wie Busboom es mochte. Schlappe Begrüßungen, bei denen man meinen konnte, man habe einen lauwarmen toten Fisch in der Hand, konnte er nicht ausstehen.

Becker scheint es gut zu gehen, dachte Busboom. Graue Fäden durchzogen Haar und Bart des Kollegen, und seine buschigen Augenbrauen schienen immer voller zu werden, während sich sein Haupthaar lichtete. Doch er wirkte im Gegensatz zu ihrer letzten Begegnung energiegeladen und gesund. Das Kompliment verkniff Busboom sich jedoch. Er befürchtete, Becker würde es zum Anlass nehmen, eine Krankengeschichte zum Besten zu geben. Er war Hypochonder mit Leidenschaft, jedoch einer von den guten, wie er gern selbst behauptete. Was immer das bedeuten sollte. Vermutlich meinte er, dass er trotz seiner Leiden, ob nun eingebildet oder echt, zum Dienst erschien.

Im Stillen fragte Busboom sich, wie lange es heute dauern mochte, bis Becker beim Thema Krankheit anlangte.

»Wie ich höre, ist die Stelle des Dienststellenleiters vakant?«

»So ist es. Horst Eder ist aufs Festland zurückgegangen. Wäre der Posten nicht was für Sie, Herr Busboom?«

Beckers Vorschlag klang ernst gemeint. Und vielleicht sollte Busboom tatsächlich mal in Ruhe darüber nachdenken. Er wäre dann jeden Tag auf seiner Lieblingsinsel, nicht nur im Urlaub oder wenn man ihn zu Mordermittlungen heranzog. Allerdings müsste er den Posten bei der Kriminalpolizei aufgeben und seinen Lebensmittelpunkt von Ostfriesland hierher verlegen. In der Nähe von Aurich stand sein Haus. Dort lebte Busbooms Familie, dort hatte er seine Freunde, und er konnte mit dem Auto überall hingelangen, ohne vorher auf ein Schiff zu müssen. Von seinen drei Kindern wohnte nur noch eines zu Hause. Seine älteste Tochter Hanni hatte ihre eigene Wohnung etwa dreißig Fahrminuten entfernt, Sohn Arik war immer noch bei der Bundeswehr und würde es vorerst vermutlich auch bleiben. Er gondelte durch die Welt, ließ sich mal hierhin, mal dorthin versetzen. Ihm und Hanni wäre es vermutlich egal, wo seine Eltern lebten. Aber die Jüngste, Wiebke, wäre alles andere als begeistert.

»Überlegen Sie es sich«, sagte Becker nachdrücklich. »Mich würde es freuen.«

»Danke, das ist nett. Warum ist der Kollege Eder fortgegangen?«

»Die alte Leier. Sie kennen das doch. Seine Frau konnte sich auf der Insel nur schwer einleben. Ihr war hier alles zu eng. Nicht jeder ist im Herzen ein Insulaner.«

Da hatte Becker recht. Die Sommermonate, in denen sich insgesamt mehr als fünfunddreißigtausend Menschen – Einheimische, Gäste und Saisonarbeiter – auf Borkum aufhielten, gefielen allen sehr gut. Doch die einsamen Wintermonate machten vielen Zugezogenen zu schaffen. Wenn man am Strand keiner Menschenseele begegnete und in der Bismarckstraße, Borkums Flaniermeile, meinte, in jedem Augenblick käme wie in einem alten Westernfilm ein Steppenläufer durch die Straßen geweht, konnte es schwer sein. Nur wenige Restaurants waren geöffnet. Einige Läden schlossen für Monate ihre Türen. Diejenigen Geschäfte, die im Winter überhaupt noch geöffnet hatten, öffneten morgens um zehn, machten teilweise mittags zwei Stunden dicht, und um sechs Uhr abends konnte man nur noch in den Supermärkten etwas einkaufen. Die Saisonarbeiter waren dann längst alle in ihre Heimatstädte auf dem Festland zurückgekehrt. Die Insel fiel in den Winterschlaf, und die Zugereisten überfiel der Inselkoller. Diesen Wechsel zwischen Trubel und Einsamkeit musste man mögen. Für junge Eltern wiederum lag der Hauptgrund, die Insel wieder zu verlassen, darin, dass es auf Borkum kein Gymnasium gab.

»Nun, da Eders Sprösslinge das Gymnasialalter erreicht haben«, sprach Becker Busbooms Gedanken laut aus, »war es wohl auch aus pädagogischer Sicht an der Zeit, die Koffer zu packen und fortzuziehen.«

Die Alternative wäre gewesen, die Kinder in ein Internat zu schicken, was viele der Borkumer Jugendlichen auf sich nahmen. Sehr zum Leidwesen der ortsansässigen Handwerker, die permanent unter Lehrlingsmangel litten. Dabei hatte das Handwerk wieder goldenen Boden, und Borkumer Auszubildende zeichneten sich dadurch aus, dass sie bei den Gesellenabschlüssen kontinuierlich zu den Jahrgangsbesten in ganz Niedersachsen gehörten. Borkum hatte die kleinste Berufsschule Deutschlands, so sagte man. Da hatte mancher Lehrer in der Klasse nur drei oder vier Schüler. Kein Wunder, dass da die Ausbildung ausgezeichnet war.

»Ich leite kommissarisch die Dienststelle, bis der Posten erneut besetzt wird«, sagte Becker.

Eine gute Wahl. Becker war mittlerweile Polizeikommissar. Ein Rang, mit dem man Führungsaufgaben übernehmen sollte. Wenn es nach Busboom ginge, würde er Horst Becker die Leitung ganz übergeben. Es lag ihm auf der Zunge, Becker zu sagen, er solle sich selbst für den Posten bewerben, aber das ging ihn nichts an.

»Kommt die Kollegin auch?«, fragte Becker betont beiläufig und versuchte, einen wenig interessierten Gesichtsausdruck zu machen. Doch Focko Busboom konnte sich denken, worauf er hinauswollte. Normalerweise war Ariana Peters dabei, wenn er beruflich nach Borkum kam. Sie war seine engste Mitarbeiterin. Ein paar Fälle hatten sie in den letzten Jahren schon gemeinsam auf Borkum bearbeitet. Dabei waren sich die Kriminalkommissarin und der Inselpolizist Kutschbauer so nahegekommen, dass vor einigen Monaten von Verlobung die Rede gewesen war. Doch nun schien es so, als drifteten Bernhard Kutschbauer und Ariana Peters auseinander. Busboom merkte es an Kleinigkeiten. Die Abstände zwischen den Wochenenden, die die beiden miteinander verbrachten, wurden immer länger, und Ariana redete in seiner Gegenwart nur noch selten über Kutschbauer. Umgekehrt musste es dem Kollegen Becker auch aufgefallen sein, sonst hätte er vermutlich gar nicht gefragt.

»Nein, fürs Erste bin ich allein«, sagte Busboom. Zu mehr Auskunft war er im Moment nicht bereit. Ariana hatte darum gebeten, von dem Fall auf Borkum ausgenommen zu werden, und er konnte seiner liebsten Mitarbeiterin keinen Wunsch abschlagen.

»Ich vermute, es kriselt im Paradies.« Beckers Feststellung ließ Sorge erkennen, er schien alles andere als schadenfroh zu sein. Dabei waren er und Kutschbauer sonst wie Hund und Katze. »Aber das ist ein anderes Thema und geht uns nichts an.«

Busboom nickte zustimmend. Sie schwiegen eine Weile und hingen ihren Gedanken über die Kollegen nach. Becker nahm seine Brille ab und verbrachte eine endlose Zeit damit, sie zu polieren.

»Sie hat doch wohl keinen Neuen?«, flüsterte er dann und wirkte bestürzt.

»Auf keinen Fall.« Das wäre Busboom aufgefallen. Andererseits – er hatte auch nicht bemerkt, dass es zwischen seiner ältesten Tochter und ihrem Freund kriselte, bis die Beziehung vor einiger Zeit auseinandergegangen war und Hanni mit dem Borkumer Polizisten Andreas Kupke anbändelte.

Ja, der Andreas. Busboom fand den jungen Mann um Längen besser als dessen Vorgänger. Wenn er doch nur kein Polizist wäre. Oder anders ausgedrückt: Wenn er doch nur nicht ab heute zu Busbooms Team gehören würde. Irgendwie fühlte es sich komisch an, mit dem Kerl zusammenzuarbeiten, der mit seiner Tochter das Bett teilte.

»Du musst aufhören, so eifersüchtig zu sein«, ermahnte ihn seine Ehefrau Gesche gern. »Sieh es doch mal so. Hanni hat mit Andreas eine hundertprozentige Steigerung erfahren, was Männer angeht. Er ist sympathisch, und er macht sie glücklich. Natürlich müssen wir ihn noch richtig kennenlernen. Aber mir gefällt er, und alles andere wird sich finden.«

Ja, sympathisch war Andreas Kupke. Doch es war mehr als Sympathie, was er sich für seine Tochter wünschte. Das hatte er Gesche auch gesagt, bevor er sich auf den Weg nach Emden machte.

»Du bist ein Grantler, Focko«, hatte sie lachend entgegnet. »Denk doch mal an uns. Wir haben auch so angefangen. Du warst ein kleines Licht bei der Polizei, und sieh dich heute an.«

Wie immer hatte Gesche recht. Trotzdem tat er sich schwer damit.

»Was haben wir?«, erkundigte er sich erneut, um auf den Grund für seine Anwesenheit zurückzukommen.

»Eine Leiche.«

Klar. Tote waren Busbooms Geschäft.

»Laut Rechtsmedizin weist Carola Dörners Leichnam diverse Einstichstellen auf. Nun, das habe ich bei einer Diabetikerin erwartet. Die meisten Einstichstellen liegen um den Bauchnabel herum. Völlig normal. Sie wird sich dort die Spritzen gesetzt haben. Da sie ansonsten körperlich gesund gewesen zu sein scheint und auch keine Anzeichen für Gewalteinwirkung vorliegen«, Becker zupfte an seinem Bärtchen, »könnte ich mir vorstellen, dass sie eventuell an einer Überdosis gestorben ist. Ob dem so ist, wird uns die Gerichtsmedizin verraten können, sobald die Blutuntersuchungen abgeschlossen sind. Falls ja, könnte das auf Fremdeinwirkung hindeuten, denn Carola Dörner hatte ihren Diabetes wohl gut im Griff. Sie galt außerdem als labil und litt unter Depressionen. Eine schlimme Krankheit, die von vielen unterschätzt wird.«

Verstohlen schaute Busboom auf seine Uhr. Keine fünf Minuten, und Becker war beim Thema Krankheit angekommen. Obgleich er ihm das nur bedingt vorwerfen konnte, denn immerhin ging es ja um die Krankheit des Opfers, nicht um seine eigene. Busboom deutete mit dem Zeigefinger in die Richtung, in der der Raum lag, den er immer benutzte, wenn er auf der Insel arbeitete. »Ist mein Büro frei?«

Becker nickte. »Sie kennen ja den Weg.«

Busboom schaute kurz bei Kutschbauer und Kupke rein, die an ihren Computern saßen und ihn erfreut begrüßten, dann betrat er den ihm zugewiesenen Raum. Alles, was in Sachen Carola Dörner bereits zu Papier gebracht worden war, lag auf dem Schreibtisch.

Er ließ die Tür angelehnt, denn er saß ungern bei so schönem Wetter in engen Räumen. Auch half es wenig, das Fenster aufzustellen. Kein Lüftchen regte sich draußen, was an der Küste und vor allem auf den Inseln äußerst selten vorkam.

Einen Großteil der anfänglichen Ermittlungsarbeiten hatten die Kollegen in Herne, dem Wohnort der Toten, durchgeführt. Das erlebte Busboom selten. Es war ein unbehagliches Gefühl, weder mit den nahen Verwandten noch mit den Freunden oder Bekannten des Opfers persönlich sprechen zu können. Er musste sich da vollkommen auf die Ergebnisse der Kollegen verlassen.

Was die Insel anbelangte, konnte noch zu keiner Person eine Verbindung mit Carola Dörner hergestellt werden. Aber die Untersuchungen begannen ja erst. Es musste auf Borkum Leute geben, die Carola Dörner gekannt hatten, nachdem sich die Ärztin daran erinnert hatte, dass sie zumindest im vergangenen Mai schon einmal hier gewesen war.

»Ich habe den PIN-Code geknackt«, hörte Busboom eine männliche Stimme jubeln, um gleich darauf ein übertrieben lautes »Chef?« zu hören. Ein Polizist mit auffallend langen Armen stand in Busbooms Bürotür.

Busboom hasste es, Chef genannt zu werden. Noch dazu von Andreas Kupke, dem Freund seiner Tochter. Was wusste er über den Mann? Wenig. Nur dass er zwei Geschwister hatte, einen Bruder und eine Schwester, und dass er sich für Oldtimer interessierte. Er besaß wohl ein Motorrad aus den fünfziger Jahren. Hanni hatte mal erwähnt, dass an dem Ding ständig etwas zu reparieren war.

Aber nun hatte er ja die Chance, ihn besser kennenzulernen.

Er konnte sich gut vorstellen, dass sich der junge Polizist ebenfalls schwertat, mit dem Vater seiner Freundin zusammenzuarbeiten. Daher wollte Busboom versuchen, ihr privates Verhältnis, was sich bislang auf einige Besuche zum Nachmittagskaffee in seinem Haus belief, auszublenden. Kupke sollte sich bewähren, zunächst als Arbeitskollege und damit in zweiter Instanz als Hannis zukünftiger Lebensgefährte.

Hatte er das wirklich eben gedacht? Zukünftiger Lebensgefährte? Er machte eine Handbewegung, als wollte er eine Fliege verscheuchen. Gedanken wie diese sollte er auf später verschieben. Das Wenige, was er von Andreas Kupke wusste, hatte seine Ehefrau Gesche ihm erzählt. Sie war ganz vernarrt in den Kerl. Für ihn war Andreas Kupke zumindest im Augenblick schlicht und einfach ein Mitarbeiter. Hoffentlich versuchte er sich nicht bei ihm anzubiedern. Busboom konnte Schleimer nicht leiden.

»Es hat ein bisschen gedauert, aber …« Kupke verstummte, womöglich hatte er Busbooms Handbewegung und das leichte Kopfschütteln falsch interpretiert.

»Reinkommen.« Er deutete auf den Besucherstuhl, der vor dem Schreibtisch stand. Andreas Kupke setzte sich. Busboom, der am Fenster stand, wandte sich ab und sah hinaus. »Sie haben also den PIN-Code von Carola Dörners Handy geknackt? Gut gemacht. Ist was Interessantes dabei?« Er wandte sich um.

»Das will ich meinen.« Ein Strahlen ging über Kupkes Gesicht. Er sah aus, als hätte er soeben die Glühbirne erfunden. »Carola Dörners WhatsApp-Verlauf ist sehr spannend. Und in ihrer Fotogalerie befinden sich auffallend viele Bilder von Lageplänen. Sie sehen aus wie Flurkarten. Außerdem hat sie jede Menge Dünen fotografiert. Nur die Landschaften, ohne Menschen darin. Die Fotos hat sie, mit Kommentaren versehen, an einen gewissen Max geschickt. Was sie schreibt, erweckt den Anschein, als wäre sie mit diesem Max auf Schatzsuche gewesen.« Kupke hatte vor Aufregung hektische Flecken auf den Wangen. Er tippte während des Sprechens auf dem Gerät herum. »Hier ist zum Beispiel so eine Nachricht«, sagte er und hielt ganz kurz das Handy in die Höhe. Als könnte Busboom aus der Entfernung irgendwas erkennen. »Das Foto ist beschrieben mit: ›Woldedünen, hier muss es irgendwo sein‹. Und unter dem nachfolgenden Bild mit einer ziemlich weißen Düne darauf steht: ›Die Spur ist heiß‹.«

Nervös rutschte Kupke auf dem Stuhl herum, er wirkte auf Busboom wie ein Huhn, das sich mit dem Hintern voraus um sich selbst drehte und nicht wusste, wie es sich auf sein Nest setzen sollte.

»Auf einem anderen Bild, es zeigt eine Delle mit jeder Menge Sanddornbüschen, schreibt sie: ›N 53°33'7"‹ und ›E 006°45'0"‹. Das sind Koordinaten.«

Bernhard Kutschbauer trat ein. »Die kommen mir irgendwie bekannt vor«, murmelte er und begann, in einer Schublade des alten Aktenschranks in Busbooms Büro herumzukramen.

Busboom fand, es wirkte planlos, wie Kutschbauer darin herumwühlte. So als wäre er mit den Gedanken ganz woanders. Natürlich, den armen Mann plagte ja auch der Liebeskummer. Busboom seufzte innerlich und hoffte, dass Kutschbauers seelisches Tief keine Auswirkungen auf die Qualität seiner Arbeit haben würde.

»Was suchst du denn?«, fragte Kupke.

»Ich habe es gleich, Andreas.«

Aha, die Kollegen duzen sich, dachte Busboom. Das brachte ihn auf einen Gedanken.

»Polizeiobermeister Kupke«, sagte er, um unmissverständlich klarzustellen, dass er trotz familiärer Verbindungen keine vertraulichen Anreden wünschte, »haben Sie herausgefunden, wie dieser Max mit Nachnamen heißt?«

»Ja, Chef. Sein voller Name ist Max Zimmer. Ich habe bereits versucht, ihn anzurufen, aber er meldet sich nicht. Mittels Internet konnte ich einiges über ihn herausfinden. Er ist Tischlergeselle von Beruf. Hat den Abschluss mit Ach und Krach geschafft. Er ist immer noch in dem Betrieb beschäftigt, in dem er gelernt hat, und das seit über zehn Jahren. Wie Carla Dörner ist er in Herne gemeldet. Sie haben aber nicht die gleiche Anschrift. Ich werde gleich mal auf Facebook nachsehen, ob er gepostet hat, was er gerade so macht.«

Viele Leute gaben aller Welt preis, was sie taten und wann, wohin und wie lange sie unterwegs sein würden. Busboom konnte dem nichts abgewinnen.

»Würde mich nicht wundern, wenn dieser Max ebenfalls auf der Insel ist«, schob Kupke nach.

Busboom blickte ihn prüfend an. Andreas Kupkes Nase war krumm, was ihn irgendwie attraktiver machte, da alles andere in seinem Gesicht absolut gleichmäßig war. Ohne diese Krümmung wären beide Gesichtshälften absolut identisch und würden ein langweiliges Gesicht bilden. So konnte man ihn als gut aussehend betrachten.

»Ich hab es.« Triumphierend hielt Bernhard Kutschbauer eine Zeitschrift in die Höhe. »Burkana«, lautete der in großen roten Buchstaben gedruckte Titel. »Andreas, sag mir bitte noch mal die Koordinaten.«

Kupke wiederholte sie.

»Das sind dieselben wie die auf dem Deckblatt der Zeitschrift.« Kutschbauer schüttelte das Heft, als würde der Ort, zu dem sie passten, dadurch herausfallen. »Sonderbar. Vielleicht war sie eine von diesen Moderne-Schnitzeljagd-Freunden.«

»Ich sehe mal nach, ob sie eine entsprechende App auf ihrem Handy hat.« Kupke wischte über das Display. An seinem Gesicht konnte man ablesen, dass seine Erwartungen enttäuscht wurden. »Wirklich sonderbar.«

»Was denn?«, wollte Busboom wissen.

»Sie hat keine Geocaching-App auf ihrem Handy.«

»Erklärt mir mal einer, was das ist?«

»Geocaching? So eine Art Schatzsuche per GPS. Man muss einen an bestimmten Koordinaten versteckten Gegenstand finden, oft geht das über mehrere Stationen, an denen Hinweise versteckt sind oder Rätsel zu lösen. Es geht darum, clever zu kombinieren, um am Ende einen bestimmten Punkt in der Landschaft zu finden. Da liegt dann, wenn Sie so wollen, der Schatz.«

»Und wie sieht so ein Schatz aus?«

»Meistens ist es einfach nur eine wasserdichte Plastikdose. Darin befinden sich ein Stift und ein Zettel, und man kann sich darauf verewigen. Nach dem Motto: ›Die Müllers aus Düsseldorf waren hier‹. Ich weiß zum Beispiel, dass sich oben in der Süderstraße kurz vor dem Restaurant Heimliche Liebe und gegenüber der Signalstelle einer dieser Geocaching-Punkte befindet. Sieben dicke Steine liegen da. Die Inschrift im Messingschild auf dem obersten Stein erinnert an die Marconi-Station Borkum, die im Mai 1900 die erste Küstenfunkstelle in Deutschland war.«

»Sie kennen sich ja gut aus.«

»War mal mein Hobby, jetzt …«

»Okay, verstanden«, unterbrach ihn Busboom. »Herr Kutschbauer? Wie bekommen wir heraus, ob und wenn ja, wo Max Zimmer auf der Insel Urlaub macht?«

»Durch die Kurgastanmeldestelle.«

Das war doch ein Anfang. Der Mann konnte ihnen sicherlich einiges über Carola Dörner sagen. »Sehr schön. Dann erkundigen Sie sich doch bitte danach.«

»Sofort.« Kutschbauer verließ den Raum. Die Zeitschrift nahm er mit.

»Und ich drucke flink die Lagepläne von Dörners Handy für Sie aus«, murmelte Kupke und eilte ebenfalls davon.

Kutschbauer kam schnell zurück. Man konnte ihm ansehen, dass seine Suche nach Max Zimmer erfolglos geblieben war.

»Keine Gästeanmeldung auf den Namen Max Zimmer. Aber das heißt nichts. Es gibt immer Gäste, die von den Vermietern verspätet oder gar nicht angemeldet werden. Vielleicht wohnt er auch bei einem Verwandten oder Bekannten, dann braucht es keine Meldung beziehungsweise eine andere. Ist im Augenblick ein Streitthema auf der Insel, aber das ist eine andere Geschichte. Ich bekomme schon raus«, versprach er, »ob der Mann auf der Insel ist«, und war wieder verschwunden.

Auch Andreas Kupke konnte nichts über Max Zimmer herausfinden, denn auf Facebook gab es zu diesem Namen mehrere Eintragungen.

»Ich vergleiche jetzt die Fotos, die Carola Dörner gemacht hat, mit denen im Internet. Bestimmt finde ich dadurch den richtigen Max.« Und wieder sauste Kupke fort.

Busboom betrachtete lange die ausgedruckten Lagepläne, ohne eine sinnvolle Erkenntnis daraus zu ziehen.

Dafür war Kutschbauer nach einiger Zeit erfolgreich. »Ich habe ihn.«

»Wie haben Sie ihn gefunden?«

»Ich dachte mir, die beiden könnten mit dem Auto auf die Insel gekommen sein. Und ich kenne jemanden bei der Borkumer Kleinbahn recht gut.«

Natürlich, Kutschbauer kannte überall irgendjemanden recht gut. Das wusste Busboom noch sehr gut von den vergangenen Ermittlungen.

»Sie hat für mich nachgeschaut, ob auf seinen Namen eine Pkw-Überfahrt gebucht worden ist.« Kutschbauer machte eine Pause, um die Spannung ein wenig anzuheben. »Also: Max Zimmer ist vor drei Tagen mit der Acht-Uhr-Fähre ab Emden angereist.«

»Schön. Und wo können wir ihn erreichen?«

»Keine Ahnung. Aber ich habe die Handynummer, die

er bei der Buchung angegeben hat.« Das war erforderlich, damit die Fährgesellschaft zurückrufen konnte, falls es eine Fahrplanänderung gab. Beim Ausfall des Schiffsmotors, bei Hochwasser oder Sturmfluten zum Beispiel.

»Seine Handynummer habe ich auch.« Kupke deutete auf Carola Dörners Handy. »0179240…«

»Die hier lautet aber anders.« Kutschbauer trat an den Schreibtisch, nahm den Telefonhörer, begann zu wählen und legte sofort wieder auf. Max Zimmer würde die Nummer der Polizeidienststelle auf seinem Handy sehen. Er holte sein privates Mobiltelefon aus der Hosentasche und wählte. »Ist da Max? Hier ist Benny. Deine Nummer habe ich von Caro.«

Es war gewagt, eine Abkürzung des Namens Carola zu benutzen, mochte sie auch noch so geläufig sein.

»Vielleicht hat sie ja mal von mir gesprochen?«

»Eher nicht«, flüsterte Kupke grinsend, schwieg jedoch, als Busboom die Hand hob.

Becker betrat neugierig den Raum. Es wurde langsam eng.

»Können wir uns treffen?« Kutschbauer klang, als würde er Max und Carola seit Ewigkeiten kennen. »Was? Oh, das wusste ich nicht. – Nee, du, Caro ist im Moment verhindert, aber ich weiß Bescheid. Es geht um …«, Kutschbauer machte eine kurze Pause, »du weißt schon was. Sollte ich besser nicht am Telefon sagen. Ich erzähle dir dann alles, wenn wir uns sehen. – Was?« Eine ganze Weile hörte Kutschbauer nur zu. »Oh, davon hat Caro kein Wort erwähnt. Können wir uns trotzdem treffen?«, fragte er. »Wo? – Wie bitte? Nee du, dass schaffe ich auf keinen Fall. Ich melde mich wieder.«

»Was sollte die Geheimniskrämerei?«, fragte Busboom, als Kutschbauer sein Handy in die Hosentasche steckte. »Warum haben Sie sich nicht offiziell gemeldet? Im Augenblick wollen wir Max Zimmer nur befragen.«

Kutschbauer zuckte mit den Schultern. »Keine Ahnung. Es ist einfach aus dem Bauch heraus entstanden.«

»Nun gut. Was hat er gesagt?«

»Er scheint von Carola Dörners Tod keine Ahnung zu

haben, darum habe ich es nicht erwähnt. Auf jeden Fall ist er sauer auf sie. Hörte sich jedenfalls so an. Angeblich bombardiert sie ihn mit irgendwelchen Bildern und Mitteilungen, aus denen er nicht schlau wird. Er behauptet, er sei in Herne. Unmöglich zu sagen, ob das die Wahrheit ist.«

»Warum sollte er lügen? Er könnte doch längst wieder abgereist sein«, sagte Busboom.

»Ich informiere die Kollegen vor Ort«, erklärte Becker. »Sie sollen sich den Mann vornehmen.« Er eilte davon.

Als ob den Kollegen in Herne die Ohren geklingelt hätten, schneiten just in diesem Moment weitere Informationen herein. Dakota Wagner betrat den Raum, wedelte mit einigen Papieren und legte diese auf den Rand des Schreibtisches. Kutschbauer und Kupke hätten gern sofort zugegriffen, doch sie ließen Busboom den Vortritt. Der überflog die einzelnen Blätter und reichte sie dann weiter.

Eines der Dokumente stammte von Carola Dörners Hausarzt, der nur bestätigte, was sie schon wussten. Diabetes und Depressionen. Bei den anderen Blättern handelte es sich um die protokollierten Aussagen der Eltern und der Mitbewohnerinnen, die sich alle nicht vorstellen konnten, warum jemand Carola möglicherweise etwas Böses gewollt haben könnte. Verwunderlich war, dass die Eltern nichts von der Kur gewusst hatten. Aber ihre Tochter war erwachsen, da kam es oft vor, dass Eltern nicht über alles informiert waren, was im Leben ihrer Kinder vor sich ging. Busboom hätte auch nicht sagen können, was sein Sohn bei seinen Bundeswehreinsätzen im Ausland so alles trieb.

In einem der Protokolle war von einem Freund die Rede. Die Eltern gaben an, Carola sei bis vor Kurzem in einer Beziehung gewesen, hätte sich jedoch einvernehmlich von ihrem Freund getrennt. Ob sie noch miteinander in Kontakt standen, wussten sie nicht.

Becker war schnell zurück. »Die Kollegen in Herne haben festgestellt, dass Max Zimmer in der Wohnung, in der er gemeldet ist, nicht mehr wohnt.«

»Ha«, sagte Kutschbauer, »auf mein Bauchgefühl kann ich mich verlassen.«

»Viele Leute melden sich nicht sofort nach einem Umzug um. Dennoch vertrauen wir mal Ihrem Bauch. Rufen Sie diesen Max noch mal an«, ordnete Busboom an Kutschbauer gewandt an. »Verabreden Sie sich mit ihm.«

Kutschbauer ließ es lange klingeln, aber niemand ging ran.

»Geben Sie den Kollegen seine Handynummer durch. Sie sollen es weiter versuchen und selbst entscheiden, wie sie vorgehen wollen.«

Er dachte dabei an eine Handyortung.

»Und ich rufe noch mal bei der Borkumer Kleinbahn an und frage, ob der Wagen von Max Zimmer wieder zum Festland zurücktransportiert wurde oder noch hier ist«, sagte Kutschbauer.

Kutschbauers Bekannte konnte bestätigen, dass bisher kein Rücktransport des Autos stattgefunden hatte. Max Zimmer musste also noch auf der Insel sein.

»Dann hat er mich angelogen.« Kutschbauer klang, als habe er das erwartet. »Fragt sich, warum er das getan hat. Eine Handyortung wäre jetzt ganz schön.«

»Um das genehmigt zu bekommen, brauchen wir aber handfeste Gründe«, sagte Kupke.

»Weiß ich doch.« Kutschbauer wirkte enttäuscht. »Es geht auch anders.«

»Laufarbeit?« Kupke verdrehte die Augen.

Es gab auf der Insel Hunderte von Unterkünften, und ein weiterer Anruf bei der Gästeanmeldestelle ergab … nichts.

»Wir können unmöglich jedes Hotel, jede Pension und jede Ferienwohnung abklappern.« Kupke stöhnte. »Das dauert ewig.«

»Sende mir ein Foto von Max Zimmer auf mein Handy.«

»Was hast du vor?«

»Verrate ich dir später.«

Ein kurzes Pfeifen zeigte an, dass die Fotografie auf Kutschbauers Handy angekommen war. Er betrachtete es und nickte zufrieden. »Ist ja ein ganz hübsches Kerlchen. Könnte vielleicht klappen. Ich bin gleich wieder da.«

Es dauerte dann doch etwas länger, bis Kutschbauer zurück war. »Max Zimmer wohnt bei Frau Schnieder, Pension Nordost.«

»Wie hast du das herausbekommen?«

»Es gibt nur wenige Kneipen und Cafés, in denen junge Leute gern verkehren, das müsstest du langsam wissen. Dort habe ich nachgefragt. Gleich im dritten, bei Nadine, hatte ich Glück. Sie ist Single und ständig auf der Suche nach einem Mann. Sie quatscht jeden an, der einigermaßen aussieht, und hat ein phantastisches Gedächtnis. ›Wenn ich mir den Bart wegdenke, meine ich, ihn vor der Pension der schwarzen Schnieder gesehen zu haben‹, sagte sie.«

»Schwarze Schnieder?«

»Ein Spitzname. Ich glaube, die Frau hat kein einziges farbiges Kleidungsstück in ihrem Schrank hängen.«

»Bringen Sie mir den Mann«, bat Busboom. »Und nehmen Sie den Kollegen Kupke mit.«

»Nehmen wir den Streifenwagen?«

»Nee, zu Fuß sind wir schneller. Es ist gleich hier um die Ecke.«

***

Das Grundstück der Pension Nordost in der Norderstraße lag ein wenig erhöht. Vor dem Hauseingang standen links eine grüne und rechts eine rote Fahrwassertonne, wodurch der Bereich ein wenig beengt wirkte.

»Max Zimmer?«, fragte Frau Schnieder. »Ja, der wohnt hier. Zimmer sieben.« Sie blickte auf ein Schlüsselbord. »Aber er ist im Moment nicht da.«

»Bis wann hat er die Unterkunft denn gemietet?«, fragte Kutschbauer die Pensionswirtin.

»Ein paar Tage noch. Ich müsste nachschauen. Gibt es Probleme?« Sie schaute ein wenig ängstlich. Vermutlich hatte Max Zimmer die Miete noch nicht beglichen.

»Nein. Wir haben nur ein paar Fragen an Herrn Zimmer.«

»Aber er ist kein Krimineller, oder?«

Kupke blickte verlegen zu Kutschbauer hinüber. Er sah aus, als hätte man ihn bei irgendetwas ertappt. Der junge Polizist hatte noch viel zu lernen. Die altgediente Pensionswirtin bemerkte Kupkes Unsicherheit natürlich sofort. Sie wurde ganz blass.

»Oh Gott, er ist ein Mörder. War er es, der die Frau im Museum umgebracht hat?«

»Ob es ein Mord war, Frau Schnieder, steht noch gar nicht fest. Im Augenblick befragen wir jeden, der die Tote gekannt hat. Wir müssen uns schließlich ein Bild von der Frau machen.«

»Aber er kannte sie?«

»Davon gehen wir aus. Er war mit ihr befreundet«, flutschte es Kupke heraus.

»Möchten Sie sein Zimmer sehen?«

»Wenn Sie uns so darum bitten, gern.«

Frau Schnieder nahm den Schlüssel zu Zimmer sieben vom Brett und eilte ihnen voraus. Hastig schloss sie auf, damit sie einen Blick hineinwerfen konnten.

Max Zimmer schien ein Minimalist zu sein. In der Unterkunft fanden sie weder einen Koffer, noch lagen private Dinge herum. Auf dem Rand des Handwaschbeckens lagen ein Stückchen Seife, das vermutlich ursprünglich in irgendeinem Hotel den Gästen zur Verfügung gestellt worden war, und eine Zahnbürste.

»Ist er schon abgereist?«

Die Frage war an Frau Schnieder gerichtet.

»Sie meinen, wegen der wenigen Sachen? Nein. Es kommt vor, dass Gäste mit sehr wenig Gepäck unterwegs sind. Wenn auch selten, das muss ich zugeben. Die meisten schleppen immer viel zu viel mit, da fragt man sich manchmal, ob sie gleich ganz einziehen wollen.«

»Wann haben Sie Herrn Zimmer zuletzt gesehen?«

»Noch gar nicht. Als er anreiste, hat meine Mitarbeiterin ihn empfangen, und zu den Frühstückszeiten war ich in den vergangenen Tagen nicht da.« Sie legte die Hände auf die Hüften und schob das Becken leicht nach vorne. »Der Rücken. Krankengymnastik und Schwimmen.«

Das erklärte alles. Der Kollege Becker dagegen hätte über das Thema Rücken sicher eine halbe Stunde reden können.

»Aber er ist noch da?« Kutschbauer deutete auf das gemachte Bett.

»Soweit mir bekannt ist, ja. Er scheint ein ordentlicher Mensch zu sein. Er macht sein Bett selbst und hält Ordnung.«

Ganz so, wie es das Vermieterherz erfreute.

Auf dem Nachttisch lag eine kleine schwarze Ledertasche mit Reißverschluss.

»Hast du mal ein Paar Handschuhe für mich?«, fragte Kutschbauer.

Kupke griff in seine Hosentasche und zog ein zusammengeknülltes Paar heraus. Kutschbauer musste sie aufpusten, um hineinzukommen.

Er öffnete den Reißverschluss und klappte die Tasche auf. In dem Lederetui befanden sich vier Kühlakkus. Sie hatten Zimmertemperatur. Daneben lagen acht kleine Fläschchen mit klarer Flüssigkeit sowie die noch originalverpackten dazugehörigen Einmalspritzen.

»Die hat er Carola Dörner geklaut«, stellte Kupke fest und zeigte auf das Namensetikett, das sich im Innendeckel befand.

»Woher willst du das wissen?«, fragte Kutschbauer. »Es ist ihre Tasche, ja. Sie könnte aber ebenso gut hier bei ihm geschlafen und sie vergessen haben.«

Kutschbauer telefonierte mit Busboom und erhielt die Anweisung, die Tasche einzupacken und mitzunehmen.

»Sieht es aus, als würde in der Tasche etwas fehlen?«, wollte Busboom noch wissen.

»Keine Ahnung. Eher nicht. Die Tasche ist gut gefüllt. Viel mehr passt kaum hinein.«

»Verstehe. Trotzdem könnte Kollege Becker mit seiner Vermutung, dass ihr eine Überdosis Insulin gespritzt wurde, recht haben. Gehen Sie also noch mal zum Museum und suchen Sie dort alles nach einer oder mehreren Spritzen ab. Fragen Sie Charlotte Baumann und Herbert Klüwer, ob sie dergleichen gesehen haben.«

»Wird sofort erledigt«, versprach Kutschbauer.

»Gut. Und bitten Sie Frau Schnieder, uns sofort anzurufen, wenn Max Zimmer eintrifft. Sie soll ihn auf keinen Fall auf unseren Besuch ansprechen.«

***

»Wir konnten nichts finden«, musste Kutschbauer später melden. »Ich habe auch mit der Frau, die das Museum reinigt, gesprochen. Die kommt allerdings nicht jeden Tag und war seit dem Auffinden der Leiche noch nicht wieder dort. Entweder hat der Mörder die Spritze nach der Anwendung mitgenommen, oder wir sind komplett auf dem falschen Dampfer. Apropos komplett. Wir haben die Umgebung rund um das Dykhus gründlich abgesucht. Auch die Müllkübel an den Straßenlaternen. Die wurden aber bereits geleert. Wir waren zu spät. Ich habe bei den Jungs von der städtischen Reinigung angerufen. Der Müll ist schon auf dem Festland, und sie schauen bei den Leerungen nicht nach, was so alles im Abfall herumliegt.«

Busboom hatte auf eine vielversprechendere Spur gehofft. Solange Max Zimmer unauffindbar blieb und die Kollegen aus Herne ebenfalls keine neuen Ansatzpunkte fanden, blieb ihm nur wenig, was er verfolgen konnte.

Kutschbauer und Kupke erhielten von ihm den Auftrag, in der Nordseeklinik jeden zu befragen, der in irgendeiner Form mit Carola Dörner zu tun gehabt hatte. Mitarbeiter, Servicekräfte und Therapeuten ebenso wie andere Kurgäste, mit denen sie gesprochen hatte.

Becker erbot sich, Herbert Klüwer noch einmal zu befragen. Es musste doch einen Grund geben, warum Carola

Dörner dort gewesen war. »Ich werde das Gefühl nicht los, dass aus dem Mann noch einiges herauszuholen ist.«

Busboom hatte nichts dagegen einzuwenden.

* * *

Dakota Wagner führte Herbert Klüwer in Beckers Büro.

»Nehmen Sie bitte Platz«, bat Becker und wies einladend mit der Hand auf den Besucherstuhl, der ganz nah an seinem Schreibtisch stand.

Klüwer nickte, zog den Stuhl so weit wie möglich vom Schreibtisch weg und setzte sich. Man konnte ihm ansehen, dass er sich unwohl fühlte. Das war nichts Ungewöhnliches. Viele Menschen verspürten in Gegenwart eines Polizeibeamten eine innere Unruhe, was nicht unbedingt bedeuten musste, dass sie Dreck am Stecken hatten.

»Wissen Sie, Herr Klüwer«, begann Becker, »ich werde Ihnen wohl noch einmal die gleichen Fragen stellen müssen, denn es gibt etwas, worüber ich mir den Kopf zerbreche.«

»Ja?«

»Es geht um die Alarmanlage. Ein Mann wie Sie, der schon seit Jahr und Tag im Museum arbeitet, wird doch ganz bestimmt nicht vergessen, sie anzustellen. Das geht einem doch in Fleisch und Blut über. Was war also mit dem Ding? Funktioniert sie nicht mehr?«

»Unsere Alarmanlage?« Klüwer strich sich über den spärlich behaarten Kopf. Das Thema schien ihm wenig zu gefallen. »Was soll mit ihr sein?«

»Sie hat nicht funktioniert«, wiederholte Becker. »Wie sonst soll die Frau ins Museum gekommen sein? Frau Baumann sagte uns, es gäbe gelegentlich Probleme damit. Aber ich habe das Gefühl, als wäre da noch etwas anderes.«

»Sie arbeitet einwandfrei«, behauptete Klüwer. Er legte den Kopf in den Nacken, wodurch Becker jedes einzelne von Klüwers Nasenhaaren erkennen konnte. Ein wenig Rotz hing daran.

Gern hätte Becker jetzt eine seiner Schubladen geöffnet, in denen er neben Nasenspray auch die guten Tempotaschentücher mit Kamille aufbewahrte, und Klüwer eines davon gegeben, aber er verkniff es sich. Klüwer sah aus, als plagte ihn etwas und als wolle er es bald loswerden.

»Was man von der Baumann nicht behaupten kann.«

»Wie darf ich das verstehen?«

Klüwer schaute ihn nun direkt an und machte mit der Hand ein Zeichen an seiner Schläfe, um anzudeuten, dass die Baumann nicht ganz richtig im Kopf wäre.

»Die Anlage ist demnach vollkommen in Ordnung«, stellte Becker klar, und Klüwer nickte.

»Es ist schon mehrmals vorgekommen, dass ein Vogel sich ins Museum verirrt hat und versehentlich eingeschlossen wurde. Wenn der oben auf dem Gerippe des Wals sitzt, sieht man ihn nicht. Wenn er dann aber herumfliegt, löst der Bewegungsmelder den Alarm aus. Logisch.«

»Wollen Sie damit sagen, sie hätten die Frau versehentlich eingeschlossen?«, fragte Becker. »Oder soll es bedeuten, sie lag schon bewegungslos da, als Sie gingen?«

»Gott bewahre, nein.«

»Was ist dann schiefgegangen?«

Klüwer atmete laut ein und wieder aus.

Er wusste offensichtlich, wie die Frau ins Museum gelangt sein musste, warum redete er nicht endlich?

»Erklären Sie mir«, sagte Becker sanft, »wie es abgelaufen ist.«

Klüwer schaute konzentriert an Becker vorbei, so als interessierte ihn das Aktenregal. Er schien noch etwas mehr Zeit zu brauchen.

»Die Haustür wird einfach nur abgeschlossen, und damit ist die Anlage aktiviert, stimmt das so?«

»Fast richtig. Die Tür hat zwei Schlösser. Eines verschließt die Haustür, das andere aktiviert die Anlage, sobald man zuschließt.«

»Und genau das haben Sie gestern nach Feierabend getan?«

Klüwer nickte, doch Becker wusste, dass das nicht alles gewesen sein konnte. Auf einmal war er es leid, er hatte keine Lust mehr auf das Herumgerede und wurde lauter. »Nun sagen Sie es schon.«

»Wenn ich ehrlich sein soll …« Klüwer fuhr mit dem Handrücken unter seiner Nase entlang, und Becker hielt die Luft an, als würden die Bakterien herüberfliegen können.

»Ich bitte darum.« Beckers Ziegenbärtchen wippte leicht auf und ab.

»Eine Besucherin hatte darum gebeten, es für mich machen zu dürfen, das Abschließen, meine ich. Es sei für sie etwas Besonderes, hat sie gesagt. Etwas, wovon sie später ihren Freunden berichten könnte. Eine Ehre sozusagen, einmal im Leben ein Museum abgeschlossen zu haben. Ich tat ihr den Gefallen.« Die letzten fünf Worte klangen betreten. »Aber«, Klüwer schaute Becker trotzig an, »ich stand direkt daneben und habe sie beaufsichtigt. Sie war eine Nette und hat sich höflich bedankt.«

Sie hatte ihn hereingelegt.

»Kannten Sie die Frau, oder haben Sie sie vorher schon einmal gesehen?«

»Könnte es die Tote gewesen sein?«, fragte Klüwer statt einer Antwort.

»Ich zeige Ihnen ein Foto. Vielleicht ist das ja die Frau.«

Klüwer betrachtete das Bild. »Vermutlich ja«, bestätigte er. »Aber ganz sicher bin ich mir nicht.«

»Schön. Und was geschah danach? Nachdem die Frau das Museum für Sie abgeschlossen hatte?«

»Sie ist mit mir zusammen weggegangen.«

»Haben Sie das Grundstück über die Upholmstraße oder auf der anderen Seite verlassen?«

»Auf der anderen Seite, beim Marienhof.«

»Und dann?«

»Sie hat mir die Hand geschüttelt, sich ein weiteres Mal bedankt und ist gegangen.«

»In welche Richtung?«

»Zum alten Turm. Sie ist nach rechts abgebogen.«

»Und Sie selbst?«

»Ich bin geradeaus weiter. Ich wohne ja im Wiesenweg.«

»Und Sie haben sich nicht noch mal nach ihr umgesehen?«

»Warum sollte ich das tun?«

»Um zu sehen, ob sie umgekehrt und zum Museum zurückgegangen ist«, sagte Becker.

Klüwer verstand und senkte schuldbewusst den Kopf. »Also hat ihr Tod etwas mit dem Museum zu tun«, stellte er fest. »Meinen Sie, der Mörder wird zurückkommen?«

»Nein, Herr Klüwer, keine Angst, das glaube ich nicht.«

***

»Carola Dörner hat Klüwer überlistet, um ins Museum zu gelangen. Sie hat einfach nur so getan, als würde sie abschließen. Aber das bringt die Ermittlungen im Augenblick leider nur wenig voran«, sagte Becker. »Wir müssen herausfinden, was sie da wollte und mit wem sie vermutlich verabredet war.«

»Und warum gerade dort«, fügte Kutschbauer an. »Wir konnten in der Kurklinik übrigens nichts Neues in Erfahrung bringen. Die Mitarbeiter haben nur Alltägliches mit ihr geredet, und die Kurgäste, die bei den Mahlzeiten an ihrem Tisch saßen, hatten ebenfalls nichts beizusteuern.«

»Wir sollten für heute Feierabend machen«, empfahl Busboom.

Kutschbauer lächelte wehmütig, als sein Blick auf Dakota Wagner fiel, die auf der anderen Seite des Raumes an ihrem Schreibtisch saß. Sie fühlte sich unbeobachtet und bemalte mit knalligem Lippenstift ihre vollen Lippen. Mit Blick in den Spiegel rieb sie Ober- und Unterlippe gegeneinander. Mit dem Ergebnis schien sie zufrieden zu sein und legte Stift und Spiegel zurück in die Schreibtischschublade. Vor Jahren noch hätte die neue Kollegin in Kutschbauers Beuteschema gepasst. Heute ließ ihn der Gedanke an seine wilde Zeit wehmütig werden, denn er ahnte – nein, er wusste, seine Beziehung mit Ariana

Peters war dem Ende nah. Er spürte es von Tag zu Tag mehr und konnte nichts dagegen tun.

»So traurig, lieber Bernhard?«

Ertappt zuckte er zusammen. »Äh, nein.« Er deutete auf Dakotas Aufmachung. »Hast du noch was vor?«

»Warum? Möchtest du mitgehen?« Ihr Lächeln war umwerfend, verursachte bei Kutschbauer jedoch kein Magenkribbeln. Sie war eine Kollegin, mehr nicht.

»Danke, nein.«

Becker kam hinzu. »Frau Wagner.« Er schaute, als wäre ihm Kutschbauers Anwesenheit unangenehm. »Sie können jetzt Feierabend machen.«

Das hatte doch Focko Busboom schon gesagt.

Zwinkerte Becker Dakota etwa verschwörerisch zu, oder bildete Kutschbauer sich das nur ein?

Er lehnte sich skeptisch in seinem Stuhl zurück. »Gibt es hier etwas, das ich wissen sollte?«

»Nein, nein«, riefen beide wie aus einem Mund.

»Klingt aber ganz anders. Was ist los?«

»Das ist privat«, erklärte Becker, und Dakota lächelte zustimmend.

»Ich möchte doch mitkommen«, sagte Kutschbauer spontan. Seine Bitte wurde von beiden vehement abgelehnt.

»Es ist privat«, wiederholte Becker mit Nachdruck. »Sie brauchen sich keine Sorgen zu machen.«

Sorgen? Um Dakota Wagner? Die junge Frau wusste sich gut selbst zu helfen. Bei ihr zu Hause hing ein Punchingball unter der Decke, und sie war aktives Mitglied im Judoclub.

»Mache ich mir nicht.«

Ging ihn ja auch nichts an.

∗∗

Dakota radelte mit dem Fahrrad zu ihrer Wohnung, aß eine Kleinigkeit, zog sich um und ging zu Fuß zum Strand. Die Aussicht war phantastisch, erst recht so kurz vor Sonnenuntergang, das reinste Farbenspiel. Der Himmel leuchtete gelb, orange, rot und lila. Kein Wind, keine Wellen. Das Meer lag still wie ein Spiegel, und genauso reflektierte es das Licht. Wasser und Luft bildeten einen Farbenbogen, der prächtiger nicht sein konnte, und wenn man es als Foto drucken würde, wäre es kitschig. Dakota tat sich schwer, sich von diesem Anblick loszureißen. Es wäre schön, jetzt einfach auf einer Bank oder in einem Strandzelt zu sitzen und zu warten, bis die Sonne vollkommen untergegangen war. Doch sie hatte eine Aufgabe zu erledigen, und ihr Ziel war das »Matrix«. Das war um diese frühe Nachtzeit die bevorzugte Anlaufstelle für junge Leute, ehe sie später in die Disco gingen.

Auf der Promenade herrschte reger Betrieb, die Leute flanierten auf und ab. Rund um den Musikpavillon waren auch sämtliche Sitzbänke besetzt. Die Kapelle, bestehend aus drei Männern und einer Frau, spielte abwechselnd Klassik und moderne Stücke. Doch drüben im »Matrix« war davon nichts mehr zu hören.

Dakota schaute sich im Lokal um. Sie erkannte Sebastian auf Anhieb und setzte sich einige Plätze weiter neben ihn an die Theke. Sie nickte dem Barkeeper zu, der zurücknickte. Er kannte ihre Getränkevorliebe, öffnete die Tür zum Kühlschrank unter dem Tresen und entnahm ihr eine Flasche alkoholfreies Bier. Sie beobachtete, wie er ein Glas nahm und es vollgoss.

»Heute so früh?«

Sie schenkte ihm ein Lächeln und schaute für den Bruchteil einer Sekunde zu Sebastian hinüber.

Der Barkeeper schien zu verstehen. »Arbeit?«, flüsterte er. Es sprach für seine Menschenkenntnis, dass er ihr Interesse an Sebastian, der keinesfalls Dakotas Typ war, richtig einzuordnen wusste. Er zwinkerte ihr zu, als wollte er sagen: Ich verrate nichts, und wandte sich anderen Gästen zu.

Auf Dakotas kinnlangen, zu einem Bob geschnittenen schwarzen Haaren lag ein bläulicher Schimmer, der den Lichtverhältnissen im Lokal geschuldet war. Die türkisfarbenen

Lampen brannten, obwohl die Sonne noch nicht untergegangen und es draußen noch hell war. Sebastian Friedland saß am anderen Ende der Theke.

Als verdeckt arbeitender Ermittler sollte man niemals den ersten Schritt tun, dachte sie und fühlte sich wie eine Undercover- Kriminalkommissarin. Auf dem Foto hatte Sebastian ganz nett ausgesehen. In natura wirkte er eher angeberisch. Ein Mann, der sich gern etwas vormachte, das erkannte sie sofort. Er war einer, der sich für unwiderstehlich hielt.

Es würde kinderleicht werden. Schon der erste Augenkontakt bestätigte es ihr. Er betrachtete sich als Gottesgeschenk an die Damenwelt. Mit einem leichten Lächeln gab sie ihm zu verstehen, dass sie nichts dagegen hatte, von ihm angesprochen zu werden. Was er dann auch tat. Er nahm sein Glas von der Theke und kam zu ihr herüber.

»Dakota?«, wiederholte er, nachdem er sich neben sie gesetzt, ein wenig Small Talk gehalten und nach ihrem Namen gefragt hatte. »Schöner Name. Wo kommt er her?«

Die Frage kannte sie. Je nachdem, wer das wissen wollte, erzählte sie eine von mehreren Varianten. Den ganz oberflächlichen Typen band sie auf die Nase, sie sei die berühmte amerikanische Filmschauspielerin Dakota Johnson, die ihre Freizeit inkognito in *good old Germany* verbrachte und in Wirklichkeit gar keine Amerikanerin, sondern Deutsche sei. Anderen erzählte sie, das Wort Dakota entstamme dem Dialekt der Sioux, und sie trage Indianerblut in sich. Da sie bei Sebastian etwas erreichen musste und nicht Gefahr laufen wollte, dass er sich verarscht vorkam, mixte sie ihre Erklärungen und ersann spontan eine ganz neue Variante. »Meine Mutter stammt aus der Gegend. Dakota-Territorium«, erläuterte sie. Er schien eine genauere Einordnung zu brauchen. »In den Vereinigten Staaten.« Das gefiel ihm.

»Erzählen Sie«, sagte Sebastian, »was macht eine Frau wie Sie beruflich?«

»Ich bin Modeschneiderin.«

Eher Modell lag ihm auf den Lippen zu sagen, das konnte

sie genau erkennen, doch er schluckte das plumpe Kompliment hinunter.

»Ich habe einige Zeit in Paris, Hamburg und New York gearbeitet«, sagte sie und beobachtete, wie vor seinem inneren Auge schöne Frauen in übertriebenen Outfits über den Laufsteg schritten, denen sie die Kleider auf den Leib geschneidert hatte. »Heute lebe ich in Düsseldorf.«

»Ah, die Stadt kenne ich gut«, warf er ein und schloss den Mund, als sie ihre hübschen Augenbrauen für einen winzigen Moment unwillig zusammenzog.

»Wie schön. Aber dort bleibe ich nicht mehr lange. Die Stadt gefällt mir gar nicht. Und was machen Sie?«

Er zögerte einen Bruchteil zu lange. Vermutlich war ihm noch nichts Passendes eingefallen. »Geschäfte«, entgegnete er vage.

»Was für Geschäfte?«

»So dies und das. Aber reden wir doch lieber von Ihnen. Sind Sie zum ersten Mal auf der Insel? Schön, da kann ich Ihnen ja einiges zeigen, wenn Sie möchten.«

Drei Bierchen später, sie hatte ihm zwei Schnäpschen dazu spendiert, löste der Alkohol langsam Sebastians Zunge. Es begann mit der vertraulichen Feststellung, was für eine dämliche Insel Borkum doch sei. Nichts für junge Leute. Nur eine Disco, das stelle man sich mal vor. Und dann seine Verwandten. Er hatte eine naive Tante auf der Insel und einen Onkel, der voller Misstrauen ihm gegenüber war.

»Er misstraut dir?« Es wurde Zeit, ihn zu duzen. »Hat er denn einen Grund dazu?«

»Ich will mal so sagen.« Sebastian versicherte sich mit verstohlenen Blicken, dass auch niemand ihr Gespräch belauschte. »Es kommt auf die Perspektive an. Eine Frage an die schönste Dame hier im Raum: Ist es kriminell, einen Kriminellen um Geld zu erpressen, das dieser selbst gestohlen hat, noch dazu von jemandem, der es ebenfalls geklaut hat?«

Eine gute Frage, aber glücklicherweise etwas kompliziert formuliert. »Das musst du mir genauer erklären«, sagte Dakota und bedeutete dem Mann hinter der Theke, die Biergläser erneut zu füllen.

Als Sebastian kurz verschwand, um zur Toilette zu gehen, warnte der Barmann sie. »Du willst doch nicht wirklich was von dem Typen, oder?« Die Sorge stand ihm ins Gesicht geschrieben. »Der lügt wie gedruckt. Sein richtiger Name ist Max, nicht Sebastian, und er scheint gefährlich zu sein. Als er gestern Abend hier war, saß er lange mit einer Frau zusammen. Er war nachher sturzbesoffen, und sie erzählte mir, dass sie Angst vor ihm habe. Also pass auf dich auf.«

***

Was Becker und Dakota für Geheimnisse miteinander hatten, beschäftigte Kutschbauer nur kurz. Er war schon fast auf dem Heimweg, als ihm einfiel, was er den ganzen Tag hatte machen wollen und wozu er nicht gekommen war.

Er setzte sich wieder an seinen Schreibtisch, um zu prüfen, ob es über Carola Dörner einen polizeilichen Eintrag gab.

Zuvor versuchte er noch einmal, Max Zimmer auf dem Handy zu erreichen. Wieder ging niemand ran, was er im Grunde nicht anders erwartet hatte, aber einen Versuch war es wert gewesen.

Carola Dörners Ledertasche mit dem Insulinbesteck hatten sie per Flugzeug aufs Festland bringen lassen. Dort war es von einem von Busbooms Kollegen abgeholt und in die Gerichtsmedizin gebracht worden, um festzustellen, ob es sich wirklich um Carola Dörners Insulin handelte. Das Ergebnis stand noch aus, ebenso ob verwertbare Fingerabdrücke darauf gefunden worden waren.

Kutschbauer fuhr seinen PC noch einmal hoch und fand nach kurzer Zeit etwas, das ein ganz anderes Licht auf das Opfer warf.

Er versuchte, Busboom zu erreichen, jedoch ohne Erfolg. Vermutlich hatte der Kriminalhauptkommissar sein Handy ausgestellt. Da tat er gern, wenn er ungestört essen wollte.

Kutschbauer überlegte, ob er in Busbooms Lieblingsrestaurant, der Pizzeria Il Faro, nachschauen sollte, ließ es dann aber bleiben.

Das hatte Zeit bis morgen.

***

Hubert Engel entschied sich, zum Abschluss des Tages einen kurzen Spaziergang über die Strandpromenade zu machen. Dabei warf er einen flüchtigen Blick durchs Fenster des »Matrix« und blieb wie erstarrt stehen. Sein Erpresser saß dort am Tresen.

Engel fasste sich schnell, lief ein Stück weiter, umrundete den Musikpavillon und blickte auf dem Rückweg erneut ins Fenster. Der Erpresser saß nicht mehr an seinem Platz. Engel erschrak. Hatte der Mann ihn entdeckt und war verschwunden? Nein. Er saß jetzt ein Stückchen weiter neben einer hübschen Dunkelhaarigen.

Sie wirkten nicht wie ein Paar, dennoch kam ihm flüchtig der Gedanke, sie könnte seine Komplizin sein.

Er blieb noch eine Weile und pendelte, um auf seinem Beobachtungsposten nicht aufzufallen, zwischen dem Fenster und der offen stehenden Lokaltür hin und her. Sein Erpresser konnte ihn unmöglich sehen, er saß mit dem Rücken zu ihm. Als die Bedienung bereits das dritte Mal mit einem Tablett voller Getränke an Engel vorbeikam, um die Terrassenkunden zu bedienen, hatte er eine Idee.

»Darf ich Sie was fragen?«, bat Engel den Kellner auf dessen Rückweg.

»Bitte«, sagte der Mann. »Wie kann ich helfen?«

»Der Blonde mit den kurzen Haaren dort drinnen an der Theke, der neben der hübschen jungen Dame sitzt, kennen Sie den?«

Der Kellner verzog das Gesicht, und Engel beeilte sich zu sagen: »Verzeihung, ich habe mich falsch ausgedrückt. Sie ist meine Enkelin.«

»Sie scheint mir alt genug zu sein, um …«

»Bitte«, unterbrach ihn Engel. »Ein alter Knacker wie ich macht sich nun mal Sorgen.«

Engel erntete einen mitleidvollen Blick. Wenn jetzt eine befriedigende Antwort folgte, konnte er den gut wegstecken.

»Der Typ neben ihr kommt seit ein paar Tagen«, sagte der Kellner. »Scheint mir ein komischer Kerl zu sein. Aber keine Bange um Ihre Enkelin. Sie ist doch Polizistin, da brauchen Sie sich um ihre Sicherheit bestimmt keine Sorgen zu machen.«

Engel war zu überrascht, um sich für die Auskunft zu bedanken. Eine Polizistin? Polizei und Erpresser? War der junge Mann gar kein Krimineller? Seine Verwandtschaft mit Polizeikommissar Becker und die Bekanntschaft mit einer weiteren Polizistin sprachen dagegen.

Vorsicht, Engel, du hast den jungen Mann unterschätzt, gemahnte er sich. Das könnte eine Falle sein.

Hatte die Polizei Ermittlungen in dem alten Fall aufgenommen? Das war sehr unwahrscheinlich. Engel hatte damals lediglich das aufgelesen, was andere liegen gelassen hatten, und soweit ihm bekannt war, wurde niemals Anzeige erstattet, denn es ging um unredlich erworbenes Geld, über das keiner der Voreigentümer hätte Rechenschaft ablegen wollen. Somit war damals auch nicht ermittelt worden, und es gab keinen Grund, anzunehmen, dass sich daran etwas geändert hatte.

Es musste etwas anderes dahinterstecken.

SECHS

Am kommenden Morgen entschied Hubert Engel, sich keinen weiteren Tag im Hotel zu verstecken. Nach dem Gesehenen von gestern Abend musste er etwas unternehmen. Gestern hatte er das Hotelpersonal ausgehorcht, dabei jedoch leider nichts Neues erfahren.

Gern hätte er Mara oder einem der Zimmermädchen mehr entlockt, doch er wollte sie auf keinen Fall zu direkt nach Erika Beckers Verwandtschaft auf der Insel fragen. Es blieb ihm daher nichts anderes übrig, er musste raus aus dem Hotel und Ermittlungen anstellen. Auch wenn das eine zufällige Begegnung mit dem Erpresser zur Folge haben könnte.

»Hubert, du siehst aus«, sagte seine Frau und strich ihm liebevoll über die Wange, »als ob du auch heute Nachmittag keine Lust zum Sonnenbaden hättest.« Wie wunderbar, wenn man sich nach so vielen Ehejahren so genau kannte. »Was hast du stattdessen vor?«

Er könnte auf einen der Leuchttürme steigen, das Feuerschiff oder das Heimatmuseum besuchen oder andere Sehenswürdigkeiten anschauen. Oder Leute bei einem der sportlichen Angebote wie Reiten, Tennis, Windsurfen, Rennrad- oder gar Kitebuggyfahren beobachten. Vielleicht sollte er eine Wattwanderung oder Kutschfahrt machen? Nein, beides hatte er in der Vergangenheit zur Genüge getan. Er könnte sich ein weiteres Mal das Haus von Altkanzler Schröder ansehen. Nichts Besonderes, trotzdem standen dort oft Leute am Zaun und starrten erwartungsvoll hinüber. Vergeblich, musste man sagen. Weder hatte Engel jemals gesehen, dass sich eine Gardine bewegte, noch kam der Hausherr persönlich an die Pforte, um seine Besucher zu begrüßen. Nichtsdestotrotz hatte er mal Fotos von dem Haus gemacht. Man konnte nie wissen, womöglich hatte er irgendwann mal Verwendung dafür.

Was sollte er seiner Frau antworten? Er wollte sie nicht anlügen. »Neue Eindrücke sammeln. Andere Menschen sehen. Straßen, Gebäude oder was auch immer mir begegnet.«

Sie lächelte wissend. »In zwei Worten ausgedrückt: Du ermittelst.«

Er ging wie beiläufig über die Bemerkung hinweg. »Im Museum bin ich lange nicht mehr gewesen.«

»Faszinierend, wie machst du das nur?«

»Was denn, Schatz?«

»Du sitzt den ganzen Tag im Hotelzimmer herum und trotzdem hast du davon gehört.«

»Wovon denn?«

»Sag nicht, du hast keine Ahnung. Warum sonst willst du ins Heimatmuseum?«

»Nun sprich endlich. Was ist geschehen?«

»Sie haben im Dykhus eine Leiche gefunden.«

»Im Museum?«

»Eben dort. Wie man hört, ist die Tote nach Oldenburg in die Rechtsmedizin gebracht worden.«

»Das bedeutet …«

»Richtig gedacht, mein Lieber. Die Todesursache ist unklar.« Sie lächelte ihn an, als habe sie dies alles extra arrangiert, damit er sich am Strand oder bei der Wellness nicht langweilen musste.

»Woher weißt du davon?« Engel hatte keine Lust, einem flüchtigen Gerücht nachzugehen und Zeit mit einer Mördersuche zu verschwenden, wenn er doch seinen Erpresser finden musste.

»Von der Bedienung im Café Kluntje. Sie hat es von ihrer Freundin erzählt bekommen. Wie es scheint, arbeitet die im Blumengeschäft, und das gehört zu einem Beerdigungsinstitut.«

Dann musste was dran sein, schließlich waren Beerdigungsunternehmen zuständig für den Transport von Toten. Sein Entschluss stand fest: Er würde ins Museum gehen und dabei auf dem Hin- wie auf dem Rückweg am Haus der Beckers vorbeischlendern, auch wenn er Gefahr liefe, dort dem jungen Mann mit den Feenaugen zu begegnen.

Mal sehen, was ihn im Dykhus erwartete.

***

Seit einer Dreiviertelstunde lief Engel Runde um Runde durch das Heimatmuseum. Als er zum wiederholten Mal durch das Wohn- und Kapitänszimmer kam und durchs Fenster sah, bemerkte er draußen einen Polizisten in Uniform. Engel eilte zum Eingangsbereich und bekam folgendes Gespräch mit:

»Sind Sie Herr Klüwer?«, fragte der Polizist den älteren Mann, der Engel vor fast einer Stunde die Eintrittskarte verkauft hatte. Engel schätzte den Beamten auf Anfang dreißig.

»Ja«, antwortete der Mitarbeiter des Museums.

»Der Dienststellenleiter schickt mich. Ich habe hier noch ein paar andere Fotos von der Toten. Polizeikommissar Becker sagte, Sie wären unsicher, ob es auch wirklich die Frau war, die Ihnen beim Abschließen der Eingangstür geholfen hat.«

Engel sah, wie der Polizeibeamte etwas aus seiner Jackentasche nahm, während der Museumsangestellte aus dem Kassenraum trat und sich umschaute, als hätten die beiden ein Geheimnis miteinander. Er wähnte sich unbeobachtet, denn Engel hielt sich hinter einem Deckenstützbalken verborgen, an dem diverse Walfanggeräte hingen. Wenn ihn jemand sehen könnte, dann allenfalls der Polizist. Aber den interessierten nur die Fotos, die Engel von hier aus nicht erkennen konnte. Schade, er hätte gern einen Blick darauf geworfen.

Klüwer betrachtete die Bilder eine Weile mit und eine noch längere Weile ohne Lesebrille.

»Ja, das ist sie, die Frau war mehrere Male hier im Museum. Sie wirkte sehr interessiert.«

»Dass sie mehrere Male hier war, haben Sie meinem Kollegen nicht gesagt.«

»Habe ich nicht? Verzeihung, das muss ich in der Aufregung

vergessen haben. Wissen Sie, wir finden nicht alle Tage eine junge Frau tot in unserem schönen Haus.«

»Wollen Sie damit sagen, dass Sie sie ebenfalls gefunden haben?«

»Nein, nein. Das war die Kollegin. Ich sprach nur so im Allgemeinen. Meine Kollegin hat es mir natürlich erzählt.«

»Hat diese Frau«, der Polizist wedelte mit den Fotos, »bei ihren Besuchen an etwas Bestimmtem Interesse gezeigt?«

»Nein. Sie hatte Fragen zu vielen Exponaten.«

Der Polizist schwieg. Engel hätte jetzt gern jede Menge Fragen gestellt, hielt sich aber weiter verborgen.

»Frau Baumann müsste sie ebenfalls ein- oder zweimal gesehen haben.« Klüwer deutete nach oben. Engel spähte die Treppe zur ersten Etage hinauf, konnte dort aber niemanden sehen.

»Danke, dann werde ich sie mal danach fragen.«

Genau das hätte Engel jetzt auch getan. Er überlegte, wie er es anstellen konnte, unbemerkt unter die Treppenstufen zu gelangen, um dem Gespräch, das oben stattfinden würde, lauschen zu können. Doch das erwies sich als abwegig.

»Und?«, fragte Klüwer, als der Polizist kurz darauf die Treppe wieder herunterkam. Wie Engel hatte auch der Museumsmitarbeiter sich am Fuß der Treppe aufgehalten, ohne von dem Gespräch etwas mitzubekommen. Aber zumindest wusste Engel jetzt alles über Kluntjeknieper, Spielwürfel aus Knochen und Silvesterhammer, die in einer der Vitrinen bei der Treppe ausgestellt waren.

»Frau Baumann sagt, sie würde die Frau nicht kennen. Sie habe sie nur ein einziges Mal gesehen, und zwar, als sie schon tot genau hier unten lag.«

Engel war dicht herangeschlendert, so entging ihm Klüwers Gesichtsausdruck nicht. Der Museumsmitarbeiter wirkte überrascht, dass die Kollegin es abstritt, und Engel hatte den Eindruck, als wollte er noch etwas dazu sagen. Letztlich entschied er sich aber wohl zu schweigen und ging zurück in den Kassenraum.

Die Tote war demnach mehr als einmal im Museum gewesen. Aber was besagte das schon? Er selbst kam ja auch öfter her.

Engel verließ das Gebäude auf der Seite mit dem schönen schmiedeeisernen Tor, das ein Segelschiff zeigte. Er bog nach links ab und folgte dem Verlauf der Straße, um sodann in die Gartenstraße einzubiegen. Hier stand das neue Krankenhaus neben besonders hässlichen Neubauten, in denen viele alte Leute wohnten, um ganz in der Nähe des Krankenhauses und des Altenheimes zu sein.

Vor lauter Nachdenken wäre er beinahe achtlos am Haus der Beckers vorbeigegangen. Sie bewohnten ein kleines Eigenheim, das vermutlich aus den sechziger Jahren stammte, mit schönem Garten und einer Wiese, auf der wilde Blumen wuchsen. Es summte und brummte überall. Die Beckers schienen ein Herz für Insekten zu haben.

Fast zu spät wurde ihm klar, dass jemand das Haus verließ. Er konnte sich gerade noch abwenden, damit die Person sein Gesicht nicht erkannte.

Da war er – sein Erpresser.

Glück muss man haben, dachte Engel. Ich werde ihm unauffällig folgen. Mal sehen, was er vorhat.

Gesagt, getan. Eine wenig anspruchsvolle Aufgabe für einen alten Detektiv wie ihn. Der junge Mann schaute sich kein einziges Mal um.

Engel folgte ihm bis zur Strandpromenade hinauf. Als der Kerl im selben Lokal wie gestern Abend verschwand, schmerzten Engels Gelenke. Es brachte vermutlich nichts, hier auszuharren und zu beobachten, wie der Mann an der Theke etwas trank. Also ging er ins Hotel zurück, um nachzugrübeln.

»Es war ganz leicht«, verkündete Dakota Wagner am kommenden Morgen, als sie die kleine Küche betrat, wo Becker sich gerade einen Kamillentee aufbrühte.

»Sie haben ihn betrunken gemacht«, stellte er fest. Er sagte das weder anklagend noch gönnerhaft, es war eine reine Feststellung.

Sebastian war nicht lange vor Mitternacht schwankend in die Küche gekommen und hatte den Kühlschrank geplündert, ehe er sich schlafen legte. Vermutlich würde er vor dem Mittagessen nicht aus dem Bett kommen.

»Das ist immer noch die einfachste Methode.«

»Ihnen geht es aber gut?«

»Hervorragend. Ich musste in der Nacht nur mehrmals aufs Klo. Bleifreies Bier treibt ganz schön. Und ehe Sie fragen: Ihr Neffe hat nicht gemerkt, dass ich vollkommen nüchtern blieb.«

»Wunderbar. Ich hatte schon ein schlechtes Gewissen, Sie indirekt zum Alkoholkonsum animiert zu haben.« Er deutete mit fragendem Blick auf seinen Becher, ob sie auch einen Kamillentee haben wollte.

»Danke, lieber einen schwarzen.«

»Und? Was plant der feine Herr Neffe?«

»Im Moment gar nichts mehr. Er hatte vor, jemanden zu erpressen. Das ist schiefgegangen. Als die Geldübergabe stattfinden sollte, lag der Typ angeblich tot am Südstrand.«

Becker wäre vor Schreck fast der Becher aus der Hand gefallen. Wusste er es doch, dieser verflixte Bengel! Der würde ihm noch mal so richtig das Leben schwer machen. »Aber es wurde keine Leiche gefunden.«

»Nein. Ihr Neffe ist der Meinung, dass die Flut den Leichnam ins Meer hinausgerissen hat.«

Becker stöhnte und stellte den Becher weg. Ihm war der Appetit vergangen, obwohl, Kamille beruhigte den Magen.

Und wenn man es genau betrachtete, konnte an der Geschichte eigentlich nichts dran sein. »Möglich wäre es, doch dann läge uns eine Vermisstenanzeige vor. Bestimmt wollte er Sie nur beeindrucken.«

»Mit einer Leiche?« Dakota schnaufte abfällig. Dann erzählte sie Becker Näheres von dem Erpressungsversuch.

»Der wollte sich nur wichtigmachen«, behauptete Becker, griff nach dem Becher und trank ihn leer. Seine Hand zitterte ein wenig.

»Ich denke«, sagte Dakota, »Sie behalten daheim ein Auge auf Sebastian, und ich könnte ihn, wenn Sie möchten, noch einmal aushorchen.«

»Haben Sie sich etwa mit ihm verabredet?« Becker gefiel das gar nicht.

»Nein, keine Bange. Aber wenn es notwendig wird, weiß ich ja nun, wo ich ihn ›zufällig‹«, sie malte Anführungszeichen in die Luft, »antreffen kann.«

»Eins noch. Hat Sebastian Ihnen verraten, wen er erpressen wollte?«

»Oh, ja. Natürlich, das hätte ich fast vergessen zu erwähnen. Einen alten Herrn. Er wohnt in dem Hotel, in dem Ihre Frau arbeitet.«

»Mist«, fluchte Becker. Daher also das neu gefundene Interesse am Hotelgewerbe. Er hatte mit seiner Vermutung recht gehabt. Musste er sich Sorgen um Hubert Engel machen? Nein. Der Mann war seit Jahrzehnten als selbst ernannter Privatdetektiv unterwegs und wusste sich zu helfen. Er griff dennoch zum Telefon und wählte die Nummer des Hotels. »Becker hier. – Nein, Sie müssen meine Frau nicht holen. Ich habe eine Frage zu Hubert Engel. Kann ich ihn sprechen? – Wie bitte? Ich habe ihn verpasst? – Nein, danke. Sie brauchen ihm nichts auszurichten. Auf Wiederhören.«

»Es geht ihm gut?«, fragte Dakota.

»Ja. Keine Leiche.« Becker war erleichtert. Hubert Engel war ein schlauer Fuchs, ihm war zuzutrauen, die angebliche Leiche nur gespielt zu haben.

»Oh, da ist noch was. Der Barkeeper erzählte mir, Sebastian habe sich am Abend zuvor mit einer Frau unterhalten, der gegenüber er sich wohl als Max ausgegeben oder die ihn zumindest so angeredet hat. Sie schien sich vor ihm zu fürchten.«

»Max?«, fragte Becker alarmiert.

»Nun, der Name kommt häufig vor. Er muss nicht zwangsläufig etwas mit unserer Toten im Museum zu tun haben.«

»Glauben Sie an Zufälle, Dakota?«

»Nein.«

Becker seufzte. »Ich auch nicht.« Neffe hin oder her, er sollte auf jeden Fall jemanden mit einem Foto von Carola Dörner ins »Matrix« schicken, und sei es nur, um auszuschließen, dass Sebastian etwas mit dem Tod der Frau zu tun hatte. Für seine Erika hoffte er inständig, dass der Nichtsnutz wenigstens in dieser Hinsicht unschuldig war.

Das Telefon klingelte. »Polizeikommissar Becker.«

»Manfred Schmidt, Ostfriesischer Flugdienst. Ich bin Pilot und habe vorhin beim Anflug auf Borkum etwas am Strand entdeckt. Ich glaube, dort liegt ein Mensch, und ich habe das Gefühl, dass es niemand ist, der nur ein Sonnenbad nimmt. Es ist fast am Ende der Insel, Richtung Juist. Ich bin extra tief runtergegangen, aber es war unmöglich zu erkennen, ob die Person, die dort liegt, ein Mann oder eine Frau ist.«

»Danke, wir kümmern uns darum«, sagte Becker konsterniert und erzählte seiner Kollegin, was er gerade gehört hatte.

»Also doch Sebastians Toter?«, sprach Dakota aus, was Becker befürchtete.

Anscheinend hatten sie eine weitere Leiche – und das noch bevor die Kollegen zum Dienst eingetroffen waren.

***

»Denken Sie, bei der Leiche handelt es sich um Max Zimmer?«

Busboom begegnete Kupkes erwartungsvollem Blick. Der Kollege schaute ihn an, als müsste er als Chef so etwas wissen.

»Ein Kriminalhauptkommissar ist kein Hellseher«, warf

Kutschbauer ein. »Hab ein bisschen Geduld, wir sind schließlich noch keine zwei Minuten hier.«

»Könnte aber doch sein«, beharrte Kupke. »Wir haben diesen Max ja bislang nicht finden können. Vielleicht ist der Grund, dass er tot am Strand herumliegt.«

»Und womöglich ebenfalls ermordet wurde?« Kutschbauer tippte sich leicht gegen die Stirn. »*Falls* seine Freundin ermordet wurde.«

»Spotte du nur, wir können ja wetten.«

Busboom räusperte sich. Kupke schaute betreten, während Kutschbauer ans Schlüsselbrett sprintete, um gleich darauf einen der dort hängenden Zündschlüssel mehrmals in die Luft zu werfen und wieder aufzufangen. »Da draußen ist sehr unwegsames Gelände.«

»Wir könnten mit dem Boot außen um die Insel herumfahren«, schlug Dakota Wagner vor, der man ansah, dass sie gern mitkommen würde.

»Unser Kriminalhauptkommissar ist fürs Bootsfahren wenig geeignet.« Becker zwinkerte nervös, als hätte er etwas ins Auge bekommen. Es war untypisch für ihn, Busboom auf diese Weise bloßzustellen. Auf Kutschbauer nahm er da weniger Rücksicht, was jedoch auf Gegenseitigkeit beruhte. Die beiden lagen sich gern in den Haaren. Ein Umstand, der bei diesem Besuch bisher ausgeblieben war, wie Busboom bemerkte. Waren die beiden einander endlich freundschaftlich zugetan? Ausgeschlossen. Die waren wie ein altes Ehepaar, das sich unwohl fühlte, wenn es sich nicht gegenseitig foppen konnte. Wären Becker und Kutschbauer keine Arbeitskollegen, sie würden kaum freiwillig Zeit miteinander verbringen. Es musste an Ariana liegen. Kutschbauer plagte der Liebeskummer, und Becker nahm Rücksicht. Jeder hatte schon mal darunter gelitten, da musste man nicht noch eins draufsetzen, indem man den Kollegen ärgerte.

Obwohl! Vielleicht wäre das ja genau das Richtige. Wenn Kutschbauer darüber nachdenken konnte, wie er Becker ärgern sollte, dachte er wenigstens nicht an Ariana.

Es war schon komisch. Wenn Kutschbauer und Becker sich

verbal attackierten, fühlte Busboom sich oft unangenehm berührt, und jetzt vermisste er es.

»Was soll das denn heißen, wenig geeignet?« Dakota Wagner schaute Busboom verständnislos mit ihren großen dunkelbraunen Augen an.

»Dass wir mit dem Auto fahren.«

»Eher nicht«, verkündete Kutschbauer und klimperte demonstrativ mit dem Zündschlüssel. »Der Wagen wird im Sand stecken bleiben. Wir nehmen das Quad.«

Busboom sollte auf diesem Ding zum Ostende hinausfahren? Auf einem Safari-Bike, wie seine jüngste Tochter dazu sagen würde? Sie fände sicher großen Gefallen daran, mit diesem vierrädrigen Motorrad über den Strand zu heizen. Bei Busboom jedoch meldete sich nicht nur ein gewisser Unwille ob der voraussichtlichen Rumpelei, sondern auch das Gewissen. Quads waren Benzinfresser und Luftverpester. Diese Dinger hatten auf einer Insel, die mit guter Luft um Besucher warb, nichts zu suchen.

»Was ist denn aus eurem Elektromotorrad geworden?« Die Borkumer Polizei hatte vor etwa drei Jahren mit viel Brimborium vom Polizeipräsidenten das bundesweit erste Elektromotorrad überreicht bekommen. Die Zeitungen waren voll von Berichten darüber gewesen. Borkum setzte auf Nachhaltigkeit. Über zwanzig Prozent des öffentlichen Fuhrparks waren Elektrofahrzeuge.

»Das steht in der Garage. Für den Gebrauch am Strand ist es ungeeignet. Dort fährt man besser Quad. Aber keine Bange, wir benutzen es nur selten. Umweltfreundliche Energie und Klimaschutz werden bei uns großgeschrieben.«

Kutschbauer schien seine Gedanken erraten zu haben. Klar, die Polizei musste mit gutem Beispiel vorangehen.

Zwanzig Minuten später stiegen Busboom und Kutschbauer irgendwo weit draußen, fast an der östlichsten Spitze Borkums, vom Quad. Mit dem Ding an der Wasserkante entlangzuheizen, hatte überraschenderweise sogar Spaß gemacht und

Busbooms Abneigung kurz verfliegen lassen, doch auf Dauer wäre das nichts für ihn.

Am Fundort der Leiche standen bereits zwei Strandfahrzeuge der Nordseeheilbad Borkum GmbH. Sie war, finanziert durch die Gästebeiträge, unter anderem für die Reinigung der Strände zuständig. Die vier Fahrzeuginsassen waren ausgestiegen und hatten einen Kreis um die Leiche gebildet. Sie warteten auf die Entscheidung der Polizei.

Man musste kein Arzt sein, um zu erkennen, dass der Mann schon länger tot war und einige Zeit im Wasser gelegen hatte. Die Verwesung war weit fortgeschritten.

»Trug er Papiere bei sich?«, fragte Busboom die Umstehenden.

»Keine Ahnung«, antwortete der Älteste von ihnen. »Wir haben nicht nachgeschaut.« Er verzog das Gesicht und drückte sich kurz die Nasenflügel zu. »Aber wahrscheinlich hat er keine. Es muss ein Matrose sein, und die gehen ihrer Arbeit an Bord eines Schiffes eher selten mit einem Ausweis in der Jackentasche nach.«

Busboom zog sein Handy aus der Tasche und wählte. »Herr Becker? Ja, wir sind vor Ort. Männliche Leiche, mit einem Overall bekleidet, vermutlich ein Seemann. So wie es aussieht, liegt er schon eine Weile im Wasser.«

»Gott sei Dank«, sagte Becker.

»Was?«

»Ach, nichts. Ich schaue mal nach. Einen Moment bitte.«

»Ja, ich warte.« Busboom hörte, wie Becker den Telefonhörer beiseitelegte.

»Sind Sie noch dran?«, erkundigte sich Becker nach gut einer Minute.

»Ja. Ich höre.«

»Es liegt tatsächlich eine Vermisstenmeldung vor. Ein Mann namens Wood ging im Februar über Bord eines Frachters. Ein Engländer, wie mir scheint.«

»Das ist Monate her. Dafür sieht der Tote noch recht passabel aus.«

»Eine Leiche kann in kühlem Wasser über Wochen auf dem Meeresgrund liegen bleiben. Je kälter das Wasser, umso weniger Gasbildung. Wenn sich dann genügend Fäulnisgase angesammelt haben, treibt er an die Wasseroberfläche. Wind, die Gezeiten und Strömungen können ihn dann wer weiß wohin treiben. Also auch aus dem Ärmelkanal raus und bis hierher zu uns.«

»Demnach ist er im Ärmelkanal über Bord gegangen?«

»Genau. Ganz schön weit weg.«

»Allerdings. Kutschbauer macht gerade ein paar Fotos. Er schickt sie Ihnen gleich rüber.«

»Dann gebe ich dem Bestattungsunternehmer Bescheid?« Es klang eher wie eine Tatsache denn eine Frage.

»Tun Sie das.« Busboom beendete das Gespräch. Er konnte sich darauf verlassen, dass Becker alles Erforderliche in die Wege leiten würde. »Wir rücken ab«, sagte er zu Kutschbauer, und an die Männer gewandt ergänzte er: »Einer oder zwei von Ihnen sollten hierbleiben und dem Bestatter helfen.« Der Leichenwagen konnte ja schlecht bis hinunter an den Strand fahren. Er würde im weichen Sand stecken bleiben.

Zwei der Männer hoben kurz die Hand zum Zeichen, dass sie das übernehmen würden. »Wir können den Sarg zuerst auf unseren Wagen laden und ihn dann zum Leichenwagen bringen.«

»Sehr gut, danke.« Busboom ging zum Quad und stieg auf. Er musste zugeben, er freute sich auf die Rückfahrt. Darauf, dass sich die Räder mit Leichtigkeit durch den losen Sand fraßen und er den Leichengeruch aus der Nase bekam.

»Ein tolles Gerät, nicht wahr?«, fragte Kutschbauer, als sie auf dem Parkplatz hinter dem Polizeigebäude abstiegen. »Ach ja. Fast hätte ich es bei der ganzen Aufregung um die zweite Leiche vergessen: Ich habe etwas über Carola Dörner herausgefunden. Ich bringe es Ihnen gleich in Ihr Büro.«

***

»Entschuldigung?«

Charlotte Baumann kannte den Tonfall. So begannen alle, wenn sie einem etwas Unangenehmes mitteilen wollten.

»Ja?« Ihr Blick wanderte von der jungen Frau zu dem kleinen Kind im blau-weiß gestreiften Matrosenhemd, das sich hinter den Beinen seiner Mutter zu verstecken versuchte.

»In der Toilette läuft das Wasser über.«

Charlotte holte tief Atem. Da hatte mal wieder jemand Babytücher oder gar Windeln ins Klo geworfen und wunderte sich nun, dass die Rohre verstopften.

»Wir waren das nicht.« Die Mutter hob abwehrend eine Hand. »Ich wollte nur Bescheid geben. Wirklich, das war schon.« Sie machte auf dem Absatz kehrt, zog den Kleinen hinter sich her und verschwand in Richtung Vogelhalle.

»Wir waren das nicht«, äffte Charlotte sie nach. Natürlich, das behaupteten sie alle. Niemand fühlte sich für den Schaden, den er verursachte, verantwortlich. »Das war schon«, »Das ist von allein passiert«, »Das stand aber auch wirklich unglücklich im Weg herum«. Alles faule Ausreden.

Sie öffnete den Putzschrank. Ganz hinten in der Ecke stand der Pümpel. Wenn sie Glück hatte, meinte die Frau das Handwaschbecken und nicht die Kloschüssel.

Auf dem Weg zur Toilette schwenkte sie den Pümpel wie eine Waffe vor sich her. Im Klo angekommen, erkannte sie gleich, dass sie nichts ausrichten konnte. Das Wasser, ein Kinderkötel dümpelte obenauf, stand bis unter den Klorand. Da musste der Klempner kommen.

Der war auch sofort da. Unter ihrer Aufsicht schob er eine Spirale in die Brühe, tief hinein ins Abflussrohr. Was er daraus hervorholte, ließ er in einen Eimer fallen.

Charlotte öffnete das Fenster, der Geruch war kaum auszuhalten. Der Installateur hielt tapfer durch, verzog keine Miene. Sie musste ihn nach getaner Arbeit nicht einmal darauf hinweisen, die übergelaufene Schweinerei aufzuwischen. Auch wenn sie anschließend noch mehrere Male mit heißem Wasser und ordentlich viel Reinigungsmittel alles wieder tipptopp herrichten würde. In Sachen Reinlichkeit wollte sie sich nichts nachsagen lassen.

»Hier haben wir den Übeltäter.« Der Klempner hielt ihn ihr vor die Nase. »Sieht aus wie eine dieser modernen Mehrwegspritzen. Meine Cousine ist Diabetikerin, die hat auch so ein Ding.«

»In den Müll damit«, befahl Charlotte.

»Sind Sie sicher? Es heißt, hier sei ein Mord geschehen. Bestimmt interessiert sich die Polizei für das Ding.«

»Mord? Reden Sie keinen Unsinn.«

»Dennoch sollte ich es der Polizei melden.«

»Das, junger Mann, ist ja wohl meine Angelegenheit.«

Der Handwerker war anderer Meinung und steckte das schmierige Ding ein.

***

Erleichtert darüber, dass es sich nicht um die von Sebastian gesuchte Leiche handelte, so es diese Leiche überhaupt gab, informierte Becker die zuständigen Stellen über das Auffinden des ertrunkenen Seemannes.

Kurz kam ihm der Gedanke, dass sein Neffe ihn an der Nase herumführte. Vielleicht wusste er, dass Dakota Polizistin war und ihn aushorchen sollte. Sebastian traute er zu, dass dieser ihr das Märchen von der Erpressung und einer Leiche am Strand nur erzählt hatte, um ihn zu foppen.

Becker fand keine Zeit, sich weiter Gedanken darüber zu machen, denn kaum dass er aufgelegt hatte, erschien ein Klempnermeister in der Dienststelle und erklärte, in der Toilette im Dykhus etwas Seltsames gefunden zu haben.

Kupke brachte den verdreckten Pen, den Becker sicher in einer durchsichtigen Plastiktüte verwahrt hatte, soeben zum Flugplatz.

Der Pilot würde ihn in zwanzig Minuten am Emder Flughafen einem Mitarbeiter der KTU übergeben, damit der Insulinstift im Labor untersucht werden konnte. Auch wenn

Becker befürchtete, dass Urin, Kot, Wasser und die Finger des Klempners jegliche Spur fortgewischt hatten.

Dennoch, es könnte ja ein winziger Rest Insulin darin zu finden sein, der sich dem von Carola Dörner verwendeten Medikament zuordnen ließ. Sie hatten die Mordwaffe, da war er sich sicher. Die Wahrscheinlichkeit, dass der Insulinstift das Museumsklo nur zufällig verstopft hatte, hielt er für äußerst gering. »Das kann unmöglich ein Zufall sein.«

Der Meinung war Busboom auch. »Ich werde gleich mal rübergehen und persönlich mit Frau Baumann sprechen.«

Es wurde Zeit, die Frau, die Kutschbauer so viel Respekt einjagte und der Kupke am liebsten nie wieder begegnen würde, kennenzulernen.

»Bevor Sie gehen, sollten Sie sich das hier ansehen«, rief Dakota Wagner und winkte Busboom zu sich an den Schreibtisch. »Die Kollegen aus Herne haben noch was geschickt.«

Ihm gefiel ihr lässiges Winken, sie verhielt sich, als kenne sie ihn schon ewig, dabei arbeiteten sie zum ersten Mal zusammen. Busboom mochte Frauen im Team und vermisste seine beste Mitarbeiterin Ariana.

Apropos. Wo war eigentlich Kutschbauer? Er hatte ihm doch etwas geben wollen.

Wie aufs Stichwort kam Kutschbauer in diesem Moment mit einem Blatt Papier in der Hand aus seinem und Kupkes Büro. Er schaute auf Dakotas Bildschirm.

»Dann haben wir ja anscheinend dasselbe herausgefunden«, murmelte er, reichte Busboom das Blatt und ging zurück in sein Büro.

»Danke«, rief der ihm hinterher, und Dakota lächelte weise.

Eines hatten Dakota Wagner und Ariana gemeinsam, fand Busboom. Beide vermittelten ihm das Gefühl, die Balance in seinem Team sei ausgeglichen. Frauen sahen Dinge, die Männer nicht bemerkten. Zudem war das Betriebsklima angenehmer, wenn sie involviert waren. Gut möglich, dass Dakota Wagner für die Inseldienststelle und die Ermittlungen eine ähnliche Bereicherung war wie Ariana für sein Team auf dem Festland.

»Carola Dörner ist vorbestraft.« Sie deutete auf ihren Bild-schirm. »Ladendiebstahl. Ich habe daraufhin ein wenig herum-telefoniert und mit einer Kollegin gesprochen, die Carola in einem solchen Fall festgenommen hatte. Die Verstorbene nahm es mit dem Eigentum anderer anscheinend nicht so genau. Die Kollegin meinte, die Dörner verfüge nicht über den leisesten Funken von Schuldgefühlen gegenüber den Menschen, die sie betrügt.«

Busboom nickte zufrieden. Die Meinung einer Polizistin, die das Opfer zu Lebzeiten kannte, war nicht hoch genug zu bewerten. Dakota Wagner hatte Eigeninitiative bewiesen, um etwas herauszufinden, was vermutlich nicht in den Akten stand.

»Als Carola Dörner zuletzt wegen Diebstahls festgenom-men wurde, präsentierte sie sich als eine Art moderner Robin Hood, nur dass das Geld für die Armen in ihre eigene Tasche geflossen ist. In den vergangenen Monaten war es jedoch still um sie. Wenn man so will, ist sie von der Ladendiebstahl-Bildfläche verschwunden, was nicht heißen muss, dass sie die Klauerei aufgegeben hat.«

»Kleptomanin?«

»Nein, eher kriminell veranlagt und arbeitsfaul.« Dakota hob eine Hand. »Nicht meine Meinung, sondern die der Kol-legin.«

»Schreiben Sie einen Vermerk zum offiziellen Bericht.«

»Gern. Soll ich auch die Vermutungen erwähnen?« Eine dramaturgische Pause folgte.

»Was für Vermutungen?«

»Besagte Kollegin war dabei, als den Eltern die Todesnach-richt überbracht wurde. Sie konnte sich ein wenig mit der Mutter allein unterhalten. Normalerweise ging Carola Dör-ner zum Einstellen des Insulins in eine Klinik, die speziell dafür eingerichtet ist. Dort werden nur Diabetiker behandelt, während hier auf Borkum gleich mehrere Krankheiten aus-kuriert werden. Der Kollege Becker kann Ihnen dazu mehr sagen. Jedenfalls vertrat die Mutter in dem Gespräch wohl die

Meinung, dass ihre Tochter nur in Kur war, um umsonst auf die Insel zu kommen.«

Wie schade, wenn man so schlecht von seinem Kind dachte. »Ich kann mir schwer vorstellen, dass man Krankenkassen und Ärzte so leicht hinters Licht führen kann«, sagte Busboom.

»Auch wieder wahr. Soll ich feststellen, ob sie sich die Kur erschlichen hat?«

»Später vielleicht.«

»Gut, wie auch immer«, sagte Dakota. »Außerdem erwähnte die Mutter, dass Carola sich in letzter Zeit sehr für Landkarten interessiert hat. In ihrem Zimmer lagen einige herum. Zusammengerollt und mit einem Gummiband verschlossen in der Unterwäscheschublade.«

Das war in Busbooms Augen kein Herumliegen mehr, eher ein Verstecken. »Haben die Herner Kollegen das Zimmer durchsucht?«

»Haben sie, doch nichts weiter Erwähnenswertes gefunden.«

»Carola Dörner lebte demnach noch bei den Eltern?«

»Ja und nein. Sie lebte in einer WG, hatte aber immer noch ihr Zimmer bei den Eltern. Worauf ich hinauswill«, sagte Dakota Wagner, »ist, dass die Dörner eine Schatzjägerin gewesen sein könnte und deswegen nach Borkum reiste.«

»Das ist ein Scherz.« Seinem Tonfall war anzuhören, dass er kein bisschen an Dakotas Worten zweifelte, was ihn selbst wunderte. »Was für einen Schatz wollte sie denn heben?«

Dakota zuckte nur mit den Schultern. »Jedenfalls würde das die Fotos auf ihrem Handy und die Koordinaten erklären.«

Busboom deutete auf den Bildschirm. »Drucken Sie mir alles aus.«

»Schon in Arbeit.«

»Legen Sie bitte alles auf meinen Schreibtisch. Das hier auch.« Er reichte Dakota das Blatt, das Kutschbauer ihm gegeben hatte. »Und sagen Sie Bernhard Kutschbauer Bescheid. Er soll ins Museum kommen, sobald er kann. Dann sehen Sie zu, ob Sie noch mehr über diesen Schatz in Erfahrung bringen können.«

»Super«, hörte Busboom Dakota noch sagen, als er fast zur Tür hinaus war, »ich wollte schon immer auf Schatzsuche gehen.«

Busboom traf vor der Eingangstür zum Heimatmuseum auf Kutschbauer, er musste auf anderem Wege mit dem Rad gekommen sein.

»Danke für den Auszug aus dem Vorstrafenregister. Darauf hätte ich selbst kommen müssen«, gestand Busboom.

Kutschbauer verzog für den Bruchteil einer Sekunde das Gesicht zu einem Lächeln, dann strafften sich seine Schultern. Gemeinsam betraten sie das Dykhus. Die Tür war noch nicht wieder ins Schloss gefallen, da trällerte ihnen auch schon ein fröhliches »Herzlich willkommen in unserem schönen Museum« entgegen.

»Das ist Frau Charlotte Baumann«, stellte Kutschbauer seine frühere Lehrerin vor. »Sie ist die gute Seele hier im Haus«, schob er etwas unwillig nach.

Charlotte Baumann reichte Busboom zur Begrüßung die Hand.

»Guten Tag.« Busboom nickte verbindlich. »Ich bin Kriminalhauptkommissar Focko Busboom.«

»Wunderbar. Sie sind wirklich von der schnellen Truppe. Ich habe es eben erst bei Ihrem Kollegen Herrn Becker angezeigt.« Dann verfinsterte sich ihr Gesicht. »Wie kommt es, dass ein Hauptkommissar nach dem Auffinden einer Leiche keine Veranlassung sieht, hier vorbeizuschauen, aber bei einem einfachen Diebstahl sofort zur Stelle ist?«

Diebstahl? Er wollte eigentlich mehr über den Pen im Klo erfahren. Busboom setzte zu einer Erwiderung an, doch sie stoppte ihn mit erhobener Hand.

»Entschuldigung. Es geht also um Mord. Logisch, sonst wären Sie kaum hier, und ich rege mich auf wegen ...« Sie verstummte, als ein Mann zu ihnen trat.

»Und das«, sagte Kutschbauer mit einem Nicken auf den älteren Herrn, »ist Herbert Klüwer.«

Busboom schüttelte auch Klüwer die Hand. Der Mann sah aus, als wäre er im Moment überall auf der Welt lieber als hier.

»Dann erklären Sie mir mal, was Sie so aufregt.«

»Dafür, Herr Kriminalhauptkommissar, müssen wir nach oben gehen.« Charlotte Baumann deutete mit dem Zeigefinger die Treppe hinauf. »In unserer Ausstellung fehlt ein Stück«, erklärte sie mit wichtiger Miene. An Kutschbauer gewandt sagte sie: »Bernhard, wir gehen hoch. Du achtest auf die Kasse.« Ihr Zeigefinger wanderte zum Kassenraum.

Busboom verkniff sich ein Grinsen und folgte ihr gemächlichen Schrittes über die geschwungene Holztreppe nach oben in den ersten Stock, während Kutschbauer folgsam unten blieb.

»Ich habe es erst gar nicht bemerkt«, erklärte sie auf dem Weg. »Wissen Sie, Herr Kommissar, hier oben gibt es immer wechselnde Ausstellungen. Bis vor Kurzem wurden in dieser Etage noch alte Schulranzen, Tafeln, Griffel, Schulhefte, Bücher und Zeugnisse und viele andere schöne Dinge von anno dazumal präsentiert. Seit ein paar Wochen lautet unser Thema ›Schlüssel zur Vergangenheit‹. Unter anderem stellen wir Flurkarten aus.«

Sie waren oben angekommen. Charlotte Baumann steuerte auf eine der Vitrinen zu. »Es geht hauptsächlich um Flurnamen und ihre Bedeutungen.« Mit der Spitze ihres Zeigefingers tippte sie auf das Glas. »Zum Beispiel ›Kiekerdünen‹. Was ein Kieker ist, wissen Sie, nicht wahr, Herr Kommissar? Ein Seher im Sinne von gucken, schauen. Von diesen Dünen aus hat man früher aufs Meer geschaut.«

Busboom beugte sich über die Vitrine. Alte Karten lagen darin. Auf einer davon, der linken, entzifferte er an der Stelle, auf die Charlotte Baumann wies, mühsam den Schriftzug »Kiekerdünen«.

Ihr Finger wanderte zum nächsten Punkt von besonderem Interesse. »Und hier: Diese Wiesen- und Feldflure stießen 1606 von drei Seiten an einen Dünenkranz, der nach Osten durch einen Deich gesichert war.« Sie nannte die Jahreszahl mit Ehrfurcht in der Stimme. »›Dat Dykstück‹, so lautete damals der Name. Darum heißt unser schönes Museum auch Dykhus.« Sie zupfte Busboom am Ärmel, um seinen Blick nach rechts zu lenken. »Sehen Sie, hier fehlt eine Karte. Es waren ursprünglich vier Flurkarten. ›Kibbelhauk‹, das ist die ganz rechts. So bezeichnet man Kolken in der Nähe des alten Deiches. Sie wissen, was Kolken sind?«

Natürlich wusste Busboom das. Ein nach einem Deichdurchbruch entstehendes tiefes, mit Wasser gefülltes Loch, stellenweise größer als manch prächtiger Fischteich in einem Garten. Noch heute gab es einige davon. Hinter dem Deich, der, von der Franzosenschanze aus gesehen, die Wiesen von den Häusern in der Wilhelm-Feldhoff-Straße und Under de Diek trennte. Die Funktion eines Deiches erfüllte er schon lange nicht mehr, heute wurde er nur noch zum Spazieren genutzt.

Busboom fragte sich, warum die Frau ununterbrochen redete, als wäre er zur Museumsführung hier, statt um einen Kriminalfall aufzuklären.

»Die zweite Karte zeigt die Gegend um die Hayackers. Zwischen dem heutigen Krankenhaus und der Süderreihe. In der ehemaligen Binnenweide war auch Ackerland. Die dritte Karte, Sie sehen sie links«, ihr Zeigefinger ging in die Richtung, als müsste sie ihm erklären, wo links war, »zeigt den sogenannten ›Interwall‹. Die meisten Borkumer sagen fälschlicherweise Hinterwall. Die Insel bestand früher aus zwei Teilen. Dort«, sie deutete auf eine Panoramazeichnung an der Wand, »sehen Sie einen Plan. Aber der ist von 1713. Erst 1864 wurde die Lücke zwischen dem West- und dem Ostland geschlossen. Das ist der Bereich, den wir heute ›Tüskendör‹ nennen. Und ein Plan fehlt.«

Busboom nickte. Er sah drei vergilbte alte Landkarten, vom Alter und dem vielen Benutzen voller Knickfalten und Flecke.

»Welche Karte fehlt?«

»›De Wolde‹.«

Bei dem Namen tickerte etwas in Busbooms Kopf.

»Wolde bedeutet mooriges Grasland«, redete Charlotte Baumann weiter und störte so sein Nachdenken, »oder auch Bruchlandschaft mit Gebüsch. Kein Wald im herkömmlichen Sinne. Im Archiv haben wir Berichte darüber, die sind von etwa 1650.«

Sie holte Luft, und Busboom nutzte die Gelegenheit, um eine weitere Frage zu stellen. »Ist die fehlende Karte sehr wertvoll?«

»Ideell ist sie von immens großem Wert, aber ich denke, wenn Sie sie verkaufen wollten, bekämen Sie keine Reichtümer dafür.«

Also musste es die Karte selbst sein beziehungsweise das, was sie zeigte, was den Dieb interessierte. Oder die Diebin. Oder die Schatzsucherin? Auf einmal erinnerte er sich.

»Indien de Woldedünen kunnen spreken, sullt het Borkum noit an Gold gebreken«, sagte Charlotte Baumann und sprach damit gleichzeitig seinen verlorenen Gedanken aus. »Wenn die Woldedünen sprechen könnten, würde es Borkum nie mehr an Gold mangeln.«

»Der legendäre Störtebekerschatz.«

»Ganz genau. Klaus Störtebeker und seine Spießgesellen, Gödeke Michel und Konsorten, wurden bekanntlich gefasst und in Hamburg hingerichtet. Der Sage nach soll Störtebeker den Richtern ein Angebot gemacht haben.«

»Sie sprechen vom abgeschlagenen Kopf und der Freilassung aller Piraten, an denen er danach kopflos vorbeilaufen würde?«

»Nein. Vorher versprach er jedem der Richter eine goldene Kette im Gegenzug für seine Freiheit. Der Überlieferung nach behauptete er, seine Schätze auf Borkum in den Woldedünen vergraben zu haben. Aber die Richter glaubten ihm nicht. Und so ganz glaube ich das auch nicht. Ich rede hier vom Standort, nicht vom Vergraben an sich. Meiner Meinung nach liegt nämlich eine Verwechslung mit den Oldedünen vor. Die befanden sich am westlichen Zipfel des Ostlandes, da, wo heute die

Osterems fließt. Das wäre auch logischer. Denn diese Dünen lagen der damaligen Piratenfahrroute viel näher. Bekanntlich hatte sich Klaus Störtebeker ja oft in Marienhafe aufgehalten. Dort hatte er eines seiner Schlupflöcher. Heute gibt es dort alle drei Jahre die Freilichtfestspiele. Die haben in Marienhafe auch ein Denkmal von ihm. Am Markt beim Turmmuseum steht er, mit einem Schwert an der Seite und einer Axt auf der Schulter. Der …«

»Frau Baumann«, unterbrach Busboom ihren Redefluss.

»Der sogenannte ›Störtebekerturm‹«, überhörte sie seine Worte, »gehört zu der im 13. Jahrhundert erbauten St. Marienkirche. Er verdankt seinen jetzigen Namen dem Seeräuber, der Ende des 14. Jahrhunderts in diesen Mauern gehaust haben soll.«

»Das mag ja alles stimmen …«

»Selbstverständlich stimmt es. Ich erzähle Ihnen doch keinen Unsinn. Das können Sie in jedem guten Buch nachlesen.«

»Das glaube ich gern, aber …«

»Wenn ich mich richtig erinnere, ist er um 1400 gestorben.« Sie hob die Hand, wie um jedweden Einwand zu stoppen. »Nein, es war genau der 20. Oktober 1401.«

»Danke. Worauf ich hinauswill, Frau Baumann. Die fehlende Flurkarte, stammte sie aus dieser Zeit?«

»Sie meinen, ob darauf ganz simpel mit einem Kreuz die Stelle markiert war, an der er den Schatz vergraben hat?«

Busboom war dankbar, dass Frau Baumann ihn nicht auslachte.

»Nein.« Sie schüttelte den Kopf, und eine Strähne fiel ihr in die Stirn, die sie sofort zurückstrich. »Es war eine Flurkarte, keine Schatzkarte. Sie stammt aus dem Jahr … Verflixt, jetzt haben Sie mich auf dem falschen Fuß erwischt. Es will mir nicht einfallen. Auf jeden Fall ist die Karte gut und gern dreihundert Jahre nach Störtebekers Tod angefertigt worden.« Endlich machte sie eine Pause. Diese währte jedoch nur kurz. »Denken Sie«, sie riss erschrocken beide Augen auf, »die Tote könnte etwas mit dem Diebstahl zu tun gehabt haben?«

»Nun«, entgegnete Busboom ausweichend, »als sie gefunden wurde, hatte sie nichts bei sich.«

»Stimmt, Herr Kommissar. Nicht einmal eine Handtasche. Das ist mir sofort aufgefallen.«

»Sind das die Originale?« Er deutete auf die Pläne im Glaskasten.

»Selbstverständlich. Sie glauben doch wohl nicht, dass wir hier billige Kopien ausstellen?«

»Nein, natürlich nicht. Gibt es denn Kopien?«

Sie rümpfte die Nase. »Es wird sich bestimmt irgendwo eine finden lassen.«

Sie wandte sich beleidigt ab und stieg die Treppe hinunter. Busboom eilte hinterher. Unten ging sie in den Kassenraum, scheuchte durch hektisches Wedeln mit beiden Händen Kutschbauer vom Stuhl und nach draußen, dann schloss sie die Tür. Es war eindeutig, sie wollte mit Busboom nichts mehr zu tun haben. Der beugte sich vor, um durch den schmalen Schlitz der fast zugezogenen Glasscheibe mit ihr zu sprechen.

»Wären Sie so lieb, sie mir zukommen zu lassen?«

Sie schenkte ihm ein gnädiges Nicken. Die Eingangstür ging auf, herein kamen einige Mütter mit ihren Kindern. Charlotte Baumann schien keinen Gefallen daran zu finden, schob aber dennoch die Scheibe ganz auf, um den Besuchern Eintrittskarten zu verkaufen.

»Begleiten Sie mich auf einen Rundgang durchs Haus?«, bat Busboom seinen Kollegen. Es schien ihm eine gute Möglichkeit zu sein, um Kutschbauer auf den neusten Stand zu bringen und sich gleichzeitig einen Überblick über die Ausstellung zu verschaffen. Als sie losgingen, hörten sie, wie Charlotte Baumann den Müttern ihre strengen Hausregeln auferlegte: »Es wird nicht gegessen oder getrunken. Und achten Sie bitte darauf, dass die Kleinen nicht alles anfassen.«

Als sie die Halle mit dem Rettungsboot erreichten, hatten die Kinder sie eingeholt. Zwei Jungen rannten links und rechts an Busboom vorbei und streifen seine Hosenbeine.

»Wow, Kevin, guck mal, wie geil. Ausgestopfte Vögel.«

Die Jungs stürmten johlend die Vogelhalle und lieferten sich ein Wettrennen um eine Vitrine. Kutschbauer schüttelte heftig den Kopf, und Busboom war sich nicht sicher, ob er die Kinder meinte oder die Sache mit Störtebekers Schatz. Er gab Kutschbauer einen Wink. »Lassen Sie uns verschwinden. Hier versteht man ja sein eigenes Wort nicht. Wo ist eigentlich Herr Klüwer abgeblieben?«

»Der«, antwortete Kutschbauer, »hat mir verraten, dass er es war, der den Verlust der Flurkarte bemerkt hat. Dann fragte er, ob wir noch Fragen an ihn hätten, und als ich verneinte, ist er gegangen.«

»Sagte er, warum er hier war? Ich dachte, er hat nur nachmittags Dienst.«

Kutschbauer zuckte mit den Schultern. »Vielleicht wollte er sichergehen, dass die Baumann den Diebstahl meldet? Oder er hatte eine gebuchte Führung.«

Busboom wusste, dass zu bestimmten Zeiten Museumsführungen angeboten wurden. Dann waren logischerweise zwei Mitarbeiter im Haus. Einer führte, der andere verkaufte weiter Eintrittskarten.

Als sie das Museum verließen, stand Frau Baumann an der Eingangstür und begrüßte einen kleinen, rundlichen Mann, den sie mit Namen ansprach, während sie ihm herzlich die Hand schüttelte.

Busboom hatte sie eigentlich noch nach dem Insulinpen fragen wollen, verzichtete nun aber darauf. Viel anders als die Aussage des Klempners konnte ihre Version des Auffindens kaum sein. Und wer den Diebstahl der Flurkarte zuerst entdeckt hatte, war ebenfalls unwichtig.

Auf dem Rückweg zur Polizeistation – Kutschbauer hatte wieder das Fahrrad genommen – überfiel Busboom eine Art Ahnung, und er blieb überrascht stehen. Das hatte er oft. Für den Bruchteil einer Sekunde setzte sich etwas in seinem Unterbewusstsein fest, doch obwohl er wusste, dass es da war, konnte er es nicht greifen.

»Mist.« Jetzt hatte er wieder etwas, über das er den ganzen Tag nachgrübeln würde, weil er erstens wusste, dass es für den Fall wichtig war, und zweitens, dass es seine Konzentration behindern würde, wenn er nicht bald darauf kam. Heute war das Gefühl, es direkt vor der Nase zu haben, ganz deutlich. Er ging drei Schritte, blieb wieder stehen, schaute sich um und hob den Kopf, um in die Fenster der umliegenden Häuser zu sehen. Er fühlte sich beobachtet. Aber niemand schien hier zu sein. Mit der Hand rieb er sich den Nacken und ging weiter. Zwei Frauen kamen auf ihn zu.

»Sie sind sicher von hier«, sprach ihn die kleinere an. Es klang, als würde sie keine Widerrede dulden, und Busboom nickte. Wenn sie nach dem Weg fragen wollten, kannte er die Antwort allemal, Insulaner oder nicht. »Unsere Vermieterin hat uns erzählt, dass es im Aquarium einen Wal gibt.«

»Zum Aquarium geht es dort entlang.« Busboom deutete in Richtung Süden. »Es liegt direkt an der Strandpromenade. Aber die haben dort keinen Wal.« Wie auch? Allein das Becken für einen Zwergwal müsste größer sein als der Hafen, in dem die Fähre anlegte.

»Siehst du, Gunda«, sagte die Größere der beiden, die ihre Freundin um eine Kopflänge überragte, »ich habe dir gleich gesagt, dass du dich irrst.«

»Aber sie hat von einem Wal gesprochen.«

»Das«, sagte Busboom, »mag richtig sein. Ihre Vermieterin meinte sicherlich den Wal, der im Heimatmuseum hängt.«

»Das arme Tier«, sagte die Kleine, und die Große grinste Busboom an, als habe ihre Freundin einen Witz gemacht.

»Natürlich ist es nur das Gerippe eines Wales«, korrigierte er sich und deutete in die Richtung, aus der er gekommen war. »Dort entlang.«

Er schaute den beiden hinterher und spürte, wie sich das Gefühl, dem unterbewussten Gedanken ganz nah zu sein, verstärkte. Dann ging er weiter. Als er am Rathaus angekommen war, machte er auf dem Absatz kehrt.

Als er das Dykhus erneut betrat, stand Herbert Klüwer mit

den beiden Frauen unter dem Gerippe. Genau ihn wollte er sprechen.

»Elfenbein?«, hörte er die Große fragen. An ihre kleine Freundin gewandt sagte sie nicht minder laut: »Ich glaube, die Insulaner nehmen ihre Gäste gern mal auf den Arm. Elfenbein? Das ist doch kein Elefant.«

»Walzähne und die Eckzähne von Walrössern und Flusspferden bestehen ebenfalls aus Elfenbein. Aber diese Zähne hier sind aus Gips. Und das hat seinen Grund, denn schon bald nach der ersten Ausstellung des Walgerippes wurden zwei der Elfenbeinzähne gestohlen. Danach haben wir alle übrigen aus den Kinnladen herausgenommen und durch falsche aus Gips ersetzt. Die Originalzähne liegen gut und sicher verschlossen in der Glasvitrine hinter mir.«

Busboom kannte die Geschichte ein klein wenig anders.

War das der Grund, weswegen Carola Dörner sich Zutritt zum Haus verschafft hatte? Wollte sie das Elfenbein stehlen? Möglich. Mit Diebstahl kannte sie sich schließlich aus, wie er seit gut einer Stunde wusste.

Busboom wartete geduldig, bis Klüwer mit seinen Erklärungen fertig war, und trat näher.

»Herr Busboom. Haben Sie etwas vergessen?«

Klüwer ging in die Halle, in der das Rettungsboot aufgebockt stand. Busboom folgte ihm.

Von einer der Vitrinen nahm er mit spitzen Fingern ein zerknülltes Papiertaschentuch und schüttelte den Kopf.

»Ich habe nur noch eine Frage. Die Tote hatte sich ja sehr für das Museum interessiert. An welchen Artefakten zeigte sie besonderes Interesse?«

»Ich weiß nicht, ob ich mich genau erinnere.«

»Versuchen Sie es, Herr Klüwer.«

Klüwer schaute vom benutzten Taschentuch zurück zur Vitrine, auf der man es entsorgt hatte. Busboom folgte Klüwers Blick.

»Etwa an historischen Münzen und Schmuck?«

»Ich glaube schon. So viele Besucher fragen mich nach

allem Möglichen, da kann ich mich nicht an jeden Einzelnen erinnern. Ja, Herr Busboom, vermutlich haben Sie recht. Die Frau wollte wissen, ob ich eine Ahnung von den Werten der Münzen hätte.«

»Und? Wissen Sie um deren Wert, Herr Klüwer?«

»Das«, sagte Klüwer und verließ den Raum in Richtung Kasse, »kann man von einem ehrenamtlichen Museumsmitarbeiter schwerlich verlangen.«

***

Man hatte eine Leiche am Strand gefunden. Tante Erika war soeben mit der Nachricht von der Frühschicht zurückgekommen. Eigentlich hatte er nur schnell pinkeln und sich dann wieder ins Bett legen wollen, doch seine Neugier trieb ihn dazu, in T-Shirt und Jeans zu steigen und sich zu ihr in die Küche zu gesellen.

»Ein toter Mann, mehr weiß ich auch nicht«, sagte Tante Erika und machte sich an die Essensvorbereitungen. »Sie haben ihn am östlichen Ende der Insel gefunden. Dein Onkel ermittelt.«

Er sollte von der Insel verschwinden, ehe die Ermittlungen zu ihm führten. Er ärgerte sich über sich selbst. Er hätte Engels Taschen durchsuchen müssen, um festzustellen, ob der Detektiv einen Ausweis dabeihatte. Aber dazu bestand ja kein Grund. Er hatte schließlich gewusst, dass es Hubert Engel war, der tot vor ihm im Sand lag, wozu also noch nach einem Beweis forschen?

Aber dann hättest du wenigstens gesehen, dachte Sebastian, und der Gedanke machte ihm Angst, ob der Mann irgendetwas bei sich hatte, das auf dich hindeutet.

Ob Engel die Erpresserbriefe aufgehoben hatte? Verflixt. Die hatte er ganz vergessen. Er hätte in den beiden Schreiben verlangen sollen, sie nach dem Lesen sofort zu verbrennen.

Was hatte er geschrieben? Soweit er sich erinnerte, war der Text recht vage gewesen. Und es gab keinen Absender. Dennoch. Jeder Idiot konnte sie auf den ersten Blick als Erpresserbriefe erkennen, und falls die Ermittler nicht gleich erkannten, dass der Mann an einem Herz- oder Hirnschlag gestorben war, und einen nicht natürlichen Tod in Erwägung zogen …

Sebastian beschloss, sich erst Gedanken darüber zu machen, wenn die Briefe von der Polizei gefunden wurden. *Falls* sie gefunden wurden. Fingerabdrücke waren jedenfalls keine drauf. Er hatte Gummihandschuhe getragen. Beim Zeitungsschnipselausschneiden ebenso wie beim Kleben. Auch den Umschlag hatte er nur mit Handschuhen angefasst. Und die Briefmarke? Oh nein. Hatte er sie angeleckt, oder war es eine Selbstklebende gewesen?

»Tante Erika? Weißt du zufällig, ob der Tote einen Herzinfarkt hatte?«

»Wie kommst du darauf? Im Regelfall sind Wasserleichen ertrunken«, behauptete sie. »Aber er könnte natürlich beim Schwimmen einen bekommen haben und dann untergegangen sein. Das würde bedeuten«, folgerte sie, »dass er an einem unbewachten Inselabschnitt ins Wasser gegangen ist. Die Rettungsschwimmer hätten es sonst bemerkt und ihn herausgezogen. Oh Gott, wenn ich daran denke, dass er womöglich hätte wiederbelebt werden können, wenn er nur an den Hauptbadeständen gebadet hätte.« Sie schüttelte den Kopf. »Horst wird es schon herausbekommen.«

Wiederbelebt? Verdammt, wenn der Alte noch gelebt haben sollte, wäre er wegen unterlassener Hilfeleistung dran. Warum nur hat er sich den Toten nicht genauer angesehen?

»Was hast du vor?«, fragte Tante Erika mit einem misstrauischen Unterton in der Stimme, als habe sie seine Gedanken erraten. Und dann dieser lauernde Blick, den er sonst nur von Onkel Horst kannte. Großer Gott, er begann allem Anschein nach, sich Dinge einzubilden.

»Ich geh wieder ins Bett, mir ist nicht gut.«

***

»Gibt's was Neues auf der Insel?«, fragte Sebastian die junge Frau, die in der Nachmittagsschicht hinter der Theke des »Matrix« stand, ehe er sich auf einen Barhocker setzte. Sie schüttelte den Kopf.

»Nichts Ungewöhnliches passiert?« Die aus der Gastronomie wussten doch immer alles.

»Was sollte schon passieren?«, fragte sie.

Blöde Kuh, dachte Sebastian, und hässlich war sie auch. »Es heißt, am Strand sei eine Leiche angetrieben worden.«

Vielleicht wusste sie ja mit ein wenig Hilfestellung etwas über den Toten am Ostende der Insel zu berichten. Tante Erika hatte, auch nachdem Onkel Horst zum Essen da gewesen war, nur sagen können, dass es sich um einen Mann handelte, der wohl schon länger im Wasser gelegen hatte. Galten zwei Tage als länger? Sebastian wusste es nicht.

»Ach, du meinst den Drinkeldoden?«, fragte die Bedienung.

Sie schien eine Einheimische zu sein. Die bezeichneten Wasserleichen als Drinkeldoden. »Genau. Weißt du Näheres?«

»Ich bin doch kein Auskunftsbüro. Willst du was trinken?«

Sebastian dachte an die beiden Scheine in seiner Hosentasche, die er von Tante Erika bekommen hatte, und nickte.

Während sie seine Bestellung zubereitete, wanderten seine Gedanken erneut zu Engel. Sie hatten ihn endlich gefunden. Aber noch schien man im Hotel nichts davon zu wissen, und kein Mensch vermisste ihn. Tante Erika hätte ihm das todsicher brühwarm erzählt. Achteten die denn nicht darauf, ob all ihre Gäste noch da waren? Gab es im Nordsee-Hotel keine Zimmermädchen, die mitdachten und ein unbenutztes Bett der Hausdame, also Tante Erika, meldeten?

Eigentlich hatte er ja versuchen wollen, in Engels Zimmer zu gelangen. Jetzt wollte er das fürs Erste lieber doch nicht. Irgendwie fehlte ihm der Drive.

Ein südländischer Typ setzte sich neben ihn an den Tresen. Der Großgewachsene schäkerte mit der Bedienung, die ihn offensichtlich anhimmelte.

»Antonio«, stellte er sich bei Sebastian vor. »Ich komme aus Galatone. Das ist in Apulien. *Italiano.*« Er bestellte einen Kaffee. »Ich arbeite in die Hotel gleich hier oben und du? Was tust du so?«

»Ich mache Ferien.«

»Dasse ist gut. Trinkst du auch eine Kaffee?«

»Ich habe einen Cappuccino bestellt.«

»Ah, ihr Deutsche liebte Cappuccino.«

»Du arbeitest also im Nordsee-Hotel?«, fragte Sebastian.

»Habbe ich doch gesagt.«

Glück musste man haben. Sebastian überlegte, wie er das Gespräch auf den toten Herrn Engel bringen konnte. Ihm fiel nichts Besseres ein, als beim Anfang anzufangen.

»Ich habe eine Leiche gesehen«, verriet er. Irgendwie musste er ja auf das Thema kommen.

»Eine Tote?«

»Einen Toten, heißt es richtig.« Sebastian legte seine Hand auf Antonios Schulter. »Du glaubst mir nicht?«

»Doch, doch.«

»Ich weiß, wenn jemand tot ist.«

»Sicher.«

»Ich erzähle es dir von Freund zu Freund. Du bist doch mein Freund, oder?«

»Klar binne ich deine *amico*.« Antonio versuchte, Sebastians Hand abzuschütteln. »Ich musse jetzt gehen. Arbeiten.«

»Einen trinken wir noch zusammen.«

»Aber nur eine kleine Espresso. Was iste denn mit die Leiche?«

»Pscht.« Sebastian sah sich um. »Du kennst sie vielleicht.«

»Ich? *No.* Wieso ich?«

»Na, jedenfalls ist sie gefunden worden, vorher war sie weg.«

»Wer iste weg?«, fragte Antonio verständnislos.

»Der Tote.«

»Ist gegangen?«

»Eine Leiche kann nicht mehr gehen.«

»Was willste du tun? Sei froh, dass sie ist weg. War sicher eine Tauschung.«

»Nee, keine Täuschung. Der Kerl lag mausetot im Sand, kannst du mir glauben. Aber da du nun schon Bescheid weißt …« Sebastian beugte sich zu ihm hinüber. »Es ist jemand aus deinem Hotel.«

»Nicht wahr.«

»Doch. Du kennst ihn bestimmt.«

»Ich kennen keine Toten.«

»Es ist dieser kleine alte Mann aus Bayern.«

Antonio riss die Augen auf. »Hubert Engel?«

»Genau der.« Sebastian lachte künstlich, hob den Zeigefinger und hielt ihn Antonio unter die Nase. »Der Engel ist jetzt ein Engel.«

»*Non capisco.*«

»Der alte Herr ist mausetot.« Er deutete nach oben und wedelte mit den Armen, als wollte er fliegen. »Ist vermutlich im Himmel. Sein Köper allerdings nicht. Die Flut hat ihn gen Osten getrieben.«

»Nix getrieben«, sagte Antonio. »Ist lebendig quick. Signore Engel ich habe vorhin noch gesehen.«

***

Sebastian hatte das »Matrix« eben verlassen, als Andreas Kupke im Auftrag von Becker das Lokal betrat. Er schaute sich kurz um, einige der Tische waren besetzt, die Thekenstühle jedoch alle leer. Eine mürrisch wirkende junge Frau stand hinter dem Tresen und polierte Gläser. Andreas Kupke ging zu ihr und zeigte ihr auf dem Handy ein Foto von Max Zimmer, das er auf dem Handy der Toten gefunden hatte.

»Haben Sie diesen Mann schon mal gesehen?«

»Wer will das wissen?«

»Die Polizei.« Kupke deutete mit der freien Hand auf seine Schulterklappen, als wären sie der einzige Beweis an seiner Uniform dafür. »Das sieht man doch.«

»Ha«, sagte die Bedienung. »Wenn Sie wüssten, was hier manchmal für verkleidete Vögel hereinkommen.«

Sie gehörte vermutlich zu der Personengruppe, die der Polizei generell ungern half.

»Wollen Sie meinen Dienstausweis sehen?«

Ohne zu antworten, warf sie das Geschirrtuch auf die Spüle, nahm ein Portemonnaie aus einer Schublade und ging an einen der Tische, um abzukassieren. Als sie zurückkam, nahm sie Kupke das Handy aus der Hand. »Zeigen Sie mal her«, knurrte sie und schaute drauf. »Nie gesehen.«

»Wenn Sie bitte nach links wischen, da sind noch mehr Bilder von ihm.«

»Nur weil Sie mich so freundlich bitten.« Sie wirkte schon etwas gnädiger, tat wie ihr geheißen und schüttelte den Kopf. »Ich mach aber nur die Tagesschicht. Vielleicht kennt ihn ja der Kollege.«

Damit war für sie das Thema erledigt. Sie gab das Handy zurück und eilte an einen anderen Tisch. Die Gäste dort hatten ihr ebenfalls einen Wink gegeben, dass sie zahlen wollten.

»Ab wann ist der Kollege da?«, fragte Kupke auf dem Weg hinaus.

»Ab acht.«

✳✳✳

»Der Fund eurer Wasserleiche hat Sebastian sehr aufgeregt«, verriet Erika ihrem Horst. »Er ist eben ein sensibler Junge«, ergänzte sie, die ausdruckslose Miene ihres Mannes ignorierend.

Es verging eine kleine Weile, bis er fragte: »Hat er sich auch wieder nach deiner Arbeit erkundigt?«

»Nein. Ich glaube nicht.«

»Du kannst es gern abstreiten, dennoch finde ich es komisch, dass Sebastian dich andauernd nach Hubert Engel fragt.«

Erika spitzte beleidigt die Lippen. Sie sah aus, als bereute sie es, das Thema Neffe überhaupt angesprochen zu haben. »Er fragt ja nun nicht nur nach ihm, er zeigt allgemeines Interesse am Hotelfach. Aber ich sehe schon.«

»Was denn?«

»Du witterst Unrechtes, stimmt's? Doch du täuschst dich. Ich weiß einfach, dass der Junge auf dem rechten Weg ist.«

»Und warum bist du dir so sicher?«

»Weil er mich ins Vertrauen gezogen hat.«

Becker schaute sie an, gespannt, was ihr Neffe sich nun wieder ausgedacht hatte, um seine Tante um den Finger zu wickeln. »Verrätst du es mir?«, fragte er, als sie nicht sofort antwortete.

»Wenn du mir versprichst, ihn weder zu kritisieren noch zu lachen.« Erika meinte es ernst.

»Ich verspreche es.«

»Er hat mich gefragt, wo die Woledünen sind. Daraufhin wollte ich wissen, warum ihn das interessiert, und er meinte, er habe mit einer Frau gesprochen, die behauptete, dort nach einem Schatz zu suchen. Nun wolle er wissen, ob etwas dran sei. Ich habe ihm von dem Spruch erzählt, den jeder Borkumer kennt: ›Indien de Woledünen kunnen spreken, sullt het Borkum noit an Geld gebreken.‹« Sie sah, dass Beckers Gesichtsausdruck wechselte. »Was denn? Horst, ich warne dich«, sie drohte ihrem Mann mit dem Zeigefinger, »du hast versprochen, nicht zu lachen.«

»Ich amüsiere mich nur ein wenig und denke nach.« Das war nicht gelogen.

Kupke war mit einigen Fotos von Max Zimmer im »Matrix« gewesen, um zu fragen, ob man den Mann dort schon mal gesehen hatte. Falls ja, hätte sich das, was Dakota Wagner vom Kellner über Sebastians Streit mit einer unbekannten Frau erfahren hatte, vielleicht als Verwechslung herausgestellt und sie wären dem richtigen Max auf die Spur gekommen. Doch die Bedienung hatte ihn nicht erkannt. Vielleicht hätte er ihm auch eines von Sebastian mitgeben sollen, doch dann hätte er sich Kupke gegenüber erklären müssen.

Aus Erikas Bemerkung folgerte Becker nun jedoch, dass sein Neffe die Tote höchstwahrscheinlich tatsächlich gekannt hatte – und schlimmer noch, er befürchtete, dass Max Zimmer, den sie bislang partout nicht finden konnten, vielleicht gar nicht auf der Insel war, sondern dass Sebastian sich für ihn ausgab. Obwohl wenigstens eines dagegensprach: Ein Foto von Sebastian hatten sie auf Carolas Handy nicht gefunden. Aber wie war das mit ihren gespeicherten Telefonaten?

Er verspürte den Drang, Erikas Schwester anzurufen, um sie zu fragen, ob Sebastian eine Freundin namens Carola hatte, unterließ es aber. Erstens wollte er Sebastians Mutter nicht beunruhigen, und zweitens gab es ja einen echten Max Zimmer, der in Herne gemeldet war, ganz unabhängig davon, wer unter diesem Namen auf die Insel gereist war und im »Matrix« Streit mit einer Frau – vermutlich Carola Dörner – gehabt hatte.

»Was hat diese vermeintliche Schatzsuche jetzt mit Hotelfach zu tun?«, fragte er seine Frau.

»Nichts. Ich wollte dir damit nur verdeutlichen, dass Sebastian auch andere Interessen hat. Die Borkumer Geschichte zum Beispiel.«

»Ach, Schatz, dich muss man einfach lieben.« Er nahm seine Brille ab und rieb sich über die Augen, dann ging er in den Flur und warf einen flüchtigen Blick in den Spiegel. Wie verändert Brillenträger doch ohne ihre Gläser aussehen, dachte er und setzte seine wieder auf. »Ich muss dringend zurück ins Büro.«

»Aber ich dachte, du hättest jetzt Feierabend.«

»Dachte ich auch. Bis nachher.«

Im Büro angekommen durchforstete Becker die Verbindungsdaten von Carola Dörners Handy und war mehr als erleichtert, Sebastians Telefonnummer nicht in der Liste der getätigten oder angenommenen Anrufe zu finden. Er überlegte, Sebastian nach Carola Dörner zu fragen, doch der Junge würde mit Sicherheit alles abstreiten. So blieb Becker nur, weiter ein wachsames Auge auf seinen Neffen zu haben. Ob er Dakota noch einmal um ihre Hilfe bitten sollte?

ACHT

»Chef!« Kupke und Kutschbauer kamen angelaufen.

»Wir haben Sie gesucht.«

»Jetzt haben Sie mich ja gefunden.« Busboom hatte eben seine Strickjacke von der Stuhllehne genommen und war im Begriff, das Lokal zu verlassen. Er winkte Salvatore, dem Besitzer der Pizzeria Il Faro, zum Abschied zu. »Bis morgen Mittag«, rief er, folgte den Kollegen hinaus und schloss die Restauranttür hinter sich. »Was gibt es? Ich dachte, Sie beide hätten längst Feierabend gemacht.«

»Zu Hause wartet niemand auf uns«, sagte Kutschbauer, und Kupke nickte. Seine Freundin saß vermutlich in diesem Moment bei Busboom zu Hause auf dem Sofa und schaute mit ihrer Mutter fern. Das tat Hanni gelegentlich, wenn sie sich einsam fühlte oder es Zeit wurde, den Eltern einen Besuch abzustatten.

Wieder so eine Fernbeziehung wie bei Kutschbauer und Ariana, dachte Busboom und setzte sich in Richtung Polizeigebäude in Bewegung. Etwa fünfzig Schritte weiter standen zwei Fahrwassertonnen als Straßendekoration. Der Trubel an dieser Straßenecke hatte ein wenig nachgelassen. Die Geschäfte rundherum waren geschlossen, die meisten Touristen saßen beim Abendessen oder in ihren Unterkünften.

»Bernhard hat recherchiert«, sagte Kupke.

Das lag in der Natur eines Ermittlers, deswegen wartete Busboom ab, was Kutschbauer denn herausgefunden hatte.

Der räusperte sich. »Das mit der Fotokopie von der fehlenden Flurkarte kann noch etwas dauern«, sagte er bedauernd. »Das liegt am Archivierungsprogramm des Museums. Also wissen wir nicht, was die Karte im Detail zeigt. Um in der Zwischenzeit weiter voranzukommen, habe ich mit einem guten Bekannten aus dem Auricher Staatsarchiv gesprochen. In Aurich lagern viele Unterlagen, die auch Borkum betreffen. Und Herr Saathoff tat mir den Gefallen, nachzuschauen, was dort alles an Flurkarten von der Insel zu finden ist. Eine ganze Menge, das kann ich Ihnen versichern.«

»Aber das ist weniger interessant«, warf Kupke ein. »Wie Bernhard herausgefunden hat, ist vor Kurzem nämlich genau die gleiche Anfrage zu bestimmten Flurkarten bei dem Mann eingegangen.« Er machte eine Pause. Nicht zum Luftholen, sondern wegen des theatralischen Effekts. »Wir suchen an der falschen Stelle.«

Busboom wusste gar nicht, dass sie überhaupt an einer bestimmten Stelle suchten. »An der falschen Stelle?«

»Mein Informant sagt, eine Frau hätte sich nach den Karten und darüber hinaus nach bestimmten Texten erkundigt.«

»Mit ›eine Frau‹ meinen Sie bestimmt Frau Dörner«, stellte Busboom fest. Die verschwörerisch klingende Bezeichnung »Informant« überhörte er.

»Richtig. Carola Dörner. Herr Saathoff hat sie anhand eines Fotos, dass ich ihm gemailt habe, identifiziert. Sie fragte nach Urkunden und Schriften zu allen bekannten Seeräubern aus der Zeit nach 1650.«

»Und da«, ergänzte Kupke, »war Störtebeker schon lange tot.«

»Frau Dörners besonderes Augenmerk lag auf Strandungsprotokollen aus dieser Zeit«, sagte Kutschbauer.

Busboom wusste, dass davon jede Menge existierten. Alles, was in den vergangenen Jahrhunderten auf den Ostfriesischen Inseln an Land gespült wurde, war vom jeweiligen Strandvogt akribisch aufgeschrieben worden. Es galt die Regel, dass ein großer Teil des angetriebenen Gutes ohne Wenn und Aber dem Landesherrn zustand. Den Rest teilten sich die Finder, der Vogt und die Gemeinde, in der die Waren gefunden wurden. Fast immer gab es Streit darum, daher existierten heute auch noch Unmengen an Gerichtsprotokollen.

»Carola Dörner ist demnach persönlich im Staatsarchiv gewesen?« Soweit Busboom bekannt war, konnte man einiges online erfahren, doch wenn man Unterlagen einsehen oder gar Kopien haben wollte, musste man sich anmelden.

»Sie war sogar mehrmals dort. Und was sie sich bei ihren Besuchen kopieren ließ, beinhaltete vor allem Texte aus Gerichtsprotokollen und Randbemerkungen an Flurkarten.«

Sie betraten das Polizeigebäude. Dakota Wagner, sie war heute die Wachhabende vom Dienst, sah auf und wedelte ihnen zur Begrüßung mit einigen Papieren entgegen. Ihre Wangen glühten, sie wirkte sehr aufgeregt. »Da seid ihr ja wieder. Von der Rechtsmedizin soll ich ausrichten, dass Carola definitiv ermordet wurde, aber davon sind wir ja sowieso schon ausgegangen, spätestens seit der Pen im Dykhus gefunden wurde. Wie erwartet, hat er Carola gehört. Den endgültigen Bericht bekommen wir morgen Vormittag zugesandt. Und es gibt ein paar interessante Mails von einem Herrn Saathoff.«

»Ist der Kollege Becker schon nach Hause gegangen?«

»Ja und nein. Er ist wieder zurück. Sitzt in seinem Büro.«

»Die Entdeckung eines Piratenschatzes würde«, so urteilte Becker, »zu den aufsehenerregenden Funden in diesem Jahrhundert zählen.«

»Sofern Frau Dörner denn beabsichtigte, den Fund publik zu machen.«

Endlich hatten sie ein mögliches Mordmotiv – vorausgesetzt, dass Carola Dörner tatsächlich etwas gefunden hatte. Was zu vermuten war, denn warum sonst hätte sie sich insbesondere für die Vitrinen mit Münzen und Schmuck im Dykhaus interessieren und sich bei Klüwer erkundigen sollen, ob er Ahnung von historischen Münzen habe? Vielleicht hatte sie etwas, das sie taxieren lassen wollte.

»Das hätte Klüwer mir auch verraten können«, sagte Becker, der zum ersten Mal davon hörte. Nach Busbooms Rückkehr aus dem Dykhus hatte ihn zunächst niemand darüber informiert. Er klang beleidigt.

»Vermutlich haben Sie nicht die richtigen Fragen gestellt«, antwortete Kutschbauer.

»Schätze, die über vierhundert Jahre alt sind, kann man nicht so einfach verhökern«, erklärte Becker, den Vorwurf überhörend. »Ihr fehlte demnach ein Fachmann, jemand, der sich mit solchen Sachen auskennt. Oder steht in Dörners Polizeiakte etwas über Verbindungen zu bekannten Hehlern?«

Kupke schüttelte den Kopf. »Bislang hatte sie nur Sachen gestohlen, die leicht weiterzuverkaufen sind.«

»Vielleicht war sie eine Frau, die einen Schritt nach dem anderen machte. Erst den Schatz, dann den Fachmann, der ihn verkauft. So würde ich es machen, wenn ich im Besitz alter Münzen oder was weiß ich noch alles wäre.« Kutschbauer wirkte weniger deprimiert als sonst in letzter Zeit. Seine Augen hatten wieder mehr Glanz, seine Bewegungen waren entspannter, und Busboom war sogar aufgefallen, dass er vorhin auf der Straße einer jungen Frau hinterhergeschaut hatte.

»Was sagt denn Ihr Kontakt im Staatsarchiv dazu?«

»Herr Saathoff?«

»Genau der. Wie steht er zu der Sache?«

»Ob es überhaupt einen Schatz gibt? Er meinte, das sei kompletter Blödsinn, und sagte, ich solle mich selbst davon überzeugen. Deswegen hat er uns ja auch all die Unterlagen zukommen lassen.« Kutschbauer legte die Hand auf den Stapel Papiere, die Dakota so begeisterten. »Ich werde sie mir heute Abend in Ruhe anschauen.«

Das Telefon klingelte. »Kutschbauer, Polizeistation Borkum.« Er hörte eine Weile zu. »Im Ernst?«

Etwas war passiert, man hörte es am Ton.

»Wie bitte?« Er lauschte eine Zeit lang in den Hörer und bedachte seine Kollegen mit bedeutungsvollen Blicken. »Schicken Sie es mir sofort rüber? Danke. Was?« Wieder hörte Kutschbauer eine Weile zu. »Das ist faszinierend. Ja, damit können wir sicher etwas anfangen. Vielen Dank für Ihre Mühe, und wenn Sie mal nach Borkum kommen, rufen Sie mich an. Dann gehen wir zusammen einen trinken.« Kutschbauer lachte. »Ja, auch zwei. Auf Wiederhören.«

»Das war Herr Saathoff vom Staatsarchiv.« Becker hatte die Auricher Vorwahlnummer auf der Nummernanzeige am Apparat erkannt. »Den Mann scheint das Thema ja brennend zu interessieren, wenn er sich um diese Uhrzeit noch im Büro aufhält.«

»Er schickt uns einen uralten Brief.« Kutschbauer griff zur Computermaus und öffnete das E-Mail-Programm. »Die Kopie eines Briefes, um genau zu sein, aus dem Jahr 1614. Da schreibt einer – den Namen habe ich jetzt in der Aufregung vergessen – an seine Freundin, dass er sie bald ehelichen kann und so weiter. Ein Seemann, der an seine Braut geschrieben hat«, wiederholte er. »Und der Name von ebendiesem Seemann findet sich auch in mehreren Gerichtsakten, für die Carola Dörner sich interessiert hat. Er wurde damals wegen Piraterie verurteilt und gehörte angeblich zu den Liekedeelern.«

»Was ist das denn?«, fragte Dakota Wagner.

»Das sind Vitalienbrüder, also Seeräuber der Nord- und Ostsee. Der Mann entging aber wohl der Gefangenschaft und dementsprechend auch«, Kutschbauer fuhr sich schnell mit der Hand unter dem Kinn entlang, »dem Köpfen.«

Die Männer schwiegen einen Moment. Busbooms Phantasie gaukelte ihm kurz vor, wie abenteuerlich es wäre, einen Piratenschatz zu finden. Er würde ihn selbstverständlich melden. Auch wenn es keinen Finderlohn dafür gäbe. Er erinnerte sich an einen Fall, von dem ein Kollege aus der Betrugsabteilung ihm berichtet hatte. Irgendwo in der Nähe von Leer waren vor einigen Jahren antike Münzen gefunden worden. Nun galt in den meisten Bundesländern für Schatzfunde eine Melde- und Abgabepflicht. Ganz im Sinne des im bedeutendsten Rechtsbuch des Mittelalters, dem »Sachsenspiegel«, festgehaltenen Gewohnheitsrechts: »Jeder Schatz, der tiefer in der Erde vergraben ist, als ein Pflug geht, gehört in die Verfügungsgewalt des Königs.« Auch wenn die Tiefe der Grabung heute keine Bedeutung mehr hatte, historisch wertvolle Funde gingen an den Staat, es sei denn, der Finder konnte beweisen, dass er der rechtmäßige Eigentümer war. Indem er beispielsweise belegte, dass der Schatz einst seinen Vorfahren gehört hatte. Aber wer konnte das schon?

Im Fall des Münzfundes im ostfriesischen Leer hatte der

Finder dergleichen natürlich nicht beweisen können. Deshalb dachte er, es wäre schlau, zu behaupten, er habe die Münzen in Nordrhein-Westfalen ausgegraben. Dort durfte der Finder damals noch die Hälfte des Schatzes behalten, die andere bekam der Grundeigentümer, auf dessen Boden er gehoben wurde. Eine Regelung, die inzwischen geändert wurde. Doch die Polizei kam hinter den Betrugsversuch. Zum einen, weil mit den gefundenen Münzen üblicherweise nur an den Küsten rund um Nord- und Ostsee bezahlt worden war, zum anderen, weil einer der beiden Beteiligten – Busboom meinte sich zu erinnern, dass es der vermeintliche Grundeigentümer war – sich verplapperte.

Wen wunderte es da, dass Carola Dörner ihre Schatzsuche geheim gehalten hatte, so gut es ging? Bei ordentlicher Meldung eines Fundes wäre sie komplett leer ausgegangen. Bis auf Max Zimmer war vermutlich niemand umfassend in ihre Pläne eingeweiht.

»Kutschbauer«, Busboom deutete aufs Telefon, »rufen Sie Ihren Kontakt im Staatsarchiv doch bitte noch mal an. Fragen Sie, ob Frau Dörner jemals in Begleitung eines Mannes dort war.«

»Sie denken an Max Zimmer?«

»Genau. Und schicken Sie ihm ein Foto. Wir müssen den Mann unbedingt finden.«

***

Sebastian hatte Antonio bis zum Hotel begleitet, über Engel jedoch nichts weiter in Erfahrung bringen können, als dass dieser wirklich am Leben war.

Der alte Sack hatte ihn reingelegt.

Danach war er zurück ins »Matrix« gegangen, um auf den Schreck erst mal ein Bier zu trinken.

Wütend knallte er die Faust auf den Tresen. Dieser verfluchte Engel, am liebsten würde er ihm sofort eins auf die Nase geben.

»Hey, was soll das?« Die Bedienung war sofort zur Stelle.

»Entschuldigung.« Sebastian schenkte dem hässlichen Mädchen ein gewinnendes Lächeln.

»Blödmann«, murmelte sie, warf das Geschirrtuch auf den Tresen, klatschte mit ihrem Kollegen ab, der die Schicht übernahm, und verließ das Lokal.

Sebastian schaute ihr nach, ehe er bei dem Barmann ein weiteres Bier bestellte.

»Kommt sofort, Max«, sagte dieser.

»Ich heiße nicht Max«, rief Sebastian. »Wie kommt ihr nur alle auf den Gedanken?«

»Kein Grund, gleich laut zu werden.«

***

Hubert Engel stand am Fenster und schaute auf die Promenade. Den Mann, der eben in Begleitung des Italieners Antonio die Treppenstufen vom unteren Promenadendeck heraufkam, kannte er. Seit heute wusste er sogar seinen Namen: Sebastian Friedland, Erpresser und/oder Polizeispitzel sowie Neffe des kommissarischen Dienststellenleiters der Borkumer Polizei.

Beinahe hätte er einen Schritt zurück gemacht, doch durch die Gardinen hindurch war er auf seinem Beobachtungsposten von unten unmöglich zu erkennen.

Engel fühlte sich betrogen. Er war sicher, Antonio hatte Friedland verraten, dass er noch am Leben war. Wenn dieser das nicht schon längst gewusst hatte.

Er verfolgte Sebastians Weg, bis sein Erpresser an der oberen Bubertstraße nicht mehr zu sehen war. Engel beschloss, vorerst die gleiche abwartende Position einzunehmen wie bisher. Zwar wusste er mittlerweile aus verlässlicher Quelle, dass Erika Beckers Neffe kein Polizist war. Dennoch bestand die Möglichkeit, dass er mit der Polizei zusammenarbeitete. Andererseits konnte er sich kaum vorstellen, dass die Angelegenheit überhaupt eine Polizeisache war. Zu lange her.

Würden die einen Grund sehen zu ermitteln, dann hätten sie es bereits damals getan.

Und wenn sie doch ermittelten, würde der Polizist dann mit einem Zivilisten zusammenarbeiten? Mit Sicherheit nicht offiziell.

Nein, entschied Engel. Der junge Mann handelte in eigener Sache. Vermutlich hatte seine Tante ihm ein paar Dinge erzählt, und er reimte sich nun seinen Teil zusammen, um Geld aus der Sache zu schlagen. Wäre Engel ein Erpresser, wäre er ähnlich verfahren.

Wieder kam ihm der Gedanke, dass es vielleicht das Beste wäre, einfach abzureisen. Nur, wie sollte er das seiner Frau erklären?

NEUN

Die Antwort von Herrn Saathoff, ob er den Mann auf dem Foto, das Max Zimmer zeigte, in Begleitung von Carola Dörner im Staatsarchiv gesehen hatte, war am kommenden Morgen immer noch nicht eingetroffen.

Dafür hatten sie jetzt die endgültigen Ergebnisse aus der Rechtsmedizin.

Todesursache war eine Überdosis an Insulin, zudem wies die Tote vereinzelt blaue Flecken auf, die entgegen der ersten Annahme auf einen Kampf oder eine Rangelei hindeuteten. Berücksichtigte man den Umstand, dass die mutmaßliche Tatwaffe in der Museumstoilette gefunden worden war, in der Carola Dörner sie kaum selbst versenkt haben konnte, handelte es sich mit an Sicherheit grenzender Wahrscheinlichkeit um Mord. Was wenig überraschend war, wenn man es genau betrachtete.

Eine Reinigungskraft aus der Klinik brachte schließlich Schwung in die Ermittlungen. Busboom kam mit einem Becher Kaffee in der Hand aus dem Aufenthaltsraum und blickte auf ein Schmuckstück, das Becker in die Höhe hielt.

»Kommen Sie, Herr Busboom.« Becker winkte ihn näher zu sich heran.

Busboom trat an den Empfangstresen, wo die Kollegen ihm bereitwillig Platz machten. Becker hatte die Brosche – oder handelte es sich um eine Gürtelschnalle? – auf dem Tresen abgelegt. Das Schmuckstück war dem Anschein nach uralt, golden und müsste dringend von einem Fachmann gereinigt werden. Es lag neben einer antik wirkenden Landkarte.

»Wo kommen diese Sachen her?«

»Das ist Frau Bente«, entgegnete Becker, ohne auf die Frage einzugehen. Er deutete auf eine dunkelhaarige Frau, sehr ernst, etwa vierzig Jahre alt und offensichtlich wenig begeistert, dass so viele Polizisten vor ihr standen. Busboom hatte sie gar nicht bemerkt. Sie nickten einander zur Begrüßung zu. »Frau Bente ist Reinigungskraft in der Nordseeklinik«, erklärte Becker. »Und sie hat das da in Carola Dörners Zimmer gefunden.«

»Wo?«, fragte Busboom.

»Es lag oben auf dem Kleiderschrank«, erklärte Frau Bente mit triumphierendem Gesichtsausdruck.

Becker und Kutschbauer wechselten einen Blick. *Auf* dem Schrank hatte keiner von ihnen nachgeschaut. Sehr nachlässig.

»Wir putzen eben überall«, versicherte Frau Bente stolz, »und das jeden Tag.« Sie machte ein Gesicht, als glaubte sie, was sie da behauptete. Nach Busbooms Erfahrung stand eher zu vermuten, dass sie aus Neugierde gezielt nach Hinweisen gesucht hatte, die von der Polizei übersehen worden waren. Zumal der Raum versiegelt gewesen war und sie das Zimmer gar nicht hätte betreten dürfen. Wie auch immer, sie hatte ihren Fund gemeldet.

»Herzlichen Dank, Frau Bente. Sie haben uns sehr geholfen.«

»Das will ich meinen. Gibt es einen Finderlohn?« Sie legte ihre Hand auf die Landkarte. Die schien ihr wichtiger als das Schmuckstück zu sein.

»Für ein altes Stück Papier?«

»Für den Schatz, den Sie mit Hilfe dieses Planes finden werden.« Sie hielt Busbooms Blick stand, sichtlich entschlossen, sich nicht abwimmeln zu lassen.

»Welchen Schatz?«, mischte Becker sich ein.

»Den, von dem alle reden.«

Sie hätten es wissen müssen. Auf Borkum war das Wort eben schneller als der Mann. Vermutlich überlegten bereits einige Insulaner, wo sie ihre Spaten hingeräumt hatten. Bald würden die ersten Leute mit Schaufeln die Woldedünen umgraben.

»So einen Schatz gibt es nicht«, behauptete er, in der Hoffnung, sein Gesichtsausdruck würde die Aussage glaubhaft untermauern.

»Und was ist mit dem goldenen Ding da? *Sie* mögen vielleicht daran zweifeln, aber wenn ich mir Ihren jungen Kollegen so ansehe«, sie deutete auf Kupke, dessen Wangen vor Aufregung glühten, »stimmt er mir zu, dass ein Piratenschatz oder wenigstens ein Teil davon gefunden wurde.«

»Danke für Ihre Hilfe«, wiederholte Busboom freundlich, aber bestimmt und schaute zu Kutschbauer hinüber. Der verstand sofort.

»Kommen Sie, Frau Bente. Ich protokolliere Ihre Aussage, und dann können Sie vorerst gehen.« Er bedeutete der Frau, ihm in sein Büro zu folgen.

»In jedem Fall will ich für beides«, ihre Hand lag immer noch auf dem Lageplan, »eine Quittung. Wenn kein rechtmäßiger Eigentümer ermittelt wird, bekomme ich die Sachen, oder?«

»So ist es. Ich stelle Ihnen gern eine Bescheinigung aus«, versprach Kutschbauer.

Sie zögerte immer noch. Vermutlich bereute sie, den Fund abgegeben zu haben, obwohl Busboom ihr zutraute, dass sie von dem Plan eine Kopie gemacht hatte.

Kutschbauer schenkte Frau Bente ein Lächeln, dem nur wenige Frauen widerstehen konnten und das sie sichtbar versöhnlich stimmte. Sie folgte ihm.

»Ich mache ein paar Fotos«, Becker hatte sein Handy bereits in der Hand, »und schicke sie unserem Mann im Staatsarchiv. Hoffentlich ist der schon im Dienst. Dann kann ich ihn auch gleich anrufen und fragen, ob er Max Zimmer gesehen hat.«

»Gute Idee.« Busboom nahm das Schmuckstück in die Hand. Es wog schwer. Er hatte wenig Ahnung von Schmuck und konnte unmöglich sagen, ob es ein antiker oder ein auf alt getrimmter Gegenstand war. Auch ob das Material aus reinem Gold war, wusste er nicht, das musste ein Goldschmied feststellen. Eine Zahl, die den Goldgehalt angab, war jedenfalls nirgends eingestanzt.

Doch die Schätzung musste warten. Wenn er jetzt den hiesigen Juwelier aufsuchte, gäbe er dadurch ungewollt den endgültigen Startschuss zur allgemeinen Schatzsuche.

»Es meldet sich niemand«, sagte Becker und legte den Hörer auf. »Soll ich die Privatanschrift raussuchen? Vielleicht hat er ja heute frei.«

»Gute Idee. Wenn Sie seine Anschrift und private Telefonnummer haben, vergleichen Sie sie bitte mit Carola Dörners Handydaten.«

Becker verstand sofort, worauf Busboom hinauswollte. Sollten Saathoff und Dörner engeren Kontakt miteinander gehabt haben, würde Busboom Ariana Peters, die in diesem Moment vermutlich in ihrem Büro saß, zu einer Befragung zu ihm schicken. Ihrem Urteil konnte er vertrauen. Er glaubte zwar nicht, dass Saathoff in der Sache mit drinsteckte, aber ausschließen durfte er das auf keinen Fall. So oder so würde er Ariana beauftragen zu überprüfen, wo der Mann in der Mordnacht gewesen war.

Kupke hob leicht die Hand, als müsste er darum bitten, das Wort zu erhalten. »Chef? Frau Baumann aus dem Museum kann uns sicher sagen, ob das ein antikes Stück ist.«

»Ich denke, damit sollten wir noch warten«, meinte Busboom. Nur konnte er nicht sagen, warum. Reines Bauchgefühl?

***

»Wagner, Polizeistation Borkum. Was kann ich für Sie tun?« Dakota hörte zu, ohne den Anrufer zu unterbrechen. »Verstehe. Sie wurden bestohlen, ich habe es notiert. Ist der Dieb noch im Haus? – Gut. Ich schicke sofort einen Kollegen.«

Sie legte auf und sah zu Kupke. »Andreas, erneuter Diebstahl im Dykhus.«

»Mann, da ist ja richtig was los. Was wurde denn diesmal geklaut?«

»Ein Haufen alter Klamotten. Fahr bitte hin.«

»Och nee, muss das sein?«

»Ich mache es gern selbst, aber dann übernimmst du hier das Tagesgeschäft.«

»Was ist mit Kutschbauer?«

»Der ist noch mal in die Klinik gefahren. Wegen dem Siegel an der Tür.«

»Ab ist ab. Was will er da noch tun?«

»Weiß ich doch nicht.«

So radelte Kupke mit dem Fahrrad zum Dykhus und sprach mit Herbert Klüwer. Der sagte, er habe den Diebstahl kurz nach Antritt seines Dienstes entdeckt.

»Sie haben doch sonst die Nachmittagsschicht«, stellte Kupke fest, »oder?«

»Das wechselt gelegentlich. So wie jeder von uns Zeit hat. Frau Baumann fühlt sich heute unwohl, darum habe ich sie vorhin abgelöst.«

Kupke begutachtete den Raum, in dem ein Teil der ausgestellten Kleidung fehlte, und gab das Ergebnis anschließend telefonisch an Kutschbauer weiter.

Der sagte es Busboom.

»Die komplette Borkumer Tracht wurde gestohlen? Das sind mir zu viele Ereignisse im Museum«, befand Busboom und informierte Kutschbauer, der eben aus der Nordseeklinik zurückgekehrt war. Ihn schickte er mit einem Foto von der Brosche und der Karte, die auf Carola Dörners Kleiderschrank gefunden wurde, zu Charlotte Baumann nach Hause. Kutschbauer sollte fragen, ob sie etwas zu der verschwundenen Tracht sagen konnte. »Und befragen Sie sie zu dem Schmuckstück und der Karte. Würde mich nicht wundern, wenn Letztere aus dem Museum stammt.«

***

Kutschbauer klingelte am Haus seiner ehemaligen Lehrerin. Seit seiner Schulzeit hatte sich hier wenig verändert. Die Haustür war dieselbe wie früher, aus Holz, grün angestrichen und mit einem kleinen Fenster darin. Nur der Postkasten schien neu zu sein. Vermutlich musste sich Frau Baumann jedes Jahr im Januar einen neuen kaufen, da der vorherige von ihren

Schülern zu Silvester mittels Feuerwerkskörper in die Luft gesprengt wurde. Er selbst hatte das zusammen mit einem Kumpel auch schon getan.

Frau Baumann öffnete und nickte schweigend als Erwiderung auf seinen Gruß.

»Ich hab da noch ein paar Fragen«, sagte Kutschbauer. Er ignorierte ihren Gesichtsausdruck, der besagte, es sei nervig, alles doppelt und dreifach zu erzählen, und schloss daraus, dass Klüwer sie über die neuesten Ereignisse im Museum noch nicht informiert hatte.

Sie gab ihm ein Handzeichen, ihr durch den langen dunklen Flur bis in die Küche zu folgen, die zum Garten hinausging. »Einen Espresso?«

Ein Monster von Kaffeemaschine zischte und gurgelte auf der Küchenarbeitsplatte. Mit dem Zeigefinger deutete sie auf einen der Stühle. Kutschbauer nahm gehorsam Platz.

»Danke, Frau Baumann. Mit viel Zucker.«

»Mach ich doch gern, Herr Kommissar.«

Kommissar? Sollte Charlotte Baumann ihren ehemaligen Schüler endlich für fähig genug halten, seine Arbeit ordentlich erledigen zu können? Sie stellte eine winzige Espressotasse unter die Kaffeemaschine und drückte einen Knopf. Es zischte und brodelte erneut, und ein angenehmer Kaffeeduft legte sich über den Parfümgeruch, von dem seine frühere Lehrerin seiner Meinung nach viel zu viel aufgetragen hatte.

»Es gab einen erneuten Vorfall im Museum«, sagte er.

»Noch eine Leiche?« Es klang spitzzüngig.

»Nein, zum Glück keine weitere Tote. Diebstahl. Es geht um eine der Schaufensterpuppen.«

»Die aus dem Wohnzimmer?«

Es gab nur zwei, ein Männlein und ein Weiblein in Borkumer Tracht, und die Figuren standen beide im Wohnzimmer. Die weibliche Puppe saß auf dem Sofa, die männliche stand daneben.

»Genau die. Eine ist jetzt nackt.«

»Die Tracht sollte schon vor Wochen gereinigt werden.

Sicherlich hat die Putzfrau sie ausgezogen und nur vergessen, es Klüwer zu sagen.«

»Nein. Herr Klüwer hat bereits mit ihr gesprochen. Sie hat die Puppe nicht angefasst. Als Sie zuletzt im Museum waren, war noch alles normal?«

»Selbstverständlich. Ich merke sofort, wenn eine nackte Schaufensterpuppe herumsteht.«

»Es kann also nicht sein, dass die Tracht während Ihrer Anwesenheit gestohlen wurde.«

»Niemals. Das hätte ich bemerkt. Das ist schließlich ein kompletter Arm voll Stoff, der hinausgetragen werden muss.«

»Sitzen Sie im Dienst die ganze Zeit hinter der Kasse?«

»Gott bewahre, wo denkst du hin? Dann bekäme ich ja nichts geregelt. Ich gehe fast täglich mit einem Lappen durch die Räume. Es sind die Glasvitrinen. Die Kinder grabbeln mit ihren Fingern überall dran herum. Die Flecken müssen abgewischt werden, ebenso der Staub. Nur weil alles alt ist, muss es ja nicht dreckig sein.«

Dass dafür eine Putzfrau angestellt war, ließ Kutschbauer unerwähnt.

»Dann ist es also möglich, das Museum unbemerkt mit Diebesgut zu verlassen.«

»Nicht, wenn ich Dienst habe«, beharrte Charlotte Baumann und starrte ihn so zornig an wie damals, als er ihr ein Furzkissen auf den Stuhl gelegt hatte. Doch sie wussten beide, wenn sie sich in der Vogelhalle aufhielt oder im Raum, in dem das Rettungsboot aufgebockt war, konnte sie unmöglich sehen, ob und mit was in der Hand jemand das Haus verließ.

»Noch nie ist während meiner Schicht etwas abhandengekommen.«

»Das glaube ich gern, aber ...«

»Kein Aber, Bernhard Kutschbauer. Das muss geschehen sein, nachdem Herbert Klüwer mich heute Morgen abgelöst hat. Was sagt er, wann hat er seine Runde durchs Haus gedreht?«

»Vor etwa einer Stunde.«

Sie kniff kurz die Lippen zusammen. »Wie ist der Espresso?«

»Wunderbar. Aber Sie lenken ab. Das muss doch etwas bedeuten? Erst die Tote, dann fehlt ein Lageplan und nun die Tracht.«

»Ich denke, das eine hat mit dem anderen nichts zu tun.«

»Ist denn etwas Besonderes an der Tracht?«

»Welche ist denn verschwunden?«

»Die der Frau.«

»Nun.« Frau Baumann setzte sich. Sie schien sich etwas beruhigt zu haben. »Das Ohreisen, das die Haube auf dem Kopf hält, sieht auf den ersten Blick so aus, als wäre es aus reinem Gold. Was ja früher auch der Fall war. Die heutigen bestehen aber aus Messing, genau wie unser Artefakt. Das müsstest du eigentlich wissen. Du warst doch mal in der Trachtengruppe. Ich habe dich einige Male tanzen gesehen.«

»Ist eine Weile her, Frau Baumann.«

»Die Ohreisen im Museum sind im Gegensatz zu denen, die die Frauen heute noch tragen, natürlich sehr alt. Kleid, Tuch und Schürze sind ebenfalls von anno dazumal und aus Stoffen, die heute kaum noch hergestellt werden. Sie sind vom damaligen Gebrauch recht fadenscheinig. Zum Tragen ungeeignet, da müsste man Angst haben, dass die Nähte aufreißen. Deswegen werden sie auch nur ganz selten gereinigt. Meistens waschen wir nur das Schultertuch, die Schürze und die Haube. Letztere sind schneeweiß und vergilben durch Staub und Fliegendreck recht schnell. Ich möchte nicht wissen, wie viele Hände da auch anfassen, wenn ich nicht hinschaue. Man erkennt es an den Rändern der Schürze, aber deswegen sind Sie nicht hier.«

Frau Baumann wechselte vom Du zum Sie und wieder zurück, was Kutschbauer einerseits stolz machte, andererseits aber irritierte.

»Also hat die Tracht keinen Wert?« Er wusste es selbst, fragte aber vorsichtshalber nach.

»Nur im ideellen Sinn.«

»Bitte denken Sie genau nach. Sind Ihnen im Museum irgendwelche Leute in letzter Zeit besonders aufgefallen?«

»Nein.«

Kutschbauer zeigte ihr ein Foto von Max Zimmer.

»Den Mann habe ich nie gesehen. Ist das der Mörder?«

»Wir wissen es nicht.«

»Unsinn«, sagte Charlotte Baumann. »Warum sonst zeigst du mir das Bild? War das alles? Mir geht es nicht gut.« Kurz rieb sie ihre Stirn, als hätte sie Kopfschmerzen.

»Oh, eines noch.« Kutschbauer wischte auf seinem Handy herum und zeigte ihr ein weiteres Bild.

»Kann man das auch größer machen?«

Kutschbauer tat es. »Haben Sie so etwas schon mal irgendwo gesehen?«

Um die Brosche, wenn es denn eine war, zu betrachten, nahm sie sich wesentlich mehr Zeit als für das Foto von Max Zimmer.

»Ein schönes Stück. Habe ich aber noch nie gesehen.«

»Könnte das Schmuckstück etwas mit Borkums Vergangenheit zu tun haben?«

»Das weiß ich nicht. Ich bin keine Schmuckexpertin.«

Kutschbauer wunderte das, da im Protokoll ihrer Aussage von Andreas Kupke explizit das Zitat »Diamantsplitter, in der Mitte ein Granat« angegeben wurde. Diesen Ring hatte Carola Dörner an ihrem Finger getragen, als man sie fand.

»Dennoch konnten Sie die Steine am Ring von Carola Dörner als Diamantsplitter und Granat identifizieren.«

»Das eine hat mit dem anderen nichts zu tun. Ob Steine echt sind oder etwas antik ist, ist ein himmelweiter Unterschied.«

»Wenn Sie das sagen.« Kutschbauer zeigte ihr das Foto der Flurkarte. »Und die hier? Ist das die Karte, die aus der Vitrine gestohlen wurde?«

Charlotte Baumann warf einen kurzen Blick darauf und schüttelte den Kopf. »Nein, nie gesehen«, entgegnete sie, stand auf und ging zur Tür. Kutschbauer war entlassen.

Ihn wunderte, dass sie über die Karte nicht mehr erfahren

wollte. Sie war definitiv alt, und es wäre schön, das Original im Museum ausstellen zu dürfen. Was ihre angebliche Unkenntnis bezüglich des Schmuckstücks anging, darüber würde er sich mit Busboom unterhalten.

∗

Kurz nachdem Kutschbauer gegangen war, verließ auch Charlotte Baumann ihr Haus und radelte zum Heimatmuseum. Sie wollte unbedingt von Klüwer persönlich erfahren, was mit der Schaufensterpuppe geschehen war.

Das Dykhus lag im historischen Teil der Insel, am Fuße des alten Leuchtturmes, der seit über vierhundert Jahren das Bild Borkums prägte. Er war umgeben von einem Friedhof, auf dem aber seit Ewigkeiten niemand mehr begraben worden war, was einige Fremdenführer gern für einen Witz missbrauchten. »Die Insulaner werden sehr alt. Schon lange hat niemand mehr das Zeitliche gesegnet. Das sehen Sie an den Sterbedaten auf den Grabsteinen«, machten sie den Touristen gern weis. »Es ist ewig her, dass hier das letzte Mal jemand beerdigt wurde.«

Nur wenige konnten über den Witz lachen. Charlotte Baumann gehörte nicht dazu. Und sie wollte keinesfalls auf einem der beiden anderen Friedhöfe der Insel beerdigt werden. Schon gar nicht neben ihrem Norbert. Da ging sie lieber ins Wasser. Für eine anständige Seebestattung hatte sie bereits gespart. Doch es konnte noch dauern, bis es dazu kam. Sie beabsichtigte, noch lange zu leben. Wer sonst sollte sich um das Museum kümmern? Der Trottel Klüwer würde allein keine Woche durchhalten.

»Herbert Klüwer!«, rief sie bereits an der Eingangstür zum Dykhus. Er musste da sein, denn die Tür war unverschlossen, doch es dauerte, bis sie ihn gefunden hatte. Kein Wunder, dass Leute ungesehen ins Museum kommen konnten, wenn er sich wer weiß wo herumtrieb.

Schon von der Museumsküche aus konnte sie erkennen, dass die weibliche Trachtenpuppe nicht wie gewohnt auf dem

Sofa saß, sondern neben der männlichen Puppe stand. Was erzählte Bernhard Kutschbauer denn da? Die Puppe trug doch all ihre Kleider, obgleich bei genauerer Betrachtung zwei Teile fehlten. Und sie gehörte zurück aufs Sofa, doch das musste noch ein paar Minuten warten. Dabei musste Klüwer ihr helfen.

»Herr Klüwer!«, rief sie erneut und suchte weiter.

Sie fand ihn bei ihrer zweiten Runde durchs Haus, als sie rufend die Walhalle durchquerte und zur ersten Etage hochblickte. Er lehnte am Geländer und schaute hinab auf das unter ihm hängende Skelett des Wales.

»Was schreien Sie so rum?«

Sicher hatte er sie extra zweimal durchs Haus laufen lassen, ohne sich zu melden.

»Weil Sie schlecht hören.«

Klüwer gestattete sich ein leichtes, herablassendes Lächeln. »Ich höre recht gut. Was ist los? Was wollen Sie?«

»Erzählen Sie mir von der Puppe.« Charlotte Baumann verschränkte störrisch die Arme vor der Brust. Sie würde nicht die Treppen hochsteigen. Klüwer hatte gefälligst nach unten zu kommen.

Schwerfällig stieg ihr Kollege zu ihr herab. Im Kartenverkaufsraum berichtete er endlich vom Auffinden der nackten Schaufensterpuppe. »Das Kleid habe ich übrigens vorhin in einer der Seemannskisten wiedergefunden«, sagte er und war auch noch stolz darauf. »Alles da, bis auf die Brosche und das Ohreisen.«

»Das habe ich gesehen. Haben Sie es schon der Polizei gemeldet?«

»Wollte ich eben tun.«

Wer's glaubte.

»Das mache ich«, bestimmte Charlotte Baumann.

Klüwer schaute trotzig, als wollte er sagen: Ist doch egal, was ich mache, der gnädigen Frau passt es ja ohnehin nicht, und wandte sich ab, da jemand das Haus betrat.

Ohne ein weiteres Wort überließ Charlotte Baumann ihm

die Kundschaft und ging ins Museumswohnzimmer. Sie trat an die Puppe heran und zupfte am Hals das Schultertuch und in der Taille die Schürze zurecht. Um das Tuch vor der Brust zusammenzuhalten, hatte Klüwer den Stoff mit einer Sicherheitsnadel zusammengesteckt, normalerweise erfüllte die fehlende Brosche diesen Zweck. Sie schob der Puppe das Häubchen aus der Stirn. Es wäre fast nach hinten weggerutscht, weil ja das Ohreisen, das die spitzenbesetzte Haube auf dem Plastikkopf festhielt, ebenfalls fehlte. Dann erst merkte sie, dass die Puppe keine Haare hatte. Wo war die Perücke?

Was um Himmels willen wollte der Dieb mit der Brosche, dem Ohreisen und einer Perücke? Der Materialwert des Metalls und der Haare betrug vielleicht dreißig Euro. Und der ideelle Wert? Mehr als ein- oder zweihundert auf keinen Fall. Das bezahlten die Mitglieder der Trachtentanzgruppe für Ohreisen und Brosche, wenn sie sich welche anfertigen ließen.

Sie beschloss, die Puppe vorerst so stehen zu lassen, und wollte das Haus eben wieder verlassen, hatte sogar schon die Türklinke in der Hand, als sie es sich anders überlegte. Klüwer war in der ersten Etage gewesen. Sie traute ihm zu, wenigstens die Perücke irgendwo hingekramt zu haben. Vor ihrem inneren Auge sah sie ihn, wie er die Sachen aus der Kapitänskiste nahm, die falschen Haare in die eigene Hosentasche steckte und die Klamotten über seinen Arm legte. Vielleicht war er mit der Brosche ähnlich verfahren und hatte sie ganz in Gedanken an irgendeiner Stelle abgelegt. Mühsam erklomm sie die Stufen.

Oben angekommen, schaute sie über das Geländer nach unten. Dort, am Fuß der Treppe, stand Klüwer.

Wie er sie ansah, gefiel ihr gar nicht.

***

Hubert Engel wollte eben das Hotel verlassen, als er gerade noch rechtzeitig seinen Erpresser vor dem Hoteleingang herumlungern sah. Dem wollte er nicht unbedingt begegnen.

Von früheren Erkundungstouren und Ermittlungen im

Hotel – er hatte schon zwei Diebstähle aufklären können – kannte er jeden Schleichweg im Haus. Von der Hotelküche über die den Gästen zur Verfügung stehenden Freizeiträume und die Kellerräume bis hin zu den Unterkünften der Saisonmitarbeiter unter dem Dach hatte er alles gesehen. Also auch den Hinterausgang, den daran anschließenden Hof und die Abstellmöglichkeiten für die Müllcontainer.

Er verließ das Hotelgrundstück und meinte, unbemerkt bis zur Ecke Goethestraße gekommen zu sein. Dort angelangt, schaute er sich um, konnte Sebastian Friedland jedoch nirgends ausmachen, da zu viele Menschen auf der Straße liefen. Bürgersteige nutzten die Fußgänger nur, wenn sie gelegentlich von einem Fahrradfahrer angeklingelt wurden, ansonsten war diese Gegend im Sommer für Autos gesperrt – zumindest für diejenigen, die keine Sondererlaubnis besaßen. Schließlich konnte man von einem Lebensmittelspediteur schlecht verlangen, dass er seine Waren auf einem Handwagen in die Geschäfte lieferte.

Engel lief weiter in Richtung Gezeitenland und bog in die Bismarckstraße ein. Hier waren so viele Menschen entweder unterwegs zum Strand oder wieder zurück, dass es ihm schwerfiel, den Überblick zu behalten. Einen eventuellen Verfolger konnte er dennoch nicht entdecken.

Sein Weg führte ihn über die Bahngleise hinweg in den alten Dorfkern zum Museum. Er hatte sich beim Hotelpersonal nach der Toten erkundigt, schließlich war er Hobbydetektiv und wollte auf andere Gedanken kommen. Obgleich die Gerüchte brodelten – man hielt die Frau für eine Schatzsucherin –, war nur wenig Verwertbares dabei herausgekommen. Er hoffte, bei einem erneuten Besuch im Museum diesmal etwas mehr über die Tote zu erfahren.

Im Dykhus war wenig los. Kein Wunder in Anbetracht des schönen Wetters. Engel schlenderte durch die Räume und hielt sich lange in der Walhalla auf, da man von hier aus in alle Richtungen den besten Überblick hatte.

Die resolute Dame des Hauses, eine ehemalige Lehrerin,

wie er von Mara erfahren hatte, kam zur Eingangstür hereingerauscht wie ein mächtiges Segelschiff, das eine große Welle vor sich herschob. »Brandung vor dem Bug«, sagten die Borkumer dazu, wenn man jemandem ansah, dass er wütend war. Und sie schien sehr aufgebracht zu sein.

»Herbert Klüwer«, brüllte sie, und Engel folgte ihr in sicherem Abstand neugierig gleich zweimal durchs Museum. Dann endlich hatte sie Herrn Klüwer gefunden. Die beiden waren sich nicht grün, das konnte man sehen und hören. Wie er dem Schlagabtausch entnahm, waren nach dem Auffinden einer Toten auch noch einige Ausstellungsstücke aus dem Haus gestohlen worden. Und Engel bemerkte noch mehr. Klüwer redete, als wollte er in Wirklichkeit etwas ganz anderes sagen. Der Mann hatte Angst vor seiner Kollegin – oder zumindest gehörigen Respekt, das hörte Engel ganz deutlich. Trotzdem gab er sich herablassend, was die Frau noch wütender machte. Blieb die Frage, warum er sie so reizte.

Die ehemalige Lehrerin schien genug gehört zu haben, sie marschierte in Richtung des Wohnzimmers, in dem die gestohlenen Sachen ausgestellt gewesen waren. Was sollte er tun? Ihr folgen? Oder bleiben und den Mann ausfragen? Nein.

Lieber hielt er sich erst einmal unauffällig in Klüwers Nähe auf. Er konnte beobachten, wie der ältere Mann nach ein paar Minuten seinen Platz im Kassenraum wieder verließ, etwas aus der Hosentasche zog, ins museale Wohnzimmer ging und es unter das Brusttuch der weiblichen Schaufensterpuppe steckte.

Engel wartete, bis Klüwer wieder weg war, ehe er über das Absperrseil stieg und dicht an die Puppe herantrat. Unter dem bunten Schultertuch entdeckte er eine Perücke, was ihm sonderbar erschien. Er zupfte alles wieder ordentlich zurecht, sodass man die falschen Haare nicht sah. Was für einen Grund es haben mochte, dass Klüwer eine Perücke versteckte, war ihm schleierhaft.

Seinen Erpresser für heute fast vergessend, hatte Engel nun etwas, worüber er nachdenken konnte.

Er verließ das Haus, um zum Hotel zurückzugehen.

Engels Grübelei machte ihn unaufmerksam. Noch vor einigen Jahren wäre ihm so ein Fauxpas niemals passiert. Vor dem Hoteleingang stand ein Taxi mit laufendem Motor. Nichts Ungewöhnliches, doch in dem Moment, als er es erreichte, drehte sich ein Mann, der einige Meter weiter vorn auf dem Bürgersteig stand, zu ihm herum. Sebastian Friedland.

Hubert, du wirst alt, dachte Engel, sperr mal lieber die Augen auf. Doch nun war es zu spät, er musste das Beste daraus machen. Erhobenen Hauptes ging er am Taxi vorbei.

Nichts passierte. Niemand hielt ihn auf, rief seinen Namen oder bedrohte ihn. Mit einer entsprechenden Geste, einer erhobenen Faust oder einer Bewegung der flachen Hand, als ob man jemandem die Kehle durchschneiden wollte, hätte er etwas anfangen können. Doch der junge Mann stand einfach nur da und glotzte ihn an. Oder sah er gar durch ihn hindurch? Dafür hatte er doch wohl nicht so lange vor dem Hoteleingang herumgelungert?

Engel kam der Gedanke, dass Sebastian vielleicht gar nicht auf ihn gewartet hatte, sondern aus einem anderen Grund hier war. Nur was konnte das sein?

Für den Bruchteil einer Sekunde fühlte Engel sich beleidigt. War er für seinen Erpresser etwa so unscheinbar und unwichtig geworden, dass der ihn nicht einmal mehr anschaute?

Nein, das konnte nicht sein. Der junge Mann war nicht eben das hellste Köpfchen, das hatten ja schon die Erpresserbriefe und seine Inkonsequenz in Bezug auf den Geldübergabeort bewiesen. Sebastian Friedland musste von seinem Auftauchen schlicht und einfach zu überrascht gewesen sein, um reagieren zu können.

Wie auch immer, genügend Stoff zum Grübeln.

Engel erklomm die Stufen zum Hotel. Auf der obersten blieb er stehen, um sich noch einmal nach Sebastian Friedland umzusehen. Sein Erpresser war verschwunden. Stattdessen wurde er Zeuge der Abreise eines Paares, dessen Koffer eben vom Taxifahrer in den Kofferraum eingeladen wurden.

»Honeymoon.«

Maras Stimme dicht neben seinem Ohr ließ ihn erschrocken herumfahren. Sie hatte den Blick ebenfalls auf das Pärchen gerichtet und lächelte versonnen.

»Das ist so romantisch! Es heißt, die beiden haben sich hier auf der Insel kennengelernt und sind zur Feier des Jahrestages für ein paar Tage zurückgekommen. Ist das nicht schön?«

»Ja, sehr«, sagte Engel.

»Ihre Frau lässt Ihnen ausrichten, Sie habe um fünf einen Tisch im Restaurant Smutje bestellt.«

Engel schaute auf seine Armbanduhr. Wunderbar, da hatte er ja noch viel Zeit. Er würde sich an der Hotelbar einen Whisky genehmigen. Den hatte er jetzt nötig.

ZEHN

Busboom hatte nun doch beschlossen, mit der Brosche zum Juwelier zu gehen. Allerdings gelang es ihm nicht.

»Max Zimmer ist aufgetaucht«, rief Dakota ihm entgegen, mit vor Aufregung ganz roten Wangen. »Die Pensionswirtin hat eben angerufen und gesagt, er sei auf sein Zimmer gegangen.«

»Na dann«, sagte Busboom. »Nix wie hin.«

»Ich darf mit?«

»Ja, kommen Sie.«

Frau Schnieder stand, ganz in Schwarz gekleidet, in der offenen Haustür und erwartete sie.

»Sind Sie die Polizei?«, fragte sie Busboom, obwohl Dakota Wagner in Uniform neben ihm stand.

»Focko Busboom, Kriminalhauptkommissar«, stellte er sich vor.

»Er ist auf seinem Zimmer. Ich zeige Ihnen, wo es ist.«

»Danke.«

Sie folgten Frau Schnieder bis zu Max Zimmers Tür.

Busboom klopfte an. Kaum ertönte das »Herein«, hatte er die Tür auch schon geöffnet. »Herr Zimmer? Mein Name ist Focko Busboom. Ich bin von der Kriminalpolizei, das ist meine Kollegin Frau Wagner.«

Max Zimmer wirkte überrascht, aber nicht beunruhigt. Er sah ganz anders aus als auf den Fotos, die sie von ihm besaßen. Auf den Bildern hatte er lange dunkle Locken und einen Vollbart. Der Mann, der ihnen nun gegenüberstand, trug die Haare sehr kurz und war glatt rasiert. »Kriminalpolizei? Wie kann ich Ihnen helfen?«

»Es geht um Carola Dörner.«

Zimmer runzelte die Stirn. »Ist was passiert?«

»Sie haben es noch nicht gehört?«

»Nein, was denn?« Sein Gesichtsausdruck wirkte weder gekünstelt noch verstellt. »Was ist geschehen?«

»Sie ist tot.«

Max Zimmer ließ sich auf das Bett plumpsen. Für Besucher war nur ein Stuhl da, deswegen blieben Busboom und Dakota Wagner stehen.

»Wie kann das sein?«

»Das fragen wir uns auch«, sagte Busboom. »Wir suchen Sie schon eine Weile.«

»Mich?« Das überraschte Max Zimmer.

»Wo waren Sie in der Nacht von Mittwoch auf Donnerstag?«

»Ist sie da gestorben?«

»Ja.«

»Und wo ist sie gestorben? Hier auf der Insel?«

»Ja, im Museum.«

»Was wollte sie denn dort?«

»Das ist eine gute Frage. Sagen Sie es uns.«

»Keine Ahnung. Woher soll ich das wissen?«

»Sie haben meine Frage nicht beantwortet.«

»Ach ja? Welche?«

Busboom hasste es, wenn alle seine Fragen mit einer Gegenfrage beantwortet werden. »Wo waren Sie …«

»Von Mittwoch auf Donnerstag, sagten Sie?«

»Genau.«

»Da war ich in Düsseldorf.«

Dakota Wagner hob beide Augenbrauen und wollte etwas einwenden, aber Busboom bedeutete ihr mit einem Blick, vorerst zu schweigen. Er wollte die widersprüchlichen Angaben erst einmal sortieren, ehe er Max Zimmer damit konfrontierte.

»Kann das jemand bezeugen?«

»Brauch ich denn Zeugen? Ist sie etwa …«

»Ja.«

»Darf ich fragen, wie?«

»Nein, dürfen Sie nicht. Also?«

»Ich war mit drei Freunden in der Altstadt. Wir haben Jochens Geburtstag gefeiert.«

»Dann brauchen wir die Namen und Anschriften Ihrer Freunde.«

»Und die Geburtsdaten«, fügte Dakota Wagner hinzu, obwohl sie am PC ermitteln konnte, ob dieser Jochen wirklich Geburtstag gehabt hatte.

Max Zimmer nickte. Er wirkte beunruhigt, aber das konnte natürlich an der schrecklichen Nachricht liegen. »Ich habe die Rechnung im Restaurant mit Karte bezahlt. Hilft Ihnen das weiter? Das Essen war mein Geburtstagsgeschenk an Jochen.«

Es würde sein Alibi untermauern, falls die drei Freunde die Angabe bestätigten.

»Wir haben Carola Dörners Insulintasche hier in Ihrem Zimmer gefunden.«

»Hier? Bei mir?« Er sah verwirrt von Busboom zu Dakota Wagner und wieder zurück.

»Ja. Hier in diesem Raum.«

»Aber wann waren Sie denn hier drin?«

»Vorgestern.«

»Das müssen Sie mir erklären. Wie kann das schon vorgestern mein Pensionszimmer gewesen sein, wenn ich doch heute erst angereist bin?«

Er zog seine Geldbörse aus der Hosentasche und öffnete sie. »Hier, meine Schiffsfahrkarte.«

Busboom nahm sie entgegen, warf einen Blick darauf und reichte sie an Dakota weiter. Der Abschnitt für die Anreise fehlte, den hatte der Kontrolleur einkassiert. Auf dem Abschnitt für die Rückreise war ein Datum in der kommenden Woche vermerkt.

»Die ist bereits letzte Woche ausgedruckt worden«, bemerkte sie und schaute Max tadelnd an. So als bedauerte sie, dass er glaubte, sie damit hereinlegen zu können.

»Klar ist die schon älter«, sagte Max. »Carola hat sie mir geschickt.«

Das mochte stimmen oder auch nicht. Reine Personenfahrkarten hatten kein An- und Abreisedatum. Sie waren ab dem Verkaufstag drei Monate gültig. Egal, wann man sie benutzte.

Schiffsfahrkarten, die nur für eine bestimmte Hin- oder Rückfahrt gültig waren und vorab gebucht werden mussten, gab es nur für den Katamaran oder wenn man auf der Fähre das Auto mitnehmen wollte.

»Haben Sie eine Bahnfahrkarte, die belegt, dass sie heute angereist sind?«

»Nein. Ich bin mit dem Auto gekommen. Es steht in Emden am Hafen.«

»Ist es dasselbe Auto, mit dem Sie laut Auskunft der Reederei bereits am Montag auf die Insel gereist sind?«

»Das kann unmöglich stimmen. Am Montag war ich nicht auf der Insel.«

Busboom überlegte, ob es möglich war, einen Wagen für den Transport auf die Insel anzumelden, die Karte zu bezahlen und die Überfahrt dann ungenutzt verstreichen zu lassen. Die Fahrkarten wurden bei der Auffahrt auf die Fähre dahingehend kontrolliert, ob der Tag und die gewählte Fähre stimmten. Wenn ein angemeldeter Pkw fehlte, würde es jedoch niemandem auffallen.

»Kann vielleicht jemand bezeugen, dass Sie heute anreisten?«

Max Zimmer öffnete erneut seine Brieftasche und überreichte Busboom einen Zettel. Der Beleg für den Stellplatz in der »Borkumgarage« am Emder Außenhafen. »Die Pensionswirtin kann es sicher auch bezeugen.«

»Nein. Die hat Sie noch nie gesehen.«

»Dann die Frau, die mir den Schlüssel gegeben hat.«

»Frau Wagner …« Busboom musste nichts erklären.

»Ich gehe und frage nach.« Dakota Wagner verließ das Gästezimmer.

»Wie viele Handys besitzen Sie, Herr Zimmer?«

»Zwei.« Er schnaufte verunsichert. Vermutlich war ihm erst jetzt so richtig aufgegangen, dass er verdächtigt wurde. Das machte nervös, selbst wenn man unschuldig war. »Das ist eine komische Geschichte«, murmelte er und schwieg, so als wartete er auf etwas.

»Ein Kollege von mir hatte Sie angerufen, um sich mit Ihnen zu verabreden. Sie behaupteten, in Herne zu sein. Anschließend gingen Sie nicht mehr ans Telefon.«

»Ach, Sie waren das? Ja. Ich sage doch, es ist komisch. Sie müssen wissen, Carola und ich waren ein Paar, doch wir hatten uns vor einiger Zeit getrennt. Und dann, vor gut zwei Wochen etwa, hat sie mir ein Handy geschenkt. Einfach so. Im Gedenken an die schöne Zeit, die wir miteinander hatten, sagte sie. Faselte etwas von ›wir wollen Freunde bleiben‹ und so. Sie konnte recht überzeugend sein und manchmal auch sonderbar. Ich wusste, mit dem Telefon beabsichtigte sie irgendetwas, zumal ich an dem Abend feststellte, dass mein altes verschwunden war. Ich dachte, sie habe es mitgenommen und wolle unsere Beziehung wieder etwas enger …« Er stockte, dann winkte er müde ab. »Ach, ich weiß auch nicht. Vielleicht wollte sie nur sehen können, mit wem ich sprach und wer mir Nachrichten schickte. Zuzutrauen wäre ihr das. Und als dann ein Fremder auf dem neuen Telefon anrief und so merkwürdige Andeutungen machte, dachte ich, es wäre jemand, den Carola vorgeschickt hat.«

»Vorgeschickt für was?«

»Keine Ahnung. War nur so ein Gefühl. In dem Moment wollte ich einfach meine Ruhe haben. Deswegen habe ich die weiteren Anrufe nicht mehr entgegengenommen. Carola war immer fürchterlich eifersüchtig. Ein Grund für unsere Trennung.«

»Aber sie waren zu dem Zeitpunkt doch schon nicht mehr zusammen.«

»Ja, ich weiß es doch auch nicht.«

»Ging die Trennung von Ihnen aus?«

»Ja. Deshalb vermutete ich ja, dass sie mich wiederhaben wollte.«

»Sie hat Ihnen in den letzten Tagen einige Bilder geschickt.«

»So?« Max griff in seine Tasche, um sein Handy herauszuholen und nachzusehen, was er verpasst hatte.

Dakota Wagner kam zurück und flüsterte Busboom ins

Ohr: »Den Zimmerschlüssel hat ihm eine Mitarbeiterin übergeben. Die Frau sagte, es sei alles etwas komisch gewesen. Max Zimmer habe ein weiteres Mal einchecken wollen, obwohl er das Zimmer doch schon bewohnte.«

»Hat sie ihm das gesagt?«, flüsterte Busboom.

»Es sei alles schon erledigt, hat sie ihm geantwortet.«

»Und? Erkannte sie ihn von einem der vorausgegangenen Tage wieder?«

»Sie behauptet, ihm vorher noch nie begegnet zu sein.«

»Wir reden später darüber«, sagte Busboom laut und ergänzte an Max Zimmer gewandt: »Die Fotos?«

»Mir hat sie keine geschickt. Oder wenn, dann auf das alte Handy. Allerdings sehe ich keinen Grund, warum sie das getan haben soll. Sie wollte doch, dass ich das neue benutze. Was für Bilder waren es denn?«

»Dünenlandschaften und Lagepläne mit irgendwelchen Kommentaren«, verriet Dakota Wagner.

Busboom nickte. »Sie bleiben dabei, in der Mordnacht in Düsseldorf gewesen zu sein?«, versicherte er sich.

»Natürlich.«

»Wir werden das überprüfen«, versprach Busboom. »Eine letzte Frage noch. Warum sind Sie jetzt auf Borkum?«

»Das frage ich mich auch. Carola hatte mich herbestellt.«

»Herbestellt?«

»Ja. Sie machte es sehr dringlich.«

»Wann war das?«

»Vor vier Tagen.«

»Vor vier Tagen? Und da kommen Sie erst heute angereist, obwohl sie es so dringend verlangte?«

»Sie sagte aber heute.«

»Und wie erklären Sie sich, dass diese Unterkunft schon länger auf Ihren Namen gebucht ist?«

»Gar nicht. Dafür habe ich keine Erklärung. Carola hat mich eingeladen und alles bezahlt, darum bin ich da. Auch wenn das hier«, er beschrieb eine den Raum umfassende Geste, »nicht gerade das Grandhotel ist.«

»Es gefällt Ihnen nicht?« Die Frage konnte Busboom sich nicht verkneifen.

»Sieht man davon ab, dass kein Lift vorhanden ist, die Badezimmertür aus einem Vorhang besteht, der Duschvorhang hingegen ganz fehlt, das Fenster sich nicht schließen lässt und der Fernseher nur rauscht, ist das Zimmer wirklich in Ordnung. Jedenfalls, um auf Carola zurückzukommen, sie meinte, es wäre doch schön, sich in alter Freundschaft ein paar nette Tage zu machen.«

Dakota Wagner war die Skepsis vom Gesicht abzulesen.

»Nein, wirklich«, beteuerte Max Zimmer. »Sie konnte echt überzeugend sein. Ich würde es nicht bereuen, behauptete sie, und dass sie etwas habe, was meine Zukunft verändern würde. Na ja. Und weil sie, wie gesagt, die Reisekosten beglichen hat und die Pension angeblich auch schon bezahlt ist, bin ich gekommen. Sie ist doch bezahlt, oder?«

»Keine Ahnung.«

Dakota Wagner machte den Eindruck, als würde sie noch etwas wissen wollen. Busboom schaute sie kurz an und nickte aufmunternd.

»Hat Carola Dörner Ihnen gegenüber jemals von einem Schatz gesprochen, den sie gefunden haben will?«

»Nein.«

»Wir vermuten, dass sie deswegen auf der Insel war.«

Zimmer lachte. Es klang nach: »Typisch Carola« und »Dem würde ich keinen Glauben schenken«. »Das sieht ihr ähnlich. Da macht sie über ihren Tod hinaus noch immer die Leute verrückt.«

»Erklären Sie uns das.«

»Carola hatte die tollsten Ideen, wenn es darum ging, den Menschen Geld aus der Tasche zu ziehen. Da war sie erfinderisch. Ein Schatz, ha. Das passt zu ihr. Möchte wetten, den gibt es nicht.«

»Doch«, sagte Busboom und zog die Brosche aus seiner Hosentasche.

Max Zimmer wich mit dem Oberkörper einige Zentimeter

zurück, so als wäre das Ding gefährlich, dann nahm er sie Busboom aus der Hand und betrachtete sie skeptisch von allen Seiten, wog sie auf der flachen Hand. Mit einem frechen Grinsen gab er sie schließlich zurück. »Sie hat versucht, jemanden damit zu betrügen, stimmt's?«

»Wir wissen es nicht.«

»Würde mich nicht wundern. Das ist ein falscher Fuffziger«, behauptete er.

»Wie kommen Sie darauf?« Max Zimmer war von Beruf Tischler, da lag die Vermutung nahe, dass er keine Ahnung von Schmuck hatte.

»Mit ähnlichem Tand hat Carola schon im Harz einige Leute hereingelegt. Außerdem ist meine Mutter Goldschmiedin, daher kenne ich mich etwas damit aus. Ich sollte den Beruf auch lernen, aber so winzige Teile liegen mir nicht. Ich brauch ein ordentliches Stück Holz, ein Stemmeisen und einen Hammer.«

Busboom wechselte mit Dakota Wagner einen Blick. Sie schien ebenfalls keine Fragen mehr zu haben. Zeit zu gehen.

»Wie lange werden Sie auf der Insel bleiben?«

»Wenn das Gästezimmer wie versprochen bezahlt ist, bleibe ich noch drei Tage.«

»Gut. Dann geben Sie uns jetzt bitte die Namen und Adressen Ihrer drei Freunde.«

»Was denken Sie?«, fragte Busboom, als sie die Pension verlassen hatten.

»Carola hat ihn hergelockt. Das würde jedenfalls zur Aussage der Pensionsmitarbeiterin passen. Die gab an, Max Zimmer heute Morgen zum ersten Mal gesehen zu haben. Den Schlüssel zur Unterkunft hatte sie vor vier Tagen einer Frau ausgehändigt, die das Zimmer sofort und in bar bezahlt hat. Ich habe ihr das Bild von Carola Dörner gezeigt. Sie war es.«

»Warum sollte Carola Dörner das tun? Eine Unterkunft mieten, die ihr Verflossener erst Tage später belegen würde? Und eine Überfahrt buchen, die nicht genutzt wird?«

»Irgendetwas hat sie ausgeheckt. Er hatte sie verlassen, vielleicht wollte sie sich rächen. Wir wissen, sie war eine Diebin. Meiner Meinung nach hat sie sich zur Betrügerin weiterentwickelt. Ich könnte mir vorstellen, dass sie als kleine Rückversicherung – im Falle, dass sie mit ihren Gaunereien auffliegt – ihn belasten wollte. Das würde den ganzen Aufwand erklären, den sie betrieben hat, um Max Zimmer auf die Insel zu locken. Er sollte im Zweifelsfall ihr Sündenbock sein.«

»Schön und gut, aber das ist alles höchst spekulativ. Wen wollte sie betrügen, und wer hat sie ermordet?«

»Derjenige, den sie beschissen hat und dem das gar nicht gefallen haben dürfte. Was nach meiner Theorie auch auf Max Zimmer zutreffen könnte«, sagte Dakota.

»Abwarten. Sollten die drei Männer sein Alibi bestätigen, ist er raus«, sagte Busboom.

**

Max Zimmers Alibi wurde tatsächlich bestätigt.

Blieb die Frage, warum Carola Dörners Insulintasche in seinem Pensionszimmer lag.

»Vielleicht hat sie sie einfach da vergessen, als sie den Raum mietete, oder sie hat, aus welchem Grund auch immer, statt in der Klinik dort übernachtet.«

»Mag sein. Sie könnte die Tasche auch dort platziert haben, nur fällt mir kein Grund ein, warum sie das tun sollte. Was nun? Haben wir weitere Verdächtige?«

ELF

Sebastian verfluchte sich selbst. Er hatte vor dem Hotel herumgelungert, um Hubert Engel beim Verlassen des Hauses abzu-
fangen und ihm im übertragenen Sinne die Pistole auf die Brust
zu setzen. Doch er hatte es vergeigt beziehungsweise dann doch
gelassen. Zum einen, weil er überrascht gewesen war, Engel so
plötzlich auf der Straße gegenüberzustehen, zum anderen, weil
Leute in der Nähe gewesen waren. So hatte er tatenlos zuse-
hen müssen, wie Hubert Engel erhobenen Hauptes das Hotel
betrat und ihn wie einen dummen Jungen einfach stehen ließ.
Nun, da Engel offensichtlich seine Identität kannte – für einen
Moment hatte der Alte überrascht gewirkt, ihn zu sehen –,
sollte Sebastian sich überlegen, wie er weiter vorgehen wollte.

Die blöde Warterei hatte ihn hungrig gemacht. Zeit, nach
Hause zu gehen. Tante Erika hatte bestimmt etwas für ihn
vom Mittagessen aufgehoben.

»Was hast du den ganzen Tag gemacht?«, wollte sie wissen,
als er kauend am Küchentisch saß.

»Ich habe deinen Lieblingsgast getroffen«, sagte Sebastian
und verfluchte sich selbst, weil ihm das herausgerutscht war.

»Wie nett.« Tante Erika schien es wirklich zu freuen. »Habt
ihr miteinander geredet?«

»Nein«, sagte Sebastian hastig. »Ich kenne ihn ja gar nicht.«

»Aber du sagtest doch eben, dass du ihn getroffen hast.«

»Bildlich gesehen. Ich kenne ja deine Schilderungen. Er
muss es einfach gewesen sein. Er sieht aus wie der typische
alte Mann aus Bayern.«

»Wer sieht aus wie der typische Mann aus Bayern?«

Die Worte seines Onkels ließen ihn erschrocken herumfahren.

* * *

So sieht jemand aus, der auf frischer Tat ertappt wurde, dachte Becker. Schon wieder interessierte sich sein Neffe für Hubert Engel.

Beckers Alarmglocken schrillten, wie so oft in den vergangenen Tagen.

Mit einem Blick auf seine Frau verkniff er es sich, Sebastian direkt danach zu fragen. Sein Neffe wusste, dass er ihm misstraute. Er musste ihn überlisten, um zu erfahren, was Sebastian plante.

Oje, wo war der Bengel bloß hineingeraten?

Dass Sebastian etwas mit dem Mord an Carola Dörner zu tun hatte, konnte er nicht ausschließen. Schließlich gab es da die Aussage von Dakota, die vom Barmann des »Matrix« vor Sebastian gewarnt worden war. Und dass Sebastian sich nur zufällig bei Erika nach den Woldedünen und Borkums Historie erkundigt haben könnte, mochte er vor diesem Hintergrund auch nicht glauben. Es sei denn, Sebastian hatte von den Gerüchten über einen irgendwo in den Dünen vergrabenen Schatz gehört.

Am liebsten würde er seinem Neffen jetzt links und rechts eine runterhauen und ihn anschließend auf die Wache schleppen, um ihn dort ganz offiziell zu verhören.

»Das tust du ja doch nicht«, flüsterte er. Aber eines wusste Becker genau: Er musste unbedingt mit Focko Busboom sprechen. Da ging kein Weg dran vorbei.

»Was tust du doch nicht?« Erika konnte hören wie ein Luchs.

»Mir für den Rest des Tages freinehmen. Ich fühle mich nicht besonders gut«, redete er sich raus. »Ich muss wieder ins Büro.«

»Aber du bist doch eben erst reingekommen.«

»Weil ich etwas vergessen hatte«, behauptete Becker.

Und das stimmte wirklich. Er war eigentlich nur kurz nach Hause gekommen, um etwas gegen das Kratzen im Hals zu holen. Bei so viel Aufregung und Sorgen um den vermaledeiten Neffen sollte er lieber etwas zur Beruhigung einnehmen.

Erika fragte nicht einmal, was er denn vergessen hatte, und Sebastian war längst in seinem Zimmer verschwunden.

***

»Oh, Frau Wagner, schon wieder zurück?«, sagte Becker, als er Dakota bei seiner Rückkehr ins Polizeigebäude an ihrem Schreibtisch sitzen sah.

»Ja.«

»Wie war es bei Max Zimmer?«

Dakota erzählte es ihm. »Nun gehen uns die Kandidaten aus«, fügte sie zum Schluss an. »Sie sind ja ganz blass geworden. Aber kein Grund zum Kummer, Herr Becker, wir kriegen unseren Mörder schon noch.«

»Ihren Optimismus möchte ich haben.«

»Glücklich sein ist gut für die Gesundheit«, entgegnete sie in Anspielung auf sein Steckenpferd. Doch Becker war angesichts seines kratzenden Halses die Lust an Krankengeschichten vergangen. »Vielleicht muntert Sie das ja auf: Die Kollegen aus Herne haben in der Zwischenzeit wieder etwas geschickt.« Sie legte eine kleine Pause ein, als müsste sie über etwas nachdenken.

»Sagen Sie mir auch, was?«, fragte Becker.

»Oh, ja. Natürlich. Die Kopie eines Briefes von Carola Dörner an eine ihrer Freundinnen in Herne. Er soll vor einigen Tagen mit der Post gekommen sein.«

Erstaunlich. Heutzutage bekam man mit der Post doch fast nur noch Rechnungen oder Werbung.

»Laut dem Brief verdächtigte Carola Dörner Max Zimmer, sie übervorteilen zu wollen. Hier ist er.«

Becker nahm den Ausdruck entgegen. »Hat Herr Busboom das schon gesehen?«, fragte Becker.

»Was soll ich gesehen haben?«

Busboom war unbemerkt hereingekommen. Becker wollte ihm die Kopie des Briefes geben, überlegte es sich aber anders.

»›Liebste Doro‹«, las er laut vor, als Kutschbauer und Kupke ebenfalls zu ihnen traten. »Ich möchte dich auf keinen Fall erschrecken, aber du bist die einzige Freundin, der ich ein Geheimnis anvertrauen kann. Du weißt, dass Max mich vor einiger Zeit sitzen gelassen hat. Ich durfte deswegen viele Tränen an deiner Schulter vergießen, wofür ich dir sehr dankbar bin. Es gibt aber etwas, das ich auch dir bisher verschwiegen habe: Ich treffe mich weiter mit Max, aber nicht, wie du denkst. Es ist auf rein geschäftlicher Basis, und es macht mir das Leben von Tag zu Tag schwerer. Um was für ein Geschäft es geht, werde ich dir in ein paar Tagen anvertrauen. Jetzt nur so viel: Ich traue ihm nicht mehr, ja, ich habe richtig Angst vor ihm. Deswegen sende ich dir die beiliegende Münze. Hebe sie bitte für mich auf, aber zeige sie niemandem. Auf keinen Fall Max, egal, was er dir auch erzählen mag. Ich verlasse mich auf dich. Ich küsse dich, meine allerliebste Freundin. Bis bald, deine Caro‹.«

»Sie hat eine Münze mitgeschickt? Das untermauert die These«, meinte Dakota Wagner, »dass sie auf Borkum jemanden betrogen hat und die Schuld ihrem Verflossenen in die Schuhe schieben wollte.«

»Ich finde eher, es klingt wie: Wenn du diesen Brief liest, bin ich tot.« Bernhard Kutschbauer war ein Schauer über den Rücken gelaufen, und auch Andreas Kupke war auf einmal ein wenig blass.

»Dann hat man sie also doch wegen eines Schatzes ermordet.« Kupke bekam plötzlich hektische Flecken im Gesicht. »Ich meine, wegen der Münze.«

»Oder sie wollte, dass man denkt, sie habe einen Schatz gefunden«, sagte Busboom.

Becker war der gleichen Meinung, während Kupke heftig den Kopf schüttelte. »Den Schatz gibt es wirklich«, behauptete er. »Warum sonst fehlt im Museum der alte Lageplan? Dann das antike Schmuckstück ...«

»Das vermutlich gefälscht ist«, unterbrach ihn Busboom, was Kupke überhörte.

»... und jetzt noch die Münze. Dieser Max«, sagte Kupke im Brustton der Überzeugung, »war mit seiner Carola auf der

Suche nach einem Schatz. Den scheinen sie gefunden zu haben. Sie gerieten in Streit, was zur Folge hatte, dass Carola Dörner sterben musste. Max Zimmer wusste von ihrem Diabetes. Er musste sich nur den Pen nehmen und ihr eine Überdosis verabreichen.«

»Du vergisst, dass Max Zimmer in Düsseldorf war«, wandte Dakota Wagner ein. Sie klang genauso überzeugt wie Kupke. »Wir haben doch vorhin erst mit ihm gesprochen. Der wusste nichts von Carola Dörners Tod, und alles andere, was er sagte, erschien mir ebenfalls sehr glaubhaft.«

Der Meinung war Busboom auch. Er nickte. »Der Brief wird von Carola Dörner als eine zusätzliche Absicherung bei ihren Betrügereien gedacht sein.«

»Genau. Falls sie dabei ums Leben kommt …«

»Nein«, unterbrach Busboom sie. »Falls sie des Diebstahls und Betruges bezichtigt wird. Dann hätte sie alle Schuld auf Max geschoben.«

»Aber die Betrogenen wissen doch, dass sie von Carola aufs Kreuz gelegt wurden. Wie will sie da die Schuld Max Zimmer in die Schuhe schieben?«

»Sie könnte behaupten, von ihm dazu gezwungen worden zu sein«, sagte Kutschbauer.

»Eine enttäuschte Liebe«, sagte Dakota Wagner, »bringt uns Frauen schon mal auf gemeine Gedanken. Was für eine Bitch.« Dabei lächelte sie, als könnte sie kein Wässerchen trüben.

»Was wir suchen, ist derjenige, den sie betrogen hat.«

»Für mich bleibt Max Zimmer der Verdächtige Nummer eins«, beharrte Kupke.

»Aber er hat ein Alibi. Drei Männer haben es bestätigt.«

Becker hatte eine Idee. »Eines haben wir noch gar nicht in Erwägung gezogen. Was ist, wenn Max Zimmer und Carola Dörner wirklich gemeinsam auf Schatzsuche waren? Auch wenn er zur Tatzeit auf dem Festland war, könnte er doch beteiligt gewesen sein.«

»Ja, aber warum dann die Scharade mit dem Zimmer und der Überfahrt?«

Becker kam noch ein weiterer Gedanke. »Einen Dritten, der daran beteiligt war, könnte es auch geben. Selbst wenn ein Abgleich von Carola Dörners Handydaten mit der privaten Telefonnummer von Herrn Saathoff aus dem Staatsarchiv nichts ergeben hat, können sie dennoch zusammen unter einer Decke stecken. Nachdem Carola sich so viel Mühe gegeben hat, Max Zimmer zu belasten, wird sie in dem Fall nicht so dumm gewesen sein, eine persönliche Spur zu Saathoff zu hinterlassen.« Er wechselte mit Dakota einen Blick, der bedeutete, dass auch Sebastian als dritter Mann in Betracht käme.

»Worauf wollen Sie hinaus, Herr Becker?«, fragte Busboom. »Darauf, dass Max Zimmer in Gefahr sein könnte?«

»Wow«, meinte Kupke. »Daran habe ich noch gar nicht gedacht.«

Busboom griff in seine Hosentasche und warf Kupke die Brosche zu. »Lassen Sie feststellen, ob das Ding echt ist. Max Zimmer hat zwar behauptet, es sei Tand, aber ich will sicher sein.«

»Soll ich zu dem Juwelier in der Fußgängerzone gehen?«, fragte Kupke, als ob es noch einen weiteren Fachmann geben würde, und war schon fast auf dem Weg.

»Gibt es ein Bild von der Münze?«, wollte Kutschbauer wissen.

Dakota schickte es ihm auf sein Handy.

»Dann werde ich mal überprüfen, ob so eine im Archivierungsprogramm des Heimatmuseums aufgeführt ist. Wenn das Fehlen einer Flurkarte erst nach einer Weile bemerkt wurde, kann es sich bei der Münze doch ebenso verhalten. Und vielleicht ist das nicht das Einzige, was fehlt. Irgendeinen Grund muss es schließlich geben, warum Carola Dörner ausgerechnet im Dykhus gefunden wurde.«

»Ich denke, die Archivierung ist noch nicht vollständig abgeschlossen?«

»Ich versuche trotzdem mein Glück.«

»Kommissar Busboom?«, sagte Becker. »Kann ich Sie bitte unter vier Augen sprechen?«

»Sicher, gehen wir in Ihr Büro.«

»Na, dann bleibt für mich nur noch eines übrig«, sagte Dakota Wagner verschmitzt. »Ich werde mal sehen, was ich über den Herrn Saathoff vom Staatsarchiv herausbekommen kann.«

Becker berichtete Busboom alles, was er über seinen Neffen wusste. Er ließ keinen Verdacht aus und beichtete auch, was Dakota herausbekommen hatte.

»Wir werden ihn befragen müssen«, sagte Busboom.

»Das ist mir klar.« Becker fühlte sich erleichtert, das konnte man sehen.

Andreas Kupke war nach zwanzig Minuten wieder zurück. Vom Polizeirevier bis in die Fußgängerzone waren es ja nur zwei Minuten zu Fuß. Er wirkte enttäuscht.

»Der Juwelier wusste bereits von der Geschichte mit dem Schatz und meinte, er würde irgendwann dieses Wochenende selbst mit einem Spaten bewaffnet losgehen.«

»Nicht sein Ernst, oder?«

»Nein. Er wollte mich veräppeln. Dann hat er sich das Teil angesehen.« Kupke warf die Brosche achtlos auf den Schreibtisch.

»Also ist das Ding falsch«, schlussfolgerte Busboom.

»Kriegen Sie auf jedem Mittelaltermarkt hinterhergeworfen.«

Dakota Wagner klopfte an die halb offen stehende Tür, ein Briefkuvert in der Hand. »Das habe ich eben aus unserem Postfach geholt.« Sie trat ein und kam zu den Kollegen an den Schreibtisch.

Der geöffnete Brief lag schwer in ihrer Hand. Sie schüttelte den Inhalt neben die Brosche und zupfte nervös am Ärmel ihrer Bluse.

Ein durchsichtiges Tütchen fiel heraus, darin lag, zusätzlich in eine hauchdünne Folie eingeschweißt, eine Münze.

»Im Umschlag steckt noch ein Zettel. Er wurde mit Schreibmaschine getippt.«

»Woran erkennst du das?«, wollte Kupke wissen.

»An den unregelmäßigen Buchstaben. Das O ist zugeschmiert, und das F steht nicht genau auf der Linie. Das Farbband war vermutlich alt.«

»Wer schreibt denn heute noch mit einer Schreibmaschine?«, wunderte sich Kupke.

»Vermutlich mehr Menschen, als Sie sich vorstellen können«, sagte Becker. »Die Frage ist aber doch: Wer schickt uns diesen anonymen Brief, und was steht drin?«

»Nichts. Nur: ›Fall Carola Dörner‹.« Als müsste sie es beweisen, schüttelte Dakota Wagner nun auch die Nachricht, es war eher eine Postkarte mit blanker Rückseite als ein Brief, aus dem Umschlag heraus. Sie rutschte mit der Schrift nach oben auf den Tisch, sodass alle die Schriftzeile gut lesen konnten.

»Die Münze«, Dakota deutete darauf, »sieht genauso aus wie die von dem Foto aus Herne.«

Kupke streckte die Hand aus und wollte sie aus dem Tütchen nehmen.

»Stopp«, rief Becker. »Fingerabdrücke.«

»Auf dem Tütchen sind Dakotas sicherlich auch schon drauf«, erwiderte er gekränkt.

»Sind sie nicht.« Dakota Wagner hob triumphierend den Kopf und strich sich mit einem überlegen wirkenden Zug um den Mund ihr Haar hinters Ohr. »Ich habe nur den Briefumschlag angefasst. Wusste ja schließlich nicht, was drin ist.«

»Dann wollen wir es wenigstens mit der Münze richtig machen.« Busboom lächelte, als Dakota ihm eine Pinzette reichte. Die stammte vermutlich aus Beckers Medikamentenreservoir.

***

»Ein spanisches Zehn-Dukaten-Goldstück.« Becker hatte sich an den Computer gesetzt, um im Internet nach Bildern und Beschreibungen von alten Münzen zu suchen.

Kutschbauer war zu ihnen gestoßen, nachdem seine Recherche im Museumsarchivierungsprogramm erfolglos geblieben war. Busboom hatte ihn gebeten, die Fingerabdrücke zu sichern, und Kutschbauer mochte das Tütchen mit der antiken Münze nun gar nicht mehr aus der Hand geben. Es herrschte die allgemeine Meinung, dass dieses Fundstück echt war. Sie wog schwer und wirkte gebraucht.

Auf der einen Seite zeigte die Dukate einen Mann mit spitzem Ziegenbart, langen Haaren und einem Lorbeerkranz auf dem Kopf.

»Der sieht aus wie unser Kollege Becker, nur fehlen ihm die langen Haare.« Kutschbauer grinste schief, und Busboom wertete den winzigen Seitenhieb auf Becker als einen Schritt zurück zu Kutschbauers altem Wohlbefinden. Wenn er wieder Zeit fand, den Kollegen zu necken, hing er wenigstens keinen trüben Liebeskummergedanken hinterher. Er schaute unauffällig zu Becker. Dessen Gesichtsausdruck verriet, dass Kutschbauers flapsige Bemerkung ihn ebenfalls freute.

»›Ferdinand III‹ lautet die Prägung.« Kutschbauer drehte die Tüte mit der Münze um. »Auf der Rückseite sieht man eine Sonne mit einem Gesicht und jeder Menge Text drumherum.«

Beckers Finger huschten über die Tastatur. »Ha«, rief er so laut, dass alle zusammenzuckten. »Ferdinand III«, las er vor. »Mit der da«, er deutete auf die Münze und lehnte sich dann dem Bildschirm entgegen, »haben wir eine Goldmünze von allergrößter Seltenheit, ist wohl ein Unikum. Schätzpreis? Oje, ratet mal.«

»Zweitausend Euro.« Kupke wirkte sehr aufgeregt.

Becker deutete mit dem Daumen nach oben.

»Viertausend?«

»Höher.«

»Nun sagen Sie es schon, Herr Becker«, mahnte Busboom, »ehe unser junger Freund hier vor Spannung platzt.«

»Zehntausend englische Pfund. Der Zuschlag in diesem Auktionshaus hier«, Becker deutete auf den Bildschirm, »lag bei achteinhalbtausend Pfund.«

»Verstehe ich nicht.« Kupke kratzte sich im Nacken. »Was denn nun, zehn oder achteinhalb?«

»Die Dukate wurde auf zehntausend geschätzt, konnte jedoch nur für achteinhalb verkauft werden.«

»Würde mir auch reichen.« Kutschbauer hatte die Hand mit dem Tütchen in die Hosentasche gesteckt und grinste mit Kupke um die Wette.

»Na«, Busboom deutete auf Kutschbauers Hosen, »dann sollten wir das gute Stück sicherer verwahren.«

»Im Pistolenschrank?«, schlug Kupke vor.

»Da findet sich bestimmt was Besseres. Aber zuerst gehen Sie noch mal zum Juwelier.« Busboom deutete von Kutschbauer zu Kupke. Kutschbauer nahm die Hand aus der Hosentasche und warf die Münze Kupke zu, der sie geschickt auffing.

»Würde mich freuen, wenn wenigstens die echt ist.«

»Eines jedenfalls ist sie mit Gewissheit nicht«, erklärte Becker. »Nämlich aus Störtebekers Schatz.«

»Ach nein?«

»Nein. Die Münze ist von 1625. Da war der liebe Klaus schon lange tot.«

»Aber einen Schatz könnte es dennoch geben.« Kupke klang, als würde sonst eine Welt für ihn zusammenbrechen. »Piraten gab es nach Störtebeker doch weiterhin. Auch hier auf den Inseln und an der ostfriesischen Küste.«

»Machen Sie ein Foto und schicken Sie es an Ariana«, ordnete Busboom an Kutschbauer gewandt an. »Ich spreche gleich mir ihr. Sie soll Herrn Saathoff aus dem Staatsarchiv dazu befragen.«

»Apropos Saathoff«, sagte Dakota. »Das hätte ich vor Aufregung um die Münze beinahe vergessen. Ich habe nichts Nachteiliges über den Mann herausfinden können.«

»Ich werde die Kollegin Ariana sicherheitshalber dennoch sofort anrufen«, bot sich Becker an. Es machte den Eindruck, als würde Kutschbauer sich mit einem ganz leichten Kopfnicken dafür bei ihm bedanken.

***

»Noch mal gehe ich da nicht hin«, maulte Kupke, als er abermals vom Juwelier zurückgekehrt war. »Der hat mich fast ausgelacht, wollte wissen, ob wir noch mehr Tand hätten, und meinte dann auch noch, wenn schon die Polizei nur Modeschmuck und falsche Münzen findet, sollte er seinen Freunden, mit denen er hinaus in die Dünen wollte, lieber absagen.«

»Andreas, der hat dich verarscht. Der geht garantiert nicht mit dem Spaten raus. Er wollte sicher nur rausfinden, ob an den Gerüchten von Carola Dörners Schatzsuche tatsächlich was dran ist. Hast du ihm etwas verraten?«

Kupke kniff die Lippen zusammen, ehe er den Kopf schüttelte. »Das wusste er alles schon.«

»Und wir wissen jetzt, dass auch die Münze ein falscher Fünfziger ist«, meinte Kutschbauer und legte tröstend seinen Arm um die Schultern des Kollegen. »Vergiss den Schatz.«

***

Wenig später meldete sich Ariana bei Busboom zurück.

»Ich habe mit Herrn Saathoff gesprochen. Er ist kein Fachmann für antiken Schmuck und Münzen, war aber sofort bereit, mir die Adresse eines Spezialisten zu geben. Ich habe lange mit ihm gesprochen und anschließend sein Alibi überprüft.«

»Wo war er in der Nacht, als Carola Dörner starb?«

»Am Abend war er auf einer Sitzung. Seine Arbeitskollegen haben das bestätigt. Die Besprechung war wohl erst gegen elf beendet, aber er konnte unmöglich mitten in der Nacht auf die Insel gelangen, dort Carola Dörner töten und dann am kommenden Morgen wieder pünktlich zum Dienst erscheinen.«

»Auch nicht …«

Ariana ließ ihn nicht ausreden. »Nein. Auch nicht mit einem Privatboot. Aber wenn Sie wollen, frage ich in den kleinen Häfen und an jedem Schiffsanleger an der Küste nach.«

»Mach das bitte.«

»Okay.« Sie klang wenig begeistert. »Abgesehen von ihren Besuchen im Archiv hatte Carola Dörner keinen privaten

Kontakt zu Saathoff, aber das habt ihr ja sicher auch schon herausgefunden. Herr Saathoff war sehr aufgeregt über den Fund der Münze und schlägt vor, sie zu wiegen. Manchmal kann man schon anhand des Gewichtes erkennen, ob sie echt ist. Sollte das der Fall sein, bittet er um Rückmeldung. So ein Fund ist eine große Sache, da strecken viele staatliche Behörden und Museen die Hände nach aus. Dennoch, langer Rede kurzer Sinn: Es könnte genauso gut eine Fälschung sein.«

»Das ist sie«, sagte Busboom. »Wir haben es vom Juwelier überprüfen lassen. Dennoch wäre es schön, zu erfahren, wie schwer denn ein echtes Zehn-Dukaten-Goldstück sein muss.«

»Ah, höre ich da eine Spur von Hoffnung heraus? Darauf, dass es den Schatz von Störtebeker doch gibt?«

»Der Kollege Kupke jedenfalls scheint davon überzeugt zu sein.«

***

»Beides Fälschungen.« Andreas Kupke wollte es immer noch nicht wahrhaben.

Busbooms gesamtes Team machte enttäuschte Gesichter.

»Was denn, Leute, das war doch zu erwarten. Carola Dörner war eine Gaunerin«, erinnerte Busboom seine Mitarbeiter.

»Okay, es geht also um Betrug. Da haben wir wenigstens ein handfestes Mordmotiv«, meinte Kupke. »Mir ist nur nicht klar, warum Carola Dörner dieses Theater mit den Lageplänen und der Recherche im Staatsarchiv abgezogen hat.«

»Um Kundschaft zu generieren. Sie konnte schließlich schlecht von Haustür zu Haustür gehen, um ihre Fälschungen anzubieten. Stattdessen hat sie die Menschen neugierig gemacht.«

»Eher gierig.« Becker bot den Kollegen seine Hustenbonbons an, löste selbst einen Bonbon aus der Folie heraus und steckte ihn sich in den Mund.

»Richtig.« Busboom nahm als Einziger einen der Bonbons

und steckte ihn in seine Hosentasche. »Zudem brauchte sie einen ›Nachweis‹«, dabei machte er die Andeutung von Anführungsstrichen, »um die Echtheit der Artefakte zu dokumentieren. Sie nutzte die Gier der Menschen aus. Wandte sich an fachlich Interessierte, wie sie im Museum zu finden sind, erzählte von ihren Recherchen, stellte die richtigen Fragen. Wenn erst einmal jemand auf ihr Märchen reingefallen war, wollte er etwas vom Schatz abbekommen. Sie musste nur Begehrlichkeiten wecken, um ihren Tand den Leuten anzudrehen. Würde mich nicht wundern, wenn Herr Saathoff ebenfalls zu den Opfern gehören sollte. Das wäre eine Erklärung für seine überaus aktive und eifrige Mithilfe.«

»Für ihn besteht auch ein berufliches Interesse. Allerdings fällt er wie einige andere auch in die Rubrik der fachkundigen potenziellen Opfer.«

»Wenn wir wissen«, sagte Becker, »wen Carola betrogen hat, haben wir den Mörder.«

»Folge dem Geld«, meinte Andreas Kupke.

»Aber welche Summen können einfache Mitarbeiter aus dem Museum oder den Staatsarchiven zahlen? Die haben keine zigtausend auf den Konten herumliegen.«

»Und wie passt Herrn Beckers Neffe da hinein?«, fragte Dakota und sah ihren Vorgesetzten dabei an. Jeder im Team wusste mittlerweile, dass Sebastian Friedland zur Befragung einbestellt werden sollte. »Dem hat sie einfach an der Theke von ihrem Schatz erzählt.«

»Ein Gauner erkennt den anderen«, murmelte Becker. »Warten wir ab, was mein feiner Neffe dazu zu sagen hat.«

»Carola Dörners Kunden«, sagte Busboom, um auf die fachlich Interessierten zurückzukommen, »würden vielleicht freiwillig einen Kredit aufnehmen, mit der Absicht, Münzen oder Schmuck gewinnbringend weiterverkaufen zu können.«

»Kredite, Sparbücher oder ausgezahlte Lebensversicherungen zum Beispiel«, sagte Becker. »Sie denken an Herrn Klüwer?«

»Eher an Frau Baumann oder sogar an beide.«

»Meine alte Lehrerin?« Kutschbauer klang fast schon schockiert. Dann grinste er. Ihm schien der Gedanke zu gefallen. »Soll ich dem Geld folgen? Ich könnte mich bei den Banken und der Sparkasse erkundigen. Ich kenne die Mitarbeiter …«

Was auch sonst. Kutschbauer kannte überall jemanden, der ihm auch ohne richterlichen Beschluss weiterhelfen würde.

»Der bei der Borkumer Volksbank ist mit Ihnen verwandt, nehme ich an?«, foppte Busboom ihn.

»Seine Großmutter und meine waren Cousinen«, entgegnete Kutschbauer bierernst.

»Und bei der Sparkasse?«

»Wir sind zusammen zur Schule gegangen. In der Oldenburgischen Landesbank ist es eine alte Freundin meiner verstorbenen Mutter.«

»Gibt es eigentlich auch Einheimische, die Sie nicht kennen?«

»Aber ja. In den letzten Jahrzenten sind so viele Menschen hierhergezogen … Man kann nicht alle fünfeinhalbtausend Insulaner kennen.«

Busboom schüttelte resigniert den Kopf.

***

Das Ergebnis der Bankauskünfte lag vor.

Herbert Klüwer besaß ein Sparbuch, auf dem eine beträchtliche Summe lag, die aus einer fällig gewordenen Lebensversicherung stammte, seit Jahren fast unangetastet vor sich hin dämmerte und stetig an Wert verlor. Eine Abhebung hatte es um Ostern dieses Jahres gegeben, eine weitere vor wenigen Tagen. Kutschbauers Großcousin verriet ihnen außerdem, dass Klüwer die Summe der letzten Abhebung am vergangenen Montag an seinen Sohn überwiesen hatte. Und er erinnerte sich, dass Klüwer sich gegen Ostern erkundigt habe, ob er eine größere Summe auf einen Schlag in bar abheben könne.

»Und? Kann er?«

»Im Sommer, also in der Hochsaison, jederzeit. Da haben

wir genügend Barbestände«, verriet der Banker. »Im Winter bräuchten wir vierundzwanzig Stunden Vorlaufzeit.«

Charlotte Baumann besaß neben ihrem kleinen Häuschen, das seit ewigen Zeiten abbezahlt war, ebenfalls eine beachtliche Sparsumme sowie mehrere Aktien. »Hat sie kürzlich versucht, diese zu verkaufen?«

»Jein. Sie hat sich erkundigt, wie lange es dauern würde, bis das Geld auf ihrem Konto liegt, wenn sie es täte. Auf jeden Fall hat sie aber eine ordentliche Summe von ihrem Konto abgehoben.«

»Was ist für dich ordentlich?«

»Neuntausend Euro.«

Die hatte auch Busboom nicht so einfach herumliegen.

»Und Saathoff aus Aurich?«

»Darum kümmert sich Ariana.« Auch wenn der Staatsarchivmitarbeiter als Tatverdächtiger für den Mord fast aus dem Spiel war, konnte er dennoch zu ihren Betrugsopfern gehören. Das würde ihn dann wieder sehr verdächtig machen.

»Gut. Und mit wem sprechen wir zuerst? Charlotte Baumann?«

»Gute Wahl«, meinte Kutschbauer.

»Aber erst morgen. Für heute ist Feierabend.«

ZWÖLF

Sebastian plante, vom Onkel unbemerkt das Haus zu verlassen. Aus dem Wohnzimmer hörte er Stimmen. Es war nicht seine Absicht, zu lauschen, dennoch blieb er neben der angelehnten Wohnzimmertür stehen.

»Glaube mir, Horst, in manchen Legenden steckt ein Fünkchen Wahrheit.« Tante Erika klang aufgeregt.

»Ach, das ist doch Humbug. Ich habe es dir doch eben erklärt.« Onkel Horst schien das Thema wenig zu gefallen.

»Und ich sage dir, es gibt ihn. Meine Urgroßmutter hat es meiner Großmutter erzählt, die hat es meiner Mutter erzählt, und Mama hat es mir erzählt. ›Wenn de Woldedünen kunnen spreken, salt Börkum noit an Gold gebreken‹ oder so ähnlich. Den Spruch kennst du.«

»Das heißt noch lange nicht, dass er wahr sein muss.«

»Der Sohn unserer Nachbarin trifft sich jedenfalls heute Abend mit einigen Freunden. Sie planen, in den Dünen auf die Suche zu gehen.«

»Dann hat der Juwelier den lieben Andreas Kupke wohl doch nicht veräppelt.«

»Was meinst du?«, fragte Erika.

»Och nichts. Ich finde nur, dass jetzt alle verrückt geworden sind. Wer glaubt denn diesen ganzen Quatsch vom Piratenschatz?«

»Viele, mein Lieber. Es heißt, Lothar Schmidt habe schon was gefunden.«

»Hockt der nicht immer mit Herbert Klüwer zusammen?«

»Genau. Sie spielen jeden Donnerstag bei Jutta Skat. Ich für meinen Teil glaube daran, dass Störtebekers Schatz irgendwo in den Woldedünen liegt.«

»Oldedünen.«

»Wieso dort?«

»Falls es ihn gibt, und die Betonung liegt auf falls, kann er nur in den Oldedünen vergraben worden sein. Das ist logischer, weil auf der Seite der Insel die Osterems verläuft, die der Wasserweg zu seinem Versteck auf dem Festland war. Klaus Störtebeker wird von Anfang an gelogen haben, wo er sein Gold versteckt hat.«

»Aha. Es ist also doch etwas dran.«

»Es ist ein schönes Märchen.« Onkel Horst klang sehr sicher. »Sollte es den Schatz wirklich mal gegeben haben, so liegt er dort bestimmt längst nicht mehr. Störtebekers damalige Mitstreiter Gödeke Michels, Hennig Wichmann, Magister Wigbold und Konsorten werden ihn nach seinem Tod gesucht haben. Ich persönlich glaube aber ja, dass er ihn sowieso ganz woanders versteckt hatte.«

»Und wo soll das deiner Meinung nach sein?«, fragte Tante Erika skeptisch.

»Na, irgendwo zwischen Hamburg und Rügen.«

»Wie kommst du jetzt auf Rügen?«

»Da soll der Schatz in einer Stubbenkammer liegen. Ich hätte auch Heringsdorf sagen können. Dort liegt er angeblich in der sogenannten ›Störtebeker-Kuhle‹. Auch der Burggraben von Venz käme in Frage. Und ebenso ist von Geheimgängen unter irgendwelchen Deichen die Rede.«

»Du hast dich ja ordentlich in die Schatzsuche hineingekniet.«

»Alles im Rahmen der Ermittlungen«, behauptete Onkel Horst, so als würde er sich sonst nicht für diese Dinge interessieren.

Sebastian sah förmlich, wie Tante Erika lächelte.

»Dazu passt ja dann auch die Sache mit dem Lageplan.«

»Woher weißt du davon?«

Sebastian konnte Tante Erikas Antwort nicht verstehen und vermutete, dass sie in Richtung des eben genannten Nachbarn Schmidt zeigte. Eine Weile blieb es still.

»Nun, dann haben die Jungs bei ihrer Suche in den Dünen ja wenigstens eine kleine Chance«, sagte Tante Erika.

Sebastian hörte die Ledercouch knirschen. Einer der beiden

war vom Sofa aufgestanden. Schnell trat er an die Toilettentür, öffnete sie und tat, als würde er eben herauskommen.

Horst Becker betrat den Flur, nickte Sebastian zu und ging in die Küche. Kurz darauf hörte Sebastian eine Schublade aufgehen und Pillenblister rascheln. Vermutlich musste Onkel Horst sich nach dem Gespräch erst einmal mit Vitaminen eindecken.

»Manchmal übertrifft die Wirklichkeit jede Phantasie«, hörte Sebastian ihn noch murmeln, ehe er rasch das Haus verließ.

Draußen ging er eiligen Schrittes die Straße entlang.

Vergiss Hubert Engel und die Erpressung, dachte Sebastian. Der alte Knacker würde ihn vermutlich nur wieder reinlegen – oder es zumindest versuchen. Auf den Stress konnte er verzichten. Bei einem Goldschatz war viel mehr herauszuholen. Er ärgerte sich, auf das Geschwafel der blöden Pute, die ihn vor ein paar Tagen mit »Max« angesprochen hatte, nicht eingegangen zu sein. Sie sei auf Schatzsuche, hatte sie gesagt. Er musste sie wiedersehen. Blöd nur, dass er ihren Namen vergessen hatte. Wie um alles in der Welt sollte er sie da finden? Die einzige Möglichkeit bestand darin, im »Matrix« auf sie zu warten. Blieb nur zu hoffen, dass sie das Lokal noch einmal besuchte.

Diese ganze Grübelei machte ihn fertig. Immer wieder sprangen seine Gedanken vom Schatz zu Hubert Engel und wieder zurück. Den Spatz in der Hand oder die Taube auf dem Dach, hätte Tante Erika jetzt gesagt, entscheide dich.

Auf einmal kam ihm ein ganz anderer Gedanke. Was, wenn der Detektiv ebenfalls Wind von der Schatzsuche bekommen hatte und dem Gold hinterherjagte? Laut Tante Erika schnüffelte er schließlich immer und überall herum.

Die vielen Gedanken machten ihn ganz durstig. Um den zu löschen, blieb er, bis das Lokal geschlossen wurde. Leider ließ sich die verrückte Schatzsucherin den ganzen Abend nicht blicken.

In der Nacht schlief er schlecht. Gegen Morgen wälzte er sich im Bett hin und her, döste ein und ließ sich von Klaus Störtebeker ins Land der Schatzinseln führen. Er sah sich neben ihm stehen, als der Pirat seinen verrückten und makabren Vorschlag machte, all jene Liekedeeler zu verschonen, an denen er ohne Kopf vorbeilaufen konnte. Das Beil fiel, und Sebastian entdeckte den Geist Störtebekers, der etwas entfernt auf einer Düne stand und ihm zuwinkte. Die Gegend um ihn herum schien sich im Nebel zu verdichten, je näher Sebastian an ihn herankam.

Eine Piratenbraut, sie kam ihm seltsam bekannt vor, trat hinter einem Busch hervor und verstellte ihm den Weg. »Max«, rief sie und zog einen Dolch, »komm mit mir, wir finden den Schatz.«

Sie fasste seine Hand. Kalt und labbrig waren ihre Finger, man konnte meinen, einen toten Fisch zu halten. Sie wies mit der anderen Hand in ein Dünental. Dort schleppten flimmernde Gestalten einige Seemannskisten. Eine Kiste fiel herunter, und heraus purzelten Perlen, Münzen, Schmuck und Pokale aus purem Gold. Er wollte darauf zustürzen, sich die Taschen vollstopfen, doch jemand hielt ihn an der Schulter fest. Die Hand ließ nicht locker. »Sebastian?« Sie rüttelte und schüttelte. »Sebastian!«

»Was ist denn?« Sein Mund fühlte sich trocken an.

»Du hast im Traum geschrien. Ist alles in Ordnung?«

»Es geht mir gut, Tantchen.« Sein Kopf dröhnte, im Magen rumorte es. Vielleicht sollte er weniger trinken.

***

Busboom plante, gleich nach dem Frühstück einen kurzen Strandspaziergang zu machen, ehe sein Arbeitstag mit der Befragung von Kutschbauers ehemaliger Lehrerin begann. Erst danach wollte er Kutschbauer bitten, Beckers Neffen zur Befragung einzubestellen.

Das Meer schimmerte hellblau unter den wenigen kleinen

Wolken. Ein seichter Wind von Nord ließ die Fähnchen an einer zwischen zwei Zelten gespannten Leine leicht knatternd flattern. Am Mast der Rettungsschwimmerbude war noch keine Fahne zu sehen. Der Himmel versprach einen wunderschönen warmen Sommertag.

Ein Blick auf seine Uhr verriet, dass noch Zeit für ein sogenanntes »Strandzeltvermietervollbad« blieb. Er würde Schuhe und Socken ausziehen, seine Hosen hochkrempeln und ein wenig durchs Wasser waten.

Die Hosenbeine bis übers Knie hochgerollt, ging er ins Meer. Es war eiskalt, was wenig zu bedeuten hatte, denn für Busboom war jedes Gewässer unter zwanzig Grad zum Baden zu kühl.

Eine Frau, die zielstrebig neben ihm ins Wasser schritt, ihn überholte und schon bald bis zum Bauch im Meer stand, warf ihm einen Blick zu. Feigling, stand darin zu lesen. Er grinste sie an und benahm sich wie einer, indem er auf dem Absatz kehrtmachte.

Ein Katamaran, einer der Zubringer für den Windpark vor Borkum, dessen Vielzahl an Rotorblättern bei guter Sicht vom Nordbad aus gut zu erkennen war, brauste vorbei, und es entstanden höhere Wellen, die an den Strand rollten. Nasse Hosenbeine wollte er vermeiden, also legte er einen Zahn zu. Am Wellensaum angekommen, zog er Socken und Schuhe wieder an und warf einen Blick zurück zu der Frau. Er konnte sie nirgends entdecken. Sollte sie untergegangen sein? Nach einer Schreckenssekunde war sie zu sehen. Sie trieb bäuchlings auf den Wellen, das Gesicht im Wasser.

Busboom zählte in Gedanken mit. Vierzehn, fünfzehn, sechzehn …

Jetzt sollte sie eigentlich den Kopf heben, um Luft zu holen.

Dann dämmerte es ihm. Ohne einen weiteren Gedanken an die Kälte und seine Hose zu verschwenden, lief er, so schnell er konnte und es der Widerstand der heranrollenden Wellen zuließ, der Frau entgegen. Das Wasser überspülte schon seinen Waschbärbauch, als er einen ihrer Füße erreichte. Er griff fest zu, zog an ihrem Bein, und sie schaukelte ihm entgegen. Mit einer Hand griff er in ihr Haar und zog ihren Kopf hoch. Mit der anderen drehte er sie zu sich herum und musste sie dann für einen Moment loslassen, um ihr von hinten unter die Arme greifen zu können. In dem Augenblick war auch schon ein Mann an seiner Seite.

»Manuela, lass den Quatsch«, rief er, schob Busboom beiseite und trat an seine Stelle. »Wenn Sie ihre Beine nehmen würden«, forderte er Busboom auf, und gemeinsam trugen sie die Frau zum Strand und legten sie vorsichtig ab.

Der Fremde gab der Frau ein paar Klapse auf die Wangen, rollte sie auf die Seite und klopfte gegen ihren Rücken.

»Wollen Sie nicht Mund-zu-Mund-Beatmung machen?«, fragte Busboom und überlegte fieberhaft, wie das noch war mit der Herzdruckmassage. Verflixt, sein letzter Kurs war schon wieder viel zu lange her.

»Wozu?«, fragte der Fremde.

Wozu? »Um sie wiederzubeleben!«, rief Busboom und wollte ihn wegschieben, um es selbst zu machen. Lieber eine falsche Herzmassage und Beatmung als gar keine.

»Das braucht sie nicht«, behauptete der Fremde, der vermutlich ihr Ehemann war, und als wollte die Frau seine Aussage bestätigen, hustete sie, rollte sich auf den Rücken, hob den Kopf und stemmte sich auf die Ellenbogen.

»Schon wieder?«, fragte sie, und ihr Ehemann nickte.

»Ich habe dir doch gesagt, du sollst nicht allein schwimmen gehen. Kannst froh sein, dass der Herr hier so schnell reagiert hat.«

»Einen schönen Schreck haben Sie mir eingejagt.« Busboom deutete auf den fahnenlosen Mast an dem Rettungsschwimmerbüdchen. »Sie wissen hoffentlich, dass die Rettungsschwimmer ihren Dienst so früh am Morgen noch nicht angetreten haben. Solange keine Fahne weht, ist auch keine Aufsicht da. Sie sollten das Schwimmen zu diesen Zeiten in Zukunft sein lassen.«

»Siehst du?«, rief der Mann. »Der Herr sagt das, was ich dir auch immer predige. Wissen Sie«, er wandte sich an Busboom, »meine Frau hat gelegentlich solche Aussetzer.« Er streckte die Hand aus, half seiner Frau auf die Beine und versuchte, ihr den nassen Sand vom Rücken zu reiben.

»Lass das«, forderte Manuela. »Ich gehe noch mal ins Wasser und spül mich ab.«

»Auf keinen Fall allein«, forderten Busboom und der Ehemann unisono. Dann wandte Busboom sich ab und ging davon.

Oben auf der Promenade angekommen, merkte er, wie ihm die Kälte aus den nassen Klamotten in die Knochen stieg.

Jetzt musste Kutschbauer noch eine Weile auf ihn warten. Zuerst musste er sich umziehen.

Eine halbe Stunde später ignorierte Busboom Kutschbauers fragenden Blick auf seine Turnschuhe.

»Geben Sie mir die Münze, und lassen Sie uns Ihre frühere Lehrerin besuchen.«

»Wie man hört«, Kutschbauer grinste wie ein Honigkuchenpferd, »haben Sie schon ein Vollbad genommen.«

»Woher wissen Sie das denn so schnell? Das ist noch keine dreißig Minuten her.«

»Jemand hat hier angerufen und eine Beschreibung von einem Seenotlebensretter bei einem Beinahe-Ertrinken abgegeben.«

»Und da kommen Sie auf mich?«

»War ein Schuss ins Blaue.«

»Nein, nun mal ehrlich. Wie kommen Sie darauf?«

»Erstens«, Kutschbauer hob seinen Daumen, »die Beschreibung des Aussehens des Retters. Zweitens«, der Zeigefinger folgte, »die Turnschuhe. Ich habe Sie noch nie im Dienst in Sportschuhen gesehen. Das kann nur bedeuten, dass Ihre anderen Schuhe derzeit nicht zu gebrauchen sind. Und drittens«, er streckte auch den Mittelfinger aus, »haben Sie es ja sofort zugegeben.«

Busboom schnaubte. »Und warum wurde im Revier angerufen?«

»Die Frau wollte sich bedanken.«

Busboom nickte, und Kutschbauer grinste breit. »Was?«, fragte Busboom.

»Sie und ein Seenotretter. Das muss man sich mal auf der Zunge zergehen lassen. Wo Sie doch so seekrank sind, dass Sie um jede hohe Welle einen großen Bogen machen.«

Busboom lachte. »Stimmt. Aber um darüber nachzudenken, war keine Zeit. Und im Wasser schwimmen ist etwas anderes als auf dem Wasser schaukeln. Sie sind ein guter Ermittler«, wechselte er das Thema und deutete auffordernd auf die Eingangstür des Polizeireviers. »Dann zeigen Sie mal, was Sie so draufhaben.«

»Ich soll sie verhören?«

War da ein Hauch von Panik aus Kutschbauers Frage herauszuhören?

»Keine Angst. Wenn Sie mir die dankbare Badenixe abnehmen«, Busboom konnte nicht garantieren, dass er sie wegen ihrer Fahrlässigkeit nicht auszählen würde, »übernehme ich Frau Baumann.«

***

Den Weg zu Frau Baumann legten sie zu Fuß zurück. Dazu mussten sie nur das Polizeigebäude verlassen, sich rechts halten, am Lebensmittelladen »City Center« vorbeigehen, nach wenigen Schritten links um die »Villa Scherz« herum abbiegen und dann gleich wieder rechts gehen. Nach etwa hundert Metern hatten sie die Kirchstraße und zwei Minuten später das Haus von Kutschbauers ehemaliger Lehrerin erreicht.

Charlotte Baumann bat sie herein. Sie wirkte gar nicht verwundert, so früh schon Besuch zu bekommen, und führte sie durch den langen Flur an der Küche vorbei in den Garten.

Sie bot ihnen einen Platz auf einer Holzbank an und setzte sich selbst in einen Klappstuhl, vor den Sonnenstrahlen durch einen bunten Sonnenschirm geschützt. Auf dem Gartentisch lag neben einem leeren Glas ein aufgeschlagenes Buch.

»Was kann ich für die Polizei tun?«

Kutschbauer war froh, dass Busboom die Befragung führte. Der entschied sich für die direkte Konfrontation.

»Sie haben uns angelogen.«

»Ich weiß gar nicht, wovon Sie reden.«

»Sie kannten Carola Dörner.«

Nanu? Das war Kutschbauer neu. Hatte Busboom vergessen, es ihm zu sagen? Oder behauptete er es einfach nur, wie Kutschbauer es eben auch bei ihm getan hatte?

»Wer sagt denn so etwas?«

»Ich.«

»Das ist nicht wahr. Ich habe die Frau zum ersten Mal gesehen, als sie tot in meinem Museum lag.«

Busboom zog das Tütchen mit der Münze aus seiner Hosentasche und legte es auf den Gartentisch.

Charlotte Baumann blickte nur kurz darauf.

Den Gesichtsausdruck kannte Bernhard Kutschbauer und würde ihn niemals vergessen. Genauso hatte sie geschaut, als sie den kleinen Bernhard hart bestraft und anschließend erfahren hatte, dass es ein anderer gewesen war. Was sein Klassenkamerad ausgefressen hatte, wusste Kutschbauer nach all den Jahren nicht mehr, doch der Gesichtsausdruck hatte sich in sein Gedächtnis eingebrannt. Ertappt und überführt und dennoch stur und keinesfalls bereit, zuzugeben, dass sie sich geirrt hatte.

Sie hob den Blick und schaute ihm direkt in die Augen. »Tut mir leid, Bernhard.«

Hatte sie seine Gedanken erraten?

Ihr Lächeln wirkte verkniffen, doch ihr Gesicht wurde auf einmal weich. »Ich wollte immer ein Vorbild für all meine Kinder sein.« Leicht sanken ihre Schultern herab. Sie seufzte und griff nach der Klarsichttüte. »Die Münze war ihr Fehler«, sagte sie und schwieg eine Weile. Weder Busboom noch Kutschbauer rührten sich, beide warteten auf weitere Erklärungen.

Charlotte Baumann wendete das Tütchen, nahm ihre Lesebrille, die an einer Kette um ihren Hals hing, und begutachtete die Münze von beiden Seiten, ehe sie weitersprach.

»Zehn Dukaten. Sie wurde Jahre nach Störtebekers Tod geprägt, das machte mich stutzig.« Sie schaute Busboom kurz an, dann Kutschbauer, ehe sie die Münze an Busboom zurückgab. »Das wäre nicht weiter verdächtig gewesen, hätte die Frau nicht so darauf herumgeritten, dass sie zu Störtebekers Schatz gehören würde, den sie zusammen mit einem Freund gefunden haben wollte.« Sie seufzte erneut. »Ich habe sie darauf aufmerksam gemacht, und wissen Sie, was sie geantwortet hat?«

Busboom und Kutschbauer schüttelten leicht die Köpfe und schwiegen. Sie war im Begriff, sich alles von der Seele zu reden, da sollte man niemanden unterbrechen.

»Sie nahm es auf die leichte Schulter, sagte: ›Dann muss es ein anderer Schatz gewesen sein.‹ Doch sie wirkte ertappt. Oja, *ich* weiß, wie kleine Lügner aussehen. Mit denen habe ich jahrzehntelange Erfahrung. Ich erkenne eine Lüge, noch ehe sie ganz ausgesprochen wird, glauben Sie mir, Herr Kommissar.«

Kutschbauer fühlte sich nicht angesprochen. Busboom jedoch nickte und schenkte ihr ein aufmunterndes Lächeln, damit sie weiterredete.

»Diese Betrügerin hat versucht, sich herauszureden.« Charlotte Baumann schwieg und starrte hinauf zum Sonnenschirm. Der Himmel hatte sich leicht zugezogen, vereinzelt schob sich eine kleine Wolke vor die Sonne. Licht und Schatten füllten im Wechsel den Garten, aber es blieb angenehm warm.

»Sie haben ihr die Münze dennoch abgekauft«, vermutete Busboom.

»Ja. Ich war mir zu dem Zeitpunkt ziemlich sicher, dass sie echt war. Ob nun von Störtebeker oder einem anderen Piraten, ist doch vollkommen egal. Sie hat neuntausend Euro dafür verlangt und angeboten, mir einen Nachlass zu gewähren, wenn ich zwei oder mehr nehme. Zwei Münzen für sechzehntausend, bei drei wäre sie sogar bereit, sie mir für siebeneinhalbtausend das Stück zu überlassen. Ein schönes Geschäft.«

Charlotte Baumann lehnte sich zurück. Sie schien Busboom und Kutschbauer vergessen zu haben, schaute weiter den fliegenden Wolken hinterher.

»In guten Auktionshäusern ist die Münze für weit mehr unter den Hammer gekommen.« Sie holte tief Luft und seufzte. »Wir haben dann vereinbart, dass ich erst einmal eine Münze nehme und sie mir später, mit Rabatt natürlich, eine weitere verkauft. Eine Münze konnte ich von meinem Ersparten sofort bezahlen. Die zweite und vielleicht auch weitere wollte ich später mit dem Erlös von Aktien und dem Verkauf der ersten Münze finanzieren.« Sie wandte ihnen das Gesicht zu. »Kann ich ein Glas Wasser haben?«

Kutschbauer sprang auf und griff nach dem leeren Glas, um welches zu holen.

»Dann haben Sie sich am Tatabend mit ihr zum Kauf der ersten Münze getroffen«, soufflierte Busboom.

»Richtig.«

»Warum im Museum?«

»Der Ort ist so gut wie jeder andere. Außerdem konnte ich sicher sein, dass wir dort allein sein würden. Nach Feierabend ist dort kein Mensch mehr.« Sie schwieg und schaute sich um, als fragte sie sich, wo Kutschbauer mit dem Wasser blieb.

»Hat es Sie nicht gewundert, dass die Tür unverschlossen war?«

»Herbert Klüwer wird alt und vergesslich, er sollte keine Aufsicht mehr machen dürfen.«

Kutschbauer kam zurück und reichte ihr das Wasser. Sie nippte daran und stellte das Glas auf den Tisch.

»Wie ging es weiter?«

»Ich kam zu früh zur Verabredung. Eine alte Angewohnheit. In meinen Schulzeiten war ich am Morgen immer die Erste. Aber Carola Dörner war schon da. Ich erwischte sie in der Walhalle. Sie versuchte, die Glasvitrine mit den Elfenbeinzähnen aufzubrechen. Ich bitte Sie, Herr Kommissar. Das konnte ich auf keinen Fall zulassen. Wir stritten. Ein Wort ergab das andere. Ich sagte ihr auf den Kopf zu, wie enttäuscht ich von ihr war. Nannte sie eine gemeine Diebin, und plötzlich wusste ich, dass sie auch eine Betrügerin war.« Erneut nippte Frau Baumann am Wasserglas. »Ich drohte, zur Polizei zu gehen, um sie zu melden. Plötzlich verdrehte sie die Augen, taumelte und setzte sich auf den Fußboden. Zuerst dachte ich an einen Trick. Sie murmelte etwas von wegen Blutzucker. Dann zog sie einen Insulinstift aus der Jackentasche. Während sie ihren Bauch frei machte und sich spritzte, fing sie an, mich als gierige alte Ziege zu beschimpfen, die genau wisse, was solche Münzen wert seien und *sie* betrügen wolle. Sie drehte den Spieß einfach um, warf mir vor, großen Reibach damit machen zu wollen. Mein Gott, wenn Sie wüssten, was sie noch alles sagte! Ich entriss ihr den Pen, und wir rangelten. Auf einmal hatte ich den Stift in der Hand und drückte mehrmals ab. Sie lachte, verhöhnte mich, und ich ließ sie einfach in der Walhalla sitzen. Sie warf mir noch einige Obszönitäten an den Kopf. Als ich die Eingangstür erreichte, rief sie, sie würde noch heute Nacht verschwinden und sich nie mehr hier blicken lassen.« Frau Baumann griff erneut zum Glas und trank das Wasser zur Hälfte leer.

»Und wie kam der Pen ins Klo?«

»Plötzlich musste ich ganz dringend. Die Aufregung ist mir auf den Darm geschlagen, und in meinem Alter kann man es nicht lange aufhalten. Anschließend spülte ich den Pen zusammen mit dem Dietrich, mit dem sie die Vitrine öffnen wollte, runter. Warum ich das getan habe, kann ich Ihnen beim besten Willen nicht sagen. Ein Fehler, das ist mir allerdings erst klar geworden, als der Klempner ihn herausholte. Der Mann war so stur, er bestand darauf, das Ding selbst bei der Polizei abzugeben.«

Gut so, verriet ein Blickwechsel zwischen den beiden Polizeibeamten, sonst würde ihnen jetzt die Mordwaffe fehlen.

»Da sind sicherlich meine Fingerabdrücke drauf«, sagte Frau Baumann. »Ich habe Kopfweh.«

»Unser Kollege auf dem Revier hat garantiert etwas gegen Kopfschmerzen für Sie da.«

»Muss ich mitkommen?«

Busboom stand von der Bank auf. »Ich bitte darum.«

»In Handschellen?«

Die Vorstellung schien sie mehr aufzuwühlen als ihr Geständnis.

»Haben Sie welche dabei?«, fragte Busboom und zwinkerte Kutschbauer zu.

»Es wird auch ohne gehen.«

Kutschbauers Inneres war in Aufregung. Einerseits war er froh darüber, dass der Fall gelöst war, andererseits bestürzt, dass seine ehemalige Lehrerin mehr als nur die Beherrschung verlieren konnte. Ach was, dachte er. Sie ist immer schon eine gemeine Ziege gewesen, da muss ich kein Mitleid haben.

»Hätte nie gedacht, dass ich in meinem Leben noch mal in einem Streifenwagen mitfahre.«

Kutschbauer tat ihr den Gefallen, vermutlich war es heute das letzte Mal, dass er sie sah. Er telefonierte mit Kupke und bat ihn, sie mit dem Streifenwagen abzuholen.

Kupke brauchte mit dem Auto fast länger als zu Fuß.

»Herr Kutschbauer, Sie begleiten Frau Baumann bitte aufs Revier und leiten alles Weitere in die Wege«, sagte Busboom. »Ich habe noch etwas zu erledigen.«

»Soll ich nicht mitkommen?«

»Nein. Nur eines noch. Wie ist die private Anschrift von Herbert Klüwer?«

Kutschbauer gab sie ihm.

**

Das Haus, in dem Herbert Klüwer wohnte, war noch keine zwei Jahre alt. Es wurde von wenigstens sechs Mietparteien bewohnt. Der Eigentümer hatte viel schlechten Geschmack bewiesen und die Fassade mit grauen Eternitplatten verkleidet. Das passte zu den Nachbarhäusern wie ein rosa Kaninchen auf die Seehundsbank.

»Ich bringe Ihnen Ihre Münze zurück«, sagte Busboom, nachdem Herbert Klüwer ihn in seine Wohnung gebeten hatte. Klüwer wirkte wenig überrascht, als Busboom ihm außerdem sagte, er habe noch sehr viele Fragen an ihn.

Sie gingen ins Wohnzimmer. Klüwers Wohnungseinrichtung war das totale Gegenstück zur Außenfassade des Hauses. Hier drinnen wirkte alles alt und gediegen, ganz so, wie man sich die Wohnung eines Museumsmitarbeiters vorstellte.

Er bot Busboom einen Platz auf dem Sofa an, machte jedoch keine Anstalten, das Klarsichttütchen mit der Dukate an sich zu nehmen. »Sie werden die im kommenden Prozess sicherlich noch brauchen.«

»Ja«, sagte Busboom. »Sie haben recht. Verraten Sie mir, wo Sie die Münze herhaben?«

»Von Carola Dörner. Sie verkaufte sie mir bereits zu Ostern. Sie versprach, mir ein oder zwei weitere im Sommer zu verkaufen, nachdem ich ihr zum einen versicherte, niemandem etwas davon zu erzählen, und zum anderen, die Münze als Notgroschen zu behalten.«

»Was Sie nicht taten.«

»Nein. Es kam eine finanzielle Notlage meines Sohnes dazwischen, und ich versuchte, die Münze«, er deutete darauf, »zu verkaufen. Aber so schnell verkauft man so ein teures antikes Stück nicht.«

Busboom konnte sich das gut vorstellen. Zuerst musste man sich an ein Auktionshaus wenden und den Leuten dort die Münze zur Begutachtung vorlegen. Wenn das Auktionshaus keinen Stammkunden hatte, der sie sofort kaufte, wurde die Münze in Kommission genommen, um bei der nächsten Auktion versteigert zu werden. Die fanden natürlich nicht jede Woche statt.

»Also bin ich damit zum Juwelier gegangen.«

»Der in der Fußgängerzone?«

»Nein. Einer in Emden. Ich bin öfter auf dem Festland, Facharztbesuche, Sie verstehen?«

Busboom verstand.

»Zudem hatte ich ihr versprochen, jedes Aufsehen zu vermeiden. Sie erzählte mir, sie habe gemeinsam mit einem Freund einen Schatz gefunden. Zuerst habe ich ihr gar nicht geglaubt, aber sie hatte so viele Beweise.«

Busboom dachte an die Lagepläne, das alte Borkumer Sprichwort, die historischen Gerichtsakten und die Strandungsprotokolle von anno dazumal.

»Der Juwelier in Emden hat die Münze gewogen und mit den Werten in einer Tabelle verglichen. Ihn irritierte das Gewicht. Er meinte jedoch, sie könne dennoch echt sein. Die Goldprobe war jedenfalls positiv. Er fragte, ob er ein wenig tiefer kratzen dürfe, um sicherzugehen. Da stellte sich heraus, dass nur die oberste Schicht aus Gold war. Den Rest nimmt nicht mal ein Altmetallsammler, hat er gesagt und mir fünfzig Euro dafür angeboten. Ich wollte es zuerst nicht so recht glauben. Vielleicht belog er mich ja. Ich plante, noch einen Historiker zu befragen, aber irgendwie war mir insgeheim wohl doch klar, dass man mich hereingelegt hatte.«

»Warum das Märchen mit dem Aufschließen der Museumstür?«

»Das war kein Märchen. Die kleine Gaunerin wollte mich ja erneut reinlegen. Sie hat geredet und geredet, und durch all ihr Gequatsche wusste ich plötzlich, dass Charlotte Baumann auch zu ihren Kunden zählte. Ich vermutete, dass die beiden Frauen im Museum verabredet waren. Hätte ich denn ahnen können, dass es so ausgeht?«

»Frau Baumann zu warnen, war Ihnen nicht eingefallen?«, fragte Busboom.

Herbert Klüwer lächelte säuerlich. »Sie hat es verdient, betrogen zu werden. Sie tut immer so, als sei sie etwas Besseres, dabei macht sie beim Scheißen auch die Knie krumm. Bitte entschuldigen Sie meine Ausdrucksweise.«

»Was geschah dann?«

»Ich wollte wissen, was geschieht. Also tat ich, als ginge ich nach Hause, und wartete. Frau Baumann kam und betrat das Museum. Sie hat mich nicht gesehen. Ich wagte nicht, ebenfalls hineinzugehen, habe die beiden aber drinnen streiten hören. Im letzten Moment konnte ich mich verstecken, als die Baumann das Haus wieder verließ.« Klüwer schwieg eine ganze Weile.

»Haben Sie das Dykhus danach noch einmal betreten?«, fragte Busboom. »Schließlich war Frau Dörner ja noch im Haus.« Vielleicht hätte er sie retten können, wenn sie schnell zum Arzt gekommen wäre.

»Nein. Ich hatte angenommen, sie wäre vor Frau Baumann gegangen. Unterdessen hatte ich Not, mich versteckt zu halten. Wird mir irgendjemand den Schaden ersetzen?« Klüwers Blick ging zur Münze. »Schließlich habe ich Ihnen das Ding geschickt, damit Sie auf die richtige Spur kommen.«

»Ich weiß nicht, ob jemand für Ihren Schaden aufkommt.«

»Sie haben bei Frau Dörner kein Bargeld entdeckt?«

»Leider nein.« Busboom bedauerte das wirklich. Rentner um ihr Erspartes zu betrügen, gehörte seiner Meinung nach in die Kategorie der ganz besonders fiesen Verbrechen. »Eine Frage habe ich für heute noch.«

»Ja?«

»Warum haben Sie Frau Baumann nicht einfach bei uns angezeigt? Sie mussten doch davon ausgehen, dass sie für den Tod von Frau Dörner verantwortlich war.«

Klüwer verriet es ihm.

»Habe ich mit einer Strafe zu rechnen?« Sein Gesicht zeigte Furcht. Gut. Sollte er ruhig eine Weile schmoren und sich fragen, ob das Verschweigen von Informationen in einem Mordfall als Straftat verfolgt wurde oder nicht. Ein wenig Angst konnte nicht schaden. Doch dann ließ Busboom sich erweichen.

»Wenn Sie mir sonst nichts verschweigen.«

»Ich habe Ihnen alles gesagt.«

***

Auf dem Weg zurück ins Polizeigebäude telefonierte Busboom mit Ariana Peters.

»Hast du noch mal mit Herrn Saathoff gesprochen?«

»Ja. Er behauptet, nicht auf Carola Dörner hereingefallen zu sein. Ihn interessierte natürlich der Fund eines Schatzes an sich. Er faselte etwas von großartiger Sache und historischer Bedeutung. Ich glaube ihm, und sollte er mich dennoch angelogen haben, wird er spätestens jetzt wissen, dass er nur Tand gekauft hat. Soll ich ihn noch mal eingehender befragen?«

»Nein. Unseren Mord haben wir aufgeklärt. Wir sehen uns morgen.«

»Wie man hört, sind Sie unter die Lebensretter gegangen.«

»Wer hat mich verraten?«

»Der Kollege Becker. Grüßen Sie ihn herzlich von mir.«

Busboom war kurz versucht zu fragen, ob er Kutschbauer ebenfalls grüßen sollte, doch da hatte sie schon aufgelegt.

***

»Und Sie halten diesen Max Zimmer für vollkommen unschuldig, was die Betrügereien angeht?«, wollte Becker beim abschließenden Gespräch mit den Kollegen wissen.

»Wir können ihm nichts Gegenteiliges beweisen. Und ja, ich glaube ihm.« Busboom schnürte seine Schuhbänder zu, die verdammten Dinger gingen immer auf. »Carola Dörner war eine geschickte Betrügerin. Sie musste geahnt haben, bald aufzufliegen, und hätte ihm alles in die Schuhe geschoben.« Das war nur eine Vermutung, doch sie konnten Carola nicht mehr fragen. Warum sie diese aufwendige Scharade veranstaltet hatte, würde wohl für immer ein Geheimnis bleiben.

»Ihr Pech nur, das sie Diabetikerin war.«

»Ich kenne Frau Baumann seit meiner Kindheit«, sagte Kutschbauer. »Nie hätte ich vermutet, dass sie die Mörderin ist. Sie wirkte bei den Befragungen so …«

»Ehrlich?«, ergänzte Becker.

»Ob Carola Dörner das ergaunerte Geld irgendwo zu Hause gebunkert hat?«, überlegte Kupke laut.

»Das müssen die Kollegen in Herne herausfinden.«

»Wenn ja, bekommen die Geschädigten dann ihr Geld zurück?«

»Das haben zum Glück nicht wir zu entscheiden.«

»Wie lange wird Frau Baumann im Gefängnis bleiben?«, erkundigte sich Kupke.

»Keine Ahnung. Der Mord war nicht geplant, sondern geschah im Affekt. Hinzu kommt ihr Alter …«

»… das vor Torheit bekanntlich wenig schützt«, ergänzte Becker, womit sie wieder beim Schatz angelangt waren.

»Verraten Sie uns«, fragte Kutschbauer an Busboom gewandt, »warum Herbert Klüwer Charlotte Baumann nicht einfach bei uns gemeldet hat? Hatte er Angst vor ihr?«

»Was Sie sicher verstehen würden«, frotzelte Becker.

»Aus Eitelkeit. Charlotte Baumann hätte erfahren, dass er auf Carola Dörners falsche Münze reingefallen war, und ja, er fürchtete die Frau.«

»Die ist aber auch ein Biest.« Kupke fuhr sich mit gespreizten Fingern durch die Haare. »Aber was befürchtete der Mann? Wenn sie wegen Mordes einsitzt, kann sie ihm nichts anhaben.«

»Und wenn es ihr gelungen wäre, um eine Strafe herumzukommen, oder wir sie niemals verdächtigt hätten?«

»Das hat Klüwer befürchtet?«

»Das und vor Gericht gegen sie aussagen zu müssen.«

»Der arme Mann, er muss einen ganz schönen Bammel vor ihr haben. Aber er hat recht, wer einmal tötet, kann es auch ein zweites Mal tun.«

»Jedenfalls«, sagte Busboom, »hat er uns letztendlich mit der Münze auf die richtige Spur gebracht, nachdem das mit der nackten Schaufensterpuppe fehlgeschlagen war.«

»Warum um alles in der Welt hat Klüwer die Puppe überhaupt ausgezogen?«

»Daran sind Sie schuld, Herr Becker.«

»Iiiich?«

»Sie erwiderten auf eine Frage von ihm, ob der Mord etwas mit dem Museum zu tun habe: Nein, auf keinen Fall.«

»Das habe ich nicht gesagt.«

»So oder so ähnlich jedenfalls müssen Sie sich ausgedrückt haben. Und um das zu verhindern und uns auf das Museum aufmerksam zu machen, ist ihm die Trachtenaktion eingefallen.«

»Er wollte uns also unbedingt mitteilen, dass es sehr wohl etwas mit dem Museum zu tun hat. Beziehungsweise mit einer Mitarbeiterin. Es wäre wirklich einfacher gewesen, uns seinen Verdacht geradeheraus mitzuteilen. Armer Kerl.«

Aber mit einem gewissen Schalk im Nacken, dachte Busboom. Wie Klüwer ihm verraten hatte, ärgerte er die Kollegin, wo er nur konnte, und nahm dafür in Kauf, für einen Trottel gehalten zu werden. Zuletzt, indem er die vermeintlich gestohlenen Teile der Frauentracht häppchenweise zurückbrachte, um Frau Baumann zu verunsichern. Auch eine Art von Mut, fand Busboom.

»Bleibt die Frage, wo die fehlende Flurkarte abgeblieben ist.«

»Ich bin sicher«, sagte Busboom, »Herr Klüwer ›findet‹«, er malte mit den Fingern Anführungsstriche in die Luft, »sie bald wieder. Und ich denke, wir haben uns nun einen schönen gemeinsamen Feierabend verdient. Ich lade heute Abend alle zum Essen ein.«

»Ins ›Il Faro‹?«

»Wohin denn sonst?«

»Ich liebe Pizza«, schwärmte Kupke.

Bevor sie gingen, nahm Busboom Becker beiseite.

»Was machen Sie jetzt mit Ihrem Neffen?«

»Ich werde ihn mit meinem Wissen konfrontieren und rausschmeißen.«

»Und Ihre Frau?«

»Erika werde ich vermutlich nichts davon sagen. Aus irgendeinem mir unverständlichen Grund liebt sie den Kerl.«

Busboom klopfte ihm auf die Schulter. »Sie sollten sich für den Posten des Dienststellenleiters bewerben. Ich kenne niemand Besseren, um diese Stelle auszufüllen.«

DREIZEHN

»Totale Schnapsidee«, murrte Dakota Wagner. »Und ich bin auch nur mitgekommen, weil du so gequengelt hast.«

»Wir haben Vollmond. Das ist ein gutes Zeichen.« Andreas Kupke sprühte vor Begeisterung, als der Mond seine Aussage bestätigte und endlich hinter einigen Wolken hervortrat.

»Wenn uns hier jemand mitten in der Nacht mit Taschenlampe, Spaten und der Kopie eines Lageplanes erwischt, erwähn bloß nicht, dass wir bei der Polizei sind. Nur gut, dass es so schön hell ist«, nörgelte Dakota weiter, »da muss ich wenigstens keine Angst haben, in ein Kaninchenloch zu treten.«

Es raschelte, und wie aufs Stichwort huschten gleich zwei Karnickel vor ihren Füßen über die flach ansteigende Düne.

»Wenn uns jemand sieht«, Dakota knipste die Lampe zweimal hintereinander ein und aus, »können wir immer noch behaupten, wir wären Kaninchenjäger.«

»Wieso das denn?«

»Hat Kutschbauer mir mal erzählt. Früher, während und nach dem Zweiten Weltkrieg, gingen die Insulaner mit Taschenlampen in die Dünen, um Kaninchen zu blitzen.«

»Erzähl keinen Mist.«

»Doch, wirklich. Wenn es stockdunkel ist und man die Viecher anleuchtet, bleiben sie einfach sitzen. Dann kann man sie mit der Hand fangen.«

»Dir kann man auch alles erzählen.«

»Das sagt genau der Richtige. Wer glaubt denn immer noch an den Schatz? Nein, echt wahr, das mit den Kaninchen. Ist auf jeden Fall sinnvoller, als mitten in der Nacht hier herumzustreunen.«

»Wir streunen nicht, wir suchen«, korrigierte Kupke.

Er hätte besser allein gehen sollen. Wenn er nur kein solcher Angsthase wäre. Dunkelheit und unbekanntes Terrain mochte er nicht.

Dakota sprang mit einem lauten Aufschrei zur Seite und wäre beinahe gestürzt. Gleich vier Rehe, zwei davon mit einem Kitz, hetzten aus einem Miniwäldchen vor ihnen heraus und flohen.

»Lass uns nach Hause gehen oder bei Tageslicht wiederkommen.«

»Da sind viel zu viele Spaziergänger unterwegs.«

»Du bist also immer noch der Meinung, Max Zimmer war ihr Komplize und ist noch auf Borkum, weil er die Stelle kennt?«

»Irgendwo muss Carola Dörner die Vorlage für das Dukatenstück ja hergehabt haben. Abdrücke macht man am besten von einem Original. Vielleicht haben die beiden nur einige wenige gefunden ...«

»Ja, ja, ich weiß. Einen Abdruck machen und mit Gold umgehen kann Max Zimmer, das hat er sicherlich von seiner Mutter gelernt, die war ja schließlich Goldschmiedin. Deswegen ...« Dakota verstummte, drehte sich zur Seite und ging in die Knie. »Verdammt, ein Loch.« Fast wäre sie gestürzt.

Andreas war sofort zur Stelle.

»Hat hier jemand gegraben?«

»Klar doch.« Dakota klang böse. »Eines von diesen Viechern.«

Eindeutig ein Kaninchenloch.

»Er wird nicht kommen, dieser Max. Wäre ich an seiner Stelle, würde ich Gras über die Sache wachsen lassen, später wiederkommen und den Rest ausgraben.«

»Ha, jetzt glaubst du doch daran.«

»Sieh dich um, Andreas. Hier hat außer Meister Langohr in den letzten Wochen niemand gegraben.«

Sie hatten die Stelle erreicht, die Kupke laut der ihnen vorliegenden Pläne und Karten berechnet hatte.

»Ich gehe jetzt.«

»Warte, hier ist was.« Kupke klang aufgeregt. »Ach, schade, doch nichts.«

Dakotas Handy klingelte.

Kutschbauer. »Was macht ihr gerade?«

»Äh, nichts Besonderes.«

»Dann sind das wohl andere Leute, die hier mit der Taschenlampe das Wild verrückt machen?« Er lachte, und Dakota musste grinsen. Es würde Becker und Busboom freuen, Kutschbauer endlich wieder laut lachen zu hören.

»Wo sind Sie?«

»Südlich von Ihnen.«

Dakota wandte sich nach links. Gegen das Licht des Vollmondes sah sie hoch oben auf einer Düne den Umriss eines Mannes. Er hatte beide Arme gehoben und winkte, als wollte er ein heranrollendes Flugzeug aufhalten. Sie sah, wie er eine Hand an sein Ohr führte.

»Dass ihr mir ja kein Loch grabt, ihr befindet euch im Naturschutzgebiet.« Wieder lachte er, vermutlich dachte er an die Fellnasen, die hier alles umwühlten. »Ihr glaubt doch wohl kaum, dass irgendjemand vom Festland das, was die Insulaner in vierhundert Jahren nicht finden konnten, innerhalb von wenigen Tagen ausbuddelt? Kommt zurück. Ich spendiere eine Runde.«

***

In Gedanken packte er seinen Neffen am Kragen, zerrte ihn aus dem Haus in einen Streifenwagen und fuhr ihn zum Fähranleger am Hafen. Mit der Warnung, sich so schnell nicht wieder blicken zu lassen, entließ er ihn, achtete darauf, dass Sebastian an Bord ging, und wartete so lange, bis die Fähre abgelegt hatte.

Doch so schön der Tagtraum auch war, er konnte Sebastian nicht so einfach aus dem Haus jagen, ohne Erika etwas davon zu sagen. Er brachte es einfach nicht übers Herz.

So erzählte er am Frühstückstisch seiner Erika die ganze Geschichte und äußerte seine Vermutungen, wie Sebastian in die Sache verstrickt war. Sogar von Dakota Wagner berichtete er, die er auf den Neffen angesetzt hatte.

»Du hast eine Spionin auf ihn angesetzt?«

»Was sollte ich denn machen? Ich musste doch herausfinden, was der Bengel vorhat. Ich bin Polizist, vielleicht bald

Dienststellenleiter, wie sieht es da aus, einen Kriminellen unter meinem Dach zu beherbergen? Und so leid es mir tut, mein Schatz, aber dein Neffe ist und bleibt ein Taugenichts.«

»Was du ja jetzt bewiesen hast. Ach, Horst, als wenn ich das nicht wüsste.«

»Du solltest ihn auffordern, nach Hause zu fahren, sofort«, sagte Becker.

Den Einwand überhörte Erika. »Und das«, sie hob den Zeigefinger, »wo er gerade anfing, sich für das Hotelgewerbe zu interessieren.«

»Das, meine Liebe, hat er dir nur vorgegaukelt.« Er schnitt sein Brötchen in zwei Hälften, bestrich sie mit Butter und legte Käse darauf.

»Damit hast du vermutlich recht, mein Schatz. Darum bist auch du der Polizist und ich nur eine einfache Hausdame.« Sie klang alles andere als bescheiden. Mit dem Messer köpfte sie ihr Ei, legte die Kappe auf das Frühstücksbrettchen und bestreute sie mit Salz. »Habe ich dich eben richtig verstanden?« Sie griff zum Eierlöffel.

»Was meinst du?« Becker tat scheinheilig, musste dann aber frech grinsen.

»Du hast dich für den Posten des Dienststellenleiters beworben?«

»Habe ich, ja.«

»Sehr gut. Ich würde ihn dir geben.«

»Danke, Schatz.«

»Dann habe ich jetzt auch eine kleine Überraschung für dich.«

»Aha.« Becker ließ die Brötchenhälfte sinken, ohne hineingebissen zu haben.

»Ich werde den Bengel sofort nach dem Frühstück aus dem Bett schmeißen und dafür sorgen, dass er die nächste Fähre nimmt.«

***

»Bernhard hat doch heute frei, oder?«

Es war eher eine Feststellung als eine Frage. Maria Kutschbauer eilte in einem luftigen Sommerkleid durchs Haus, als müsste sie kontrollieren, ob alles in Ordnung sei.

»Hat er gesagt, wann er zu uns kommt?«

»Erwartest du Besuch?«, stellte Dini eine Gegenfrage.

»Nein, wie kommst du auf den Gedanken?«

»Du machst diesen Eindruck.«

»Also hat Bernhard jetzt was gesagt oder nicht?«

»Er wollte zum Strand gehen. Schwimmen und ein wenig in der Sonne liegen.«

»Aber danach kommt er.«

»Keine Ahnung, Maria.«

»Natürlich kommt er, sonst hätte er es dir ja nicht so genau gesagt. Schwimmen, Strand und so.« Sie machte ein Gesicht, als habe sie ihr Leben lang noch keinen selbstständigen Gedanken gefasst. Doch Dini wusste es besser.

»Was ist los, Maria?«

»Ich denke, ein Gutes hat es ja.«

»Wovon sprichst du?«

»Von der Trennung von Ariana.«

»Was soll daran denn gut sein?«

Maria senkte kurz den Blick, als würde sie sich für ihren Egoismus schämen.

»Nun sag es schon«, bohrte Dini.

»Unser Neffe kommt sonntagnachmittags wieder zu Kaffee und Kuchen zu uns.«

»Maria!« Dinis schmal gezupfte Augenbrauen zogen sich zusammen. »Was hast du vor?«

»Nichts.«

»Du flunkerst. Den Gesichtsausdruck kenne ich.«

»Der Junge muss wieder eine Frau an seiner Seite haben.«

»Der *Junge* geht auf die vierzig zu.«

»Das dauert noch ein bisschen. Aber wir beide leben nicht ewig. Dann ist er ganz allein.«

»Wie ist dein Plan?«

Maria drückte ihren Haardutt zurecht, obwohl er korrekt auf ihrem Hinterkopf saß. Ein Zeichen dafür, dass ihr Entschluss feststand und sie sich kaum davon abbringen lassen würde.

»Komm mir nicht damit, ihm Frauen vorzustellen«, warnte Dini.

»Genau das ist mein Plan.«

»Von denen, die wir kennen, kann keine Ariana das Wasser reichen.«

»Das Leben ist kein Wunschkonzert. Jeder muss mal Abstriche machen.«

»Nicht unser Neffe.«

»Dann sind wir uns ja einig. Für Bernhard nur das Beste.« Maria strahlte. »Hast du noch dieses Tablett, mit dem man im Internet unterwegs sein kann?«

»Was hast du vor?«

»Parshippen, Singlebörse oder wie die alle heißen.«

***

Hubert Engel und seine Frau befanden sich auf dem Katamaran zum Festland. Mit an ihrem Tisch saßen drei Touristen, die ihre Kur beendet hatten. Ihr Hauptgesprächsthema war ein angeblich auf der Insel gefundener Piratenschatz.

»Schade, dass wir abreisen müssen«, erklärte ein Mann Mitte vierzig mit recht trockener Haut im Gesicht, auf den Armen und Händen. Seine Ohren wirkten wie Pergamentpapier. Vermutlich war er in der Hautklinik gewesen, um seine Neurodermitis zu kurieren.

»So wie ich dich mittlerweile kenne«, meinte eine korpulente Dame mit ungewaschenen Haaren, »würdest du sonst mit einer Schaufel bewaffnet die Insel umgraben.«

»Lach nicht, Renate. Einige auf meinem Flur haben sich für heute Nachmittag dazu verabredet.«

»Unten bei den Fahrradständern«, wusste der dritte zu berichten, »standen schon jede Menge von den Schaufeln, die

die Strandzeltvermieter zum Burgenbau anbieten.« Er lachte laut auf. »Die haben sie vermutlich gestern Nacht zusammengeklaut.«

So ging das in einer Tour weiter.

Engels Laune wurde von Seemeile zu Seemeile, die sie Emden näher kamen, schlechter. Da half es wenig, dass er beim Aussteigen Sebastian Friedland einige Meter vor sich in der Menge der aussteigenden Leute entdeckte. Engel überlegte, ob er ihn ansprechen sollte, ließ es jedoch bleiben.

Sie verließen das Schiff und gingen die wenigen Schritte zum Bahnhof hinüber.

»Was ist mit dir?«, fragte seine Frau, als sie in den Zug nach Süddeutschland einstiegen. »Sollen wir wieder umkehren? Vielleicht möchtest du ja nach dem Schatz suchen?« Mit dem Kopf nickte sie in Richtung Schiff.

Eine Durchsage, in der die Passagiere, die nach Borkum wollten, aufgefordert wurden zuzusteigen, hallte durch den Fährhafen bis zu ihnen herüber.

Engel schüttelte den Kopf. Für einen Schatzjäger fühlte er sich zu alt. »Lass uns nach Hause fahren.«

Später, sie hatten Münster bereits hinter sich gelassen, fragte seine Frau: »Konntest du deinen Erpresser loswerden?« Sie machte dabei ein Gesicht, als würde sie wissen wollen, wie spät es war.

»Du weißt davon?«

»Ich habe die Briefe gesehen.«

»Du schnüffelst in meinen Sachen herum?«

»Ich habe eine Pinzette gesucht. Nun? Hast du?«

»Eine Pinzette?«

»Hubert!«, warnte sie.

»Klar bin ich ihn losgeworden. Was denkst du denn?«

»Schön. Ich bin stolz auf dich.«

»Und ich liebe dich.«

***

Kutschbauers Handy klingelte.

»Hallo, Ariana.« Seine Stimme klang, als hätte er einen Kloß im Hals.

»Moin, Bernhard.«

»Sehen wir uns bald?«

»Darüber muss ich nachdenken.« Auch Ariana klang, als würde ihr die Stimme gleich versagen.

Darüber nachdenken? Dann war es zu spät. Sie liebte ihn nicht mehr, verspürte kein Verlangen, ihn zu sehen.

Sind wir noch zusammen? Die Frage hatte sich erledigt, lag ihm aber dennoch auf der Zunge.

Er war ein Mann, er wollte klipp und klar gesagt bekommen, woran er war.

»Ich überlege«, sagte sie und machte eine lange Pause.

»Ja?« Die Hoffnung starb zuletzt.

»Ich überlege«, wiederholte sie, »ob ich mich zurück nach Dortmund versetzen lasse.«

Da kam sie her, dort war sie aufgewachsen, dort lebten ihre Eltern.

»Ist was mit deinen Eltern?« Eine dumme Frage, er kannte die Antwort bereits.

»Nein, alles okay. Ostfriesland wird mir zu eng.« Sie dehnte die Pause aus, schwieg, bis er fragte: »Bist du noch dran?«

Ihm war bewusst, dass sie mit der erwähnten Enge ihre Beziehung meinte.

»Mach es gut, Bernhard.«

Ehe er antworten konnte, hatte sie aufgelegt.

***

Busboom hatte vorgehabt, den ersten Katamaran nach Emden zu nehmen, doch die Wettervorhersage sagte sommerliches Wetter mit Windstärken von vier bis fünf voraus.

Das bedeutete aufgewühltes Wasser, was seinem Magen nicht behagte.

Deswegen entschied er sich, den Tag seiner Abreise langsam anzugehen. Nach einem ausgiebigen Frühstück in einem Café am Bahnhof wollte er noch einmal kurz über den Strand gehen.

Auf ein Fußbad im Meer würde er jedoch verzichten, das letzte hing ihm noch schwer in den Knochen.

Seine Reisetasche hatte er im Polizeigebäude deponiert, da er nicht wusste, ob er rechtzeitig zur allgemeinen Zimmerräumung um zehn Uhr zurück sein würde.

Seine Wanderung führte ihn über den Strand, in sicherer Entfernung zum Wasser. Danach erklomm er die Treppen der Strandpromenade, überquerte die Jan-Berghaus-Straße und wandte sich dem neuen Leuchtturm zu. Am Fuße des Turmes gab es einen großen kreisrunden Rasen, eingefasst von einer grünen Hecke, deren Wuchs nur von einigen Sitzbänken unterbrochen wurde. Er überlegte, ob er sich noch mal von Salvatore, dem Besitzer des »Il Faro« verabschieden sollte, doch das hatte er eigentlich schon gestern Abend getan.

Er winkte nur durchs Fenster, auch wenn er sich nicht sicher war, ob er bemerkt wurde.

Der winzige Alte Postweg führte zurück zum Bahnhof. Das Sträßchen ließ erahnen, wie die Gassen früher auf der ganzen Insel ausgesehen haben mochten.

Busboom spähte durch das Fenster des Stoffladens. Eine Verkäuferin war mit einer Handarbeit beschäftigt, als er eintrat. Die Verkäuferin, die sich später als die Geschäftsinhaberin entpuppte, unterbrach ihre Arbeit und erkundigte sich freundlich nach seinen Wünschen. Ja, was wollte er? Ein Mitbringsel für seine Gesche. Früher hatte sie gern selbst gehandarbeitet, doch seit einigen Jahren sah er sie kaum dabei.

Er ließ sich eingehend beraten und entschied sich für ein hübsches Kissen, dessen Bezug von der Geschäftsinhaberin höchstpersönlich bestickt worden war. Die typischen Motive der Nordsee wie Seesterne, Muscheln und Quallen würden seiner Frau sicherlich gefallen.

Als er später mit seiner Reisetasche vor den Füßen in einem der Waggons der Borkumer Kleinbahn saß und gemächlich in Richtung Hafen zuckelte, dachte er darüber nach, dass es doch ganz angenehm wäre, wenn er spontan mit seiner Frau das kommende Wochenende hier verbringen würde.

Er spürte dem Hauch von Rumrosinen nach, die in dem Eis steckten, dass er sich vor der Abfahrt gegönnt hatte, und war froh, seiner Tochter Hanni einen dicken, fetten Kuss im Auftrag von Andreas Kupke überbringen zu dürfen.

Danksagung

Mein besonderer Dank gilt Frau Marit Obsen. Ohne sie wären meine Romane niemals das geworden, was sie sind. Als Lektorin findet sie meine Fehler und bringt alles auf die richtige Ebene. Ohne Frau Obsen wäre ich vermutlich verloren.

Ocke Aukes
KLAASOHM
Broschur, 192 Seiten
ISBN 978-3-95451-056-6

*»Ocke Aukes weiß, wie die Insulaner auf Deutschlands nord-
westlichstem Eiland ticken. Es ist, als wäre man mittendrin im
Inselgeschehen. Ein klasse Krimi für den Strandkorb im heißen
Sommer ebenso wie für düstere, kalte Winterabende – lesen Sie
ihn am besten gleich jetzt!«* Borkumer Echo

www.emons-verlag.de

Ocke Aukes
TOD AUF BORKUM
Broschur, 224 Seiten
ISBN 978-3-7408-0038-3

*»Der Krimi von Ocke Aukes lebt wieder von den Gegensätzen –
Inselidylle und Verbrechen. Ein Buch zum Schmökern auf dem
Sofa oder im Strandkorb.«* Cuxhavener Nachrichten

*»Ein unterhaltsamer Inselkrimi, der mit viel Lokalkolorit und einer
Prise Humor Lust auf eine Reise nach Borkum macht.«*
Echo vom Alpenrand

www.emons-verlag.de

Ocke Aukes
BORKUM-ZAUBER
Broschur, 240 Seiten
ISBN 978-3-7408-0394-0

»Die Insulanerin Ocke Aukes weiß, wie es auf dem Eiland zugeht, und bringt ihren Einheimischenvorteil in den Krimi ein.«
Borkumer Zeitung

»Neben Krimispannung sorgt daher viel norddeutscher Charme für beste Sommerunterhaltung. Tipp: Am besten auf Borkum im Strandkorb lesen!« Reise Magazin

www.emons-verlag.de

Ocke Aukes
SOMMER, SONNE, SONNENSTICH
Klappenbroschur, 208 Seiten
ISBN 978-3-95451-243-0

»Kurzweilig, spritzig, unterhaltsam.«   Borkum-Aktuell

www.emons-verlag.de